U0065991

陳映真全集

5

1981—1982

人間

目次

一九八一年

醫學和文學上的幾個共同思考[1]

關於醫學和文學工作者的哲學問題

同學們，謝謝你們給我這麼一個好的機會和大夥兒見面，並且一塊兒思考一些問題。我曾是個醫師的崇拜者。在我的少年時代，也懷過當一個像史懷哲那樣的醫生的夢。因此，今天在這兒，覺得格外的高興。目前，我在繁忙的商場裡打滾，一星期、一個月不讀書，是常有的事。因此我站在這兒，實在沒有什麼可以貢獻於大家，不能[2]對增添一點新的智慧有所貢獻。現在我自以為也弄一點文學，少時也崇拜過醫生，那麼就從醫學和文學所共同面對的若干問題談起，看看是不是能談出一點點東西。

首先，我想到的是，不論是醫學、不論是文學，作為一個醫者或是文學家，都有一個非常重要的問題，那就是他對於他的工作的哲學問題。說到哲學，也許大家覺得只有那些面色蒼白的、戴著眼鏡的、瘋瘋的那種人才懂。其實不是的。所謂的哲學，簡單地說就是一種態度，一種思考。工作的哲學，就是對你的工作的一種基本態度；對你的工作所懷抱的價值觀。

從事醫療工作的人可能有兩種態度：第一種態度，是把醫學當作一種非常冰冷的、非常「理性」的科學。當你面對一個病人的時候，你所關心的，只是那些檢查出來的各種各樣的數據，只是病人發生病變了的器官，只是那疾病的歷史。至於說這個病人的家庭，這個病人對他家庭的重要性；這個人的經濟力量情況；他能不能付起在現代醫療設備下所需付的代價，這個人的生和死對他整個家庭的影響；這個活生生的人，他的生活環境和生活的品質和他的疾病間有沒有關聯……這些都不至在醫師考慮之內。而且，一談到醫德，有些醫生說，光是心腸好，醫不好人。一個科學家所關心的，不是道德，也不是同情心。他所關心的是，這個病是什麼病，是怎麼一回事，然後以我的知識和現代科技怎麼樣為這個病人解除他的病痛，或者應該怎麼辦，這是一方面。再從經營的觀點來看，他會算，一個診所每個月的房租、折舊要多少錢，他所請的那些幫忙他的藥劑師、護士要多少錢，儀器的折舊要多少錢，他的醫學知識的服務要多少錢，然後他在現在台灣醫藥沒有分業的情況下他的醫費要多少錢——他的成本多少，利潤率多少，所以他每天必須看多少病人，以及他必須有多少病人——顧客——才能經營。而且，欲增加病人，應該怎麼超量投與以加速「痊癒」而不計對病人的後果……。醫療成了一種企業。這種醫生非常「理性」地來看待他的職業，這是一種醫生。

對於這種醫生來說，這是正當的，而且沒有一點疑問。

但是，可能有另外一種醫生。我舉個例子吧，像我們台灣有名的已去世十幾年的謝緯醫師。當他死的時候，南投一帶的，曾受惠於謝醫師的病人、鄉民，主動、悲傷而真誠地為他舉行巷祭。他的去世，使整個他住的地方周圍，立刻落入非常悲傷的氣氛，多少人撫棺痛哭啊。足見在他生前，是怎麼樣善待他的病人了。我看過他的傳記，他差不多完全每一天都沒有他自已的生活，時時常常、時時刻刻都以他的病人的病苦為他最重要的顧念。他整天在幾個醫院間奔波，一天要開好幾個刀。而且更多的時候，在他的醫療服務當中都沒有拿任何報酬，或者只取很少的報酬。我必須附帶的說一句，我剛剛說：每一個人都應該有他工作的態度。謝緯醫師是比較特別的一個人。他是個虔誠的基督徒。這是屬於信仰方面的事情，我們今天不談這個問題。可是當然他這種熱情奉獻行醫的態度，與他的宗教信仰間，肯定有非常深切的關係。因為在他的信仰裡面，每一個生命都是同等重要的；都是來自同一個來源。在他來說，人的生命全是同一個創造主所創造、所給予的，不管是貧、是富、是貴、是賤，在謝醫師的心中，都一樣珍貴。曾有一次，我去訪問他遺留下來的醫院，那是個肺結核病的療養院，是他私人辦的。在那個療養院開始的時候，他去找到許多肺結核的病人，請他們到醫院，給他們吃，給他們住，給他們醫療，什麼都不要錢，然後他勸募了一些年輕的，在教會裡面他認為非常有愛心的青年醫師和護士，在醫院裡幫忙。現今一直還待在這醫院裡，曾經與謝醫師一塊工作過的人，就告訴我一個故事。他說，當時那些病人也實在是過分了些。住久了，非但沒有感謝之心，而且覺得免費吃、住、領藥、接受診治……彷彿是應該似的，覺得吃得不夠好也提意見，工作人員招呼有些慢一點也罵，態度非常之惡劣，使得那些為了信仰、愛心，為了受到謝醫師醫德感召而來工作的人覺得非常難過，也非常氣憤。當謝緯醫師回來後，那些人就把情形告訴他向他訴苦，訴說病人的不是。我們差不多沒有辦法想像謝緯醫師的回答。他說：我們要真心地去愛一個他人[3]，是多麼不容易。也許那些病人正是上帝差遣的天使，化作病人，來試煉我們的信心和愛心也說不定。謝醫師告訴他們要忍耐，要學習付出真正的，沒有絲毫條件的愛，去愛這些病人。很多的時候，那些西方的偉大的醫生差不多都有同樣的信仰。[4]又像最近那個在印度照顧窮人的泰莉莎修女，她把一生奉獻在照顧印度的那些赤貧的人們，而得到諾貝爾和平獎。我在電視上看到她說了一段話。看得出她是一個非常害羞的，非常不願出風頭的修女，可是她在受獎詞中的每一句話，都充滿著非常豐富的生命力量。我想，那些話不是出於修辭學，而是出自她內裡的豐富的生命，使她能講出每一句，在這個世界上已經非常少聽到的，那麼富於啟發性、那麼富於感人力量的語句。史懷哲的事業也是與宗教有點關係。在我有限的知識中，差不多很難找到一個無神論醫生，可以另外用他自己找到的一套價值，去從事這樣艱苦的工作。當然，在落後國家，一定有不少的青年醫生，懷抱著對自己民族和國家之愛，自動到祖國最艱苦，貧困和偏遠的地方去行醫。再如我們抗日戰爭中，有過多少醫生，不以一生名利為念，毅然投軍，從事軍醫工作的。

講到這裡，我還要講一個醫生，他的年齡與你們差不多，就是最近《時報雜誌》上曾經登一位自動到蘭嶼工作的年輕醫生廖俊源，他剛從台大醫學院畢業。有一位朋友在蘭嶼遇見他，心中立刻浮起像史懷哲這一類醫生的形象，便和他談論起來，問他為什麼到這麼遠的地方來當醫生。但是，廖醫師的回答，是出乎我們的預料之外的。他說，他也沒有什麼偉大的夢。他只有一個簡單的想法——醫生在其它的地方已經夠多了，他只有一個非常單純的信念，他願意把醫學帶到一個最需要的地方。就這樣，他不顧好心的親朋的反對，單身跑到蘭嶼去。沒想到他這單純的決定，卻使他遭受許多令人啼笑皆非的事。地方上的人抱著懷疑的態度和不合作的態度。每次回到台北，不論是學醫的或者不是學醫的親戚朋友同學，都用一種近乎嘲笑的眼光來看他，使他很煩惱。這是別的話了。同樣是一位醫師，同樣可能是非常好的醫師，就有兩種不同的態度。第一種醫師所看到的病人，已經沒有了人的性質，他只是生了病的肢體，只是一個讓他去處理的生了病的對象，而人的因素是逐漸地沖淡了。在目前世界上這樣的醫療制度之下，醫療服務早已成為一種商品。在這種充滿商品交易的社會裡面，誰有錢，誰就能買到我最新、最尖端、也最昂貴的醫療服務，救了那個據說比別人要寶貴的生命。如果你沒有了錢，你就只好忍耐著，捱著，或者去求神問卜，吃香灰，或者任術士密醫把病情弄得更壞。我這樣說，並不是批評醫師的道德問題，而是說這樣一種醫療服務，是源於一種特定的哲學，一種醫療工作的態度。而另外一種醫師就不一樣，像謝緯醫師，常常接受那種已經眼看著絕對不行的病人，絲毫沒有一些顧慮——怕病人沒錢，怕醫不好了家屬會索賠。

有一位跟謝緯醫師工作很久的年輕醫師就曾說，怪就怪在偏偏謝醫師就不會碰到醫療糾紛。他分析原因，認為有兩個原因：第一點，可能是謝醫師心中了無罣礙，一心只顧念病人垂危的生命，一心只要把病人治好救活，所以他的每一個手術，每一個處理，反而能得心應手，所以失手失敗或者治療失誤的情形反而非常少。第二點是因為他平時對待病人那種真誠的關愛，是整個鄉村，整個附近的人都有口碑的，身受的人更是不少。因為每個人親受他的恩惠，有的人來治病，他沒有拿錢，有的人來親自接受過他那種無微不至的關懷和愛心，所以即使有人在他的手術檯上不治，也沒有一個人會怨恨他，把這個責任歸給他，因為大家知道，病人不治，謝醫師比遺屬更悲痛。反而那些愈怕出事情的醫生，愈有醫療糾紛的麻煩。由於醫療服務越來越成了赤裸裸的商品，醫生和病人之間的人際關係，被金錢的關係所取代。對於病人，醫生是「乘人之危」以榨取金錢的惡棍；對於醫生，病人成了一不小心就要施行敲詐、勒索的惡徒。你們將來所要面對的問題，就是社會對醫師的愈來愈嚴苛的眼光。我同意這種嚴苛的批評，不盡公平。可是這些嚴苛的要求，像剛才說的，是有他的道理的。

以上所說的，是醫學上的哲學問題。在文學上，也一樣有哲學問題。文學工作者，對文學所持的態度，也可以有兩種。一種作家認為：作家就是藝術家。這種文學家認為他自己的藝術至高無上，因為他愛寫什麼，什麼就是最偉大、最重要的。他相信那種神秘的天才；他相信個性和個人的表達，是至高無上。他認為社會、民族、國家——甚至道德、責任云云，在藝術中是沒有地位的，是非常俗氣的，可以不要管的。他認為文學應該表現這種或者那種人性；文學應該表現這種個性或者那種個性，文學是至高的，世俗的人不一定可以完全瞭解。藝術只有少數的人間精英，才可以瞭解。總之，他認為文學應該描寫不屬於一般俗人的更高的境界。人間生活和勞動的苦樂，都不足以入於文學和藝術。

但是也有另外一種文學家，認為文學並不那麼神秘。文學工作者與其它各行各業中的人們一樣，貢獻他的心力，非常嚴肅認真地面對他的工作，希望他的作品能對其它的人有益處；希望他的作品能對於人的應該怎麼生活，怎麼活的問題提出意見；希望文學能對於苦難的自己的同胞和國家有幫助；希望能喚起那些被困在愚昧和貧困的老百姓，啟蒙他們，來共同面對自己國家，自己民族的命運。這些作家，他們比較不把文學價值擺得很高，不像別的一些作家，處心積慮地要使自己的作品傳之久遠。他所關心的是，自己的作品對於民眾、對於社會、對於國家、對於世界和人類有什麼樣的幫助。

這種作家認為：不與說謊者一起說謊、不為獨裁暴政粉飾，為千萬在天涯海角中沉默地遭受苦刑、逼迫的人說話，為人的自由和正義冒死歌唱和控訴，是作家與生俱來的責任。這些作家往往認為，只有為千萬百姓的自由、權利、公道寫作，從而獲得他們的讚賞，他的藝術才有價值。很多人說這是文學的功利主義者。不論如何，功利主義觀點也好，絕對主義觀點也好，我們可以看到世上有兩種不同觀點的作家，他們之不同，就好像上述兩種醫師的不同一樣。至於這兩種文學現在價值上的判斷，就不是我們今天在這裡所要討論的。作家、醫師，其它科學家或各行各業的工作者，都會有同樣的問題。至於選擇怎麼樣的觀點，怎麼樣的態度去工作，去生活，即就完全屬於個人的選擇和衡量的問題了。

關於醫學和文學與歷史、文化、社會間的關聯問題

接著，我要談的第二個問題是，一個醫師的工作與一個文學工作者的工作，都有著一個非

常複雜的，微妙的歷史背景需要加以考慮的。在目前，我們學習的醫學，大部分是來自西方的——特別是美國的醫學。美國的那套醫學結構，完全是人家按照美國的歷史、社會、經濟的諸條件所設計、所組織出來的東西。美國教授所寫的教科書，一定是為了使他們下一代的醫師，能夠繼續目前階段、目前水平的美國醫學上的成就，而且能發揚光大之。這些醫學教科書的內容，主要是以美國這國家、這民族所遇到的醫學上諸問題為主要內容。疾病的種類也好，治療的方法也好，一定都是符合他們美國現在的國力——即經濟上、工業上、技術上(例如醫學工程方面的各種成就)的各項條件，並且在這些條件下要讓他們的第二代醫師接續目前的水平，然後繼續往前發展。我們把美國的這些教科書，搬到這裡來，我們也學，而且肯定也學到了非常多有益的功課。可是不只是中國、也不只是台灣，連帶著整個第三世界的貧窮國家的醫師，將來都會碰到一個非常普遍的問題，他們有一天會發現，所有的這些來自西方的醫學上的知識和技術，和整個醫療的結構，不一定能完全符合他們自己國家的需要。有一天將來我們反攻大陸了，你們就被派到非常貧窮的邊區去，要你們負責那邊的整個醫療工作。病人來了，你會發覺那邊沒有電，沒有各種各樣的像你們在榮民總醫院當實習醫師時所用的那麼精細的儀器，也沒有各種號數不同的手術刀，也沒有各種各樣品質及用途不同的手術縫線，更沒有一個完全無菌的衛生環境來為病人開刀，也沒有那些適合的藥，也沒有受過良好訓練的護士。可是我們的病人就躺在那邊，你必須面對他，但是你可能忽然發覺你所學的美國那一套根本完全沒法派上用場。也許那時候你還不覺得是我自己沒有用，而是覺得我們中國大陸怎麼會是這個落後的樣子，連電都沒有，不像我們在台灣的時候有多少的儀器，有這個有那個。在這種情形下，我們今天所學的醫學，從整個全中國的觀點、未來的觀點來說，未必完全有用。今天我們的醫學生所要最認真考慮的，恐怕就是這個問題。如果你要當一個中國的醫師，在你的生涯中一定會碰到這些問題。我的意思是，真正中國的醫學，肯定要從外國去吸取他們已有的智慧和成就，特別是西醫，完全是外國的東西，由明朝末年透過西洋傳教士一步一步傳到中國來，我們當然要老老實實、不折不扣地去學好他們帶來的東西。可是我們更應了解，當我們要為中國的第二代、第三代接繼中國醫療工作的年輕人寫教科書時，難道還要一代代照抄外國的教科書嗎？而且在那麼大一個中國，在你們將來的事業上，一定會碰到非常非常多的新的研究的素材。譬如說我們東方人有幾種癌症是較常見的（如肝癌）。可是據說，在西洋醫學教科書上，屬於肝癌的記載非常少，這是因為白種人比較不生這個病，這個病對於他們，在醫療上並不是那麼重要。然而目前在台灣對肝癌的研究已經相當引起世界的注目，可以肯定，這個是我們比較突出的成績。要把這個東西寫進教科書，把你們已經有的經驗和知識傳給後代。

總而言之，醫學並不是架空的，絕對的東西。他還是要考慮到中國的歷史上、社會上、文化上、經濟上和科學技術的各種各樣非常特殊的條件，才能變成中國的東西，才能變成對中國有用的東西。

文學上也是一樣。在我還年輕時，特別是剛開始學習寫作的時候，包括我在內和許多我的同事，如白先勇、陳若曦、王文興這些人等，很多很多，都是從西洋的，特別是美國的文學作品裡面吸取營養。當然，其原因和醫學上師承西方，原因不太一樣。我們中國並非沒有自己的文學傳統。由於很多個原因——第一就是由於某種理由，我們與五四以來的文學傳統之間，產生一個斷層。由於這個斷層，我們那一代台灣的文學青年必須自己去尋找我們所要學習的榜樣，或者是我們所要繼承的傳統。在那個時代裡，我們能尋找到的，就是英美文學，並將之作為我們寫作的榜樣。可是，終究文學家遲早一定要面對著同樣的一個問題，當我們夠成熟的時候，我們會慢慢曉得：在英美文學裡所表達的那種感情，所表現的問題，和我們中國的非常不一樣。比方，以所謂的現代詩來說，我們的詩文學，大概有二、三十年間一直在現代主義這種迷信裡面討生活，寫了一大堆那種完全讀不懂的東西。其實，讀過文學史的人都知道，所謂「現代派」，並不那麼「現代」的。現代主義產生的年代，是出乎意料的早。那是第一次歐戰以後，整個歐洲對於整個歐洲的西方文明開始了很深重的懷疑。當時整個西歐開始對自己的文明結構做痛烈的批評：開始失去信心。現代主義，便是產生在那個時候的文學。從西洋紀元來算，是三〇年代的文學，而並不是在一九六〇那時代才有的。可是我們台灣六〇年代的許多的詩人，就長期落在這個現代主義的泥沼中。

台灣現代派在作品中表現了所謂人的孤獨，人的疏離感，人的那種得不到救贖的絕望，人的卑下，人之失去了英雄的色彩，而變成了只在地上爬行、地上滾動的小小的存在——這些，是不是真的是五〇至六〇年代台灣的精神面貌呢？所謂人的疏離、孤獨、焦慮、感官的倒錯……這些精神面貌，是高度資本主義社會下的產品。一九五〇年至六〇年代的台灣——經濟和社會發展階段，還早在落後國家[5]的時代。所謂人的疏離、孤獨、焦慮、感官的倒錯——這些精神面貌，是高度資本主義社會下的產品。[6]這些所謂「現代感」，只是我們的詩人從西方的現代派作品中支借過來的不真實的情感，當作一種流行，硬把這個現代主義的衣服穿起來。

為什麼一個文學與他的歷史、他的文化有那麼深的關係呢？理由很簡單。讓我們想像：當中國在全面性抗戰這個歷史時期，當整個日本軍隊占據了整個東北地方的時候，我想，就沒有一個作家，會去挖空心思寫現代詩那樣的東西。同時，對西方的作家而言，他們所面臨的問題，和我們完全不一樣。他們的社會是一個完全發展了的資本主義社會。在整個工商業非常強而且大地定根於整個社會結構中的時候，一個個人相對地顯得無力。因此，他的像一個無比巨大機器中極小的螺絲釘的存在中，感到疏離、緊張、焦慮，人的物質化、不安、個性喪失、神經質……等等。這種現代人病質的精神內容，反應到創作中來，使西方現代作家最關懷他們個人的存在。他們必須要用生活上奇怪極端個人的行為，在創作上的奇怪的技巧、發想、語言，來證明他自己確是一個自由的、有創意的個體。因此他們要把一個雕塑的東西接上電，發出各種聲音和動作，也要畫一個大紅然後配上一個深綠色，使人看起來覺得有一種煩躁一種興奮，一種沮喪和不安的感覺，這些，對西方的現代派作家，是非常有現實意義的。就他們的社會來說，現代主義是一種反抗，是一種抗議，是一種討回人的自己的那種非常慘楚的呼聲。換句話說，現代主義，對於西方社會中的西方人，是合理而自然的；因為那是西方社會，歷史和文化直接而自然的產物。

可是，對中國或更落後國家的作家，他們所關心、面對的，是整個殘破的國家——是一個落後的，百廢待舉的國家和民族的前途。他們所看到的同胞是那麼貧困，那麼素樸可是又是那麼愚昧，他們所看到自己國家的醫療衛生條件是那麼落後、嬰兒夭折率是那麼高，疾病的流行及醫療上是那麼的落後。他們也看見他們整個國家明明是受到幾個大國的經濟、政治和文化支配，永遠沒有翻身的餘地。他們思考著國家、民族、個人的自由。他們思考人應該怎麼活著，才像一個人，一個社會應該怎麼樣才能保障人的自由、人的尊嚴；一個國家應該怎樣才能保持他的獨立，民族應該怎樣才能從帝國主義下獲得解放。這些，是落後而貧困的第三世界知識分子——包括文學家在內——所日思夜考的問題。相對地，個人的個性，表現的技巧，人的疏離、不安，在不同的歷史條件下，是並不存在的。因此在他們的文學中所表達的，就是一片這種關懷的心聲，一種干預現實、對於愚昧、落後、不公平的事情、黑暗的事情的一種抗議。夏濟安好像曾經帶著批評的味道說，中國近代的文學都是涕淚交流的文學，哭哭啼啼的，幹什？像外國人寫寫男女之間的感情，或是寫寫那些奇異的幻想，是多麼好。其實所謂「涕淚交零」，作家並不是為個人的愛情感傷的那一種。縱觀整個第三世界文學，莫不充滿著這種家國的血淚、悲忿、抗議——對謊言的斥責和對壓迫者的抨擊，以及對殘破的祖國，對傷痕纍纍之同胞所流下的熱淚。當然，在同樣的第三世界中，也有一些紳士作家，依然可以對整個生民的命運無動於衷，玩玩「創造性」、「個性」、玩一玩「藝術中永恆之價值」，寫亭子間男女之情，提倡「幽默」的，或者富於「生活藝術」的東西。但肯定地，他們總是少數而又少數啊！

所以，不論是醫學，不論是文學，原樣照搬別人的已有成就，是不行的。一個醫學工作者和文學工作者，應當懂得，醫學和文學，同樣有一個歷史、社會、文化等背景問題要考慮。建設真正中國所需要、可以在中國綿延不斷的醫學和文學，是這一代醫學家和文學家共同的任務。

一九八一年三月

關於傳統的醫學和文學與現代醫學和文學的問題

最後一點，我想談談，不管醫學上也好，文學上也好，或者整個文化上來說，大家有一個焦慮，就是我們覺得外來的文化實在是具有那麼強大的說服性，而我們自己的文化傳統，又顯得那麼寒傖。不客氣的說，西方來的東西，確實也具有那麼好的優越性。它來勢洶洶，不可抵擋。我們自己的文化，我們雖然主觀上很愛他，可是就是那麼不起眼。以醫學來說吧，明明是肺炎，中醫偏偏說又是冷啊又是寒啊，明明是高血壓，中醫偏說是血濁、頭風……。你們對中國的東西有一份執著，可是又覺得它是那麼樣的難於扶持。而外國的東西我們不見得很喜歡它，可是它就是有那麼好的說服力。教科書讀著，老師講解的時候，或者一個屍體解剖的時候，現代醫學科學，那麼合理，就那麼富於說服性——這樣的一個問題。我想這問題在文學上也同時存在。西醫——現代醫學——對中國，是一個完全外來的東西，它從明、到清、到民國，從它整個在中國發展的歷史上看來，都是不折不扣的外國的東西。當然，它有它不可辯駁的優越性。但是，我們面對這個問題的時候，思考的焦點，不應只是傳統和現代西方醫學那一個好的問題。現代醫學的優越性，已是不可而且不必駁難的。我們的問題在於：怎樣在學習現代醫學的同時，建設屬於自己的研究，建設合乎中國需要的中國的現代醫學，從而進一步對世界的現代醫學做出貢獻。從中國現代醫學的歷史來說，現代醫學是非常的短。正因為其短——你們，未來的醫生，才有更多的、更好的機會。問題不是說它是來自外國或者是有幾分是中國的東西——而是你們的學習過程當中同時也要發展你們自己的研究。我們相信，那麼大的一個中國，那麼多的人口，那麼特殊的地理上的、文化社會經濟上的條件，只要你們立志要這樣做，你們一定可以在中國的現代醫學史上，刻下你們努力成果的碑石。對西方的醫學生來說，由於他們發展的醫學史有那麼久，所以他們建築起來的宮殿牌樓是那麼高，因此絕大部分的醫學生，都只能庸庸碌碌地在那巍峩牌樓底下跑著，或者開業，或當大公司的醫學顧問，或在某機構中做醫學方面的工作，或者在大學裡教書、作研究。可是每一塊已建立的磚頭都在醫學史上閃爍著很輝煌的光輝。[7]在西方，如果有一位胸懷大志的醫學生，想出人頭地，他就必須付出極高的代價，才能獲得超越現有的巨大成就。可是，在中國，就不一樣了。中國，在現代醫學上，可以說是一片平原。在中國那麼廣闊的範圍裡面，你們可能很容易在中國發現一種世界上從來沒有見過的細菌，你們也可能在中國某地方發現一種新的疾病症候群。在這麼遼闊的地方，你們只要能夠奠上一塊石頭，就是一個顯著的成就，只要隨便擱一個磚頭，這個磚頭上，就要刻著你們的名字。當然，我要講的，不是名利的問題，而是我們中國現代醫學的歷史，就需要靠著你們每一個人努力的工作、辛勞地工作，去建築起一個屬於完全中國的現代醫學的歷史和傳統。問題不在於現代醫學是哪裡來的，問題不在於建築材料是不是外國傳進來的。問題在於這個建築的風格。如果我們蓋的確實是一座中國現代醫學的殿堂，那麼，它還是中國的——儘管作為材料的水泥等等是外國來的，它的整個風格、結構，完全是中國的。比方說吧，我們也許能在幾千年的中國漢醫的經驗醫學裡的藥劑裡面，可以發展出非常多的特效藥來。說不定你們可以在那些看起來有點莫名其妙的「天人合一」、「陰陽五行」的中國傳統醫學理論裡面，找到一點點道理，發展成明日現代醫學上的重大發現，說不定你們可以在中國的針灸醫學裡面，找到一些道理。事實上，所謂「針學」，在現代研究中，已有了不可思議的發展遠景。也或許在目前商業化的醫療結構中，你們可以回想到為什麼中醫的醫生與病人間的關係那麼好；中醫師把脈、問症，那種親切的人與人之間的關係，是不是值得現代醫學向中醫去學習，是不是可能有一天中醫和西醫不再吵架，不再是西醫看到中醫就覺得他們簡直是江湖郎中，中醫看到西醫也不再說學西醫的人是「假洋鬼子」，祖宗的東西都不要了。是不是真的有一天，中國的現代醫學和中醫非常熱情地、坦率地、互相幫助地、嚴肅地、謙虛地互相學習，把各人的長處互相交換出來，去共同建立一個真正屬於中國的醫學，並且為世界現代醫學提出我們的貢獻。這些，恐怕是今天在座的每一位所值得深思的一件事情。

文學上來說，也是一樣。中國文學，粗糙地分起來可分為二個階段。一個是舊的文學，一個是新的文學。新的文學，一般地說來，是五四運動以後發展起來的。五四以後，中國文學的形式與內容，受到國外文學的影響非常非常之大。像徐志摩、甚至魯迅，這些人，就是英國和日本的留學生。我們知道，中國舊詩的形式，是由詩經開始，一步一步發展過來的。可是中國的新詩，卻差不多完全沒有它自己的傳統。至少在開始的時候，他們只好從雪萊、拜倫、濟慈或者是朗斐羅這些人去找。肯定的西洋浪漫主義時期的詩人，對於中國的新文學，有非常深刻的影響。可是問題正好與醫學一樣，不在於我們受到誰的影響。問題在於：在中國新的文學裡面，我們讀起來，不管從語言上或內容上來說，這些作品有沒有中國文學傳統中所有的那種漢語文字的美、那種快樂、那種感動。問題在於我們的新文學，不管是小說、散文或者詩也好，儘管他們的形式有很大的改變，當我們在讀這些新的作品的時候，是不是也會感受到我們讀中國文學傳統中的偉大作品那樣的感銘——一種說不出來的，讓你立刻覺得這就是中國的，這就是那條中國文字傳統之線條[8]接下來的，我想，這才是重要的。我們為什麼會不遺餘力地去反對台灣的現代詩，理由也就在這裡。第一、我們覺得現代詩把中國整個的漢語的優美傳統完全非常任性地、非常不負責任地加以破壞了。事實上，沒有一種文學，可以從根本的語言上，完全破壞、棄絕自己民族語言傳統的，約定俗成之傳承。西方所謂「前衛」，其實是方才分析過的諸原因的產物。中國是不需要這種文學的。即使在西方，「前衛」云云，也只是自備一格，卻不能代表真正偉大的西方文學精神傳統。

第二，從他們的作品裡面，關傑明說得很好，任何一個正常的中國人，任何一個從父母學會了自己語言的中國人，任何經過正常的教育程序長大的中國人，都不可能懂得現代詩所寫的是什麼，除非他是自己欺騙自己。我們反對它不是因為它來自外國，而是因為它對傳統的中國傳統文學的語言、精神認同的拒絕和破壞。當我們讀到自己國家民族的文學作品，我們懂得它，我們能引起共鳴，我們能認同這種文學——清楚而喜悅地感覺到「這是我們的東西」。我們清楚而喜悅地感受到在前人的成就，在前人的腳蹤裡面我們看見了整個流傳下來的東西有多麼重要，多麼感人。從傳統文學語言改變成現代文學語言；從傳統文學題材和思想，改變為今天現代中國文學的題材和思想。但有一個是永不改變的——作為整個中國文學重要條件的中國文化、語言、歷史、社會和精神等一切使作品成為「中國」的諸因素，在急劇變化中，仍保持著其所以中國的特質。中國的文學家，便必須善於從民族的生活中，汲取豐富的創作泉源，在國際文學交互影響中，建設真正具有中國特點的文學，從而對世界文學精神，有我們一份貢獻。

這正如唯獨你們真正去整理整個中國傳統醫學的歷史，你們才會看到非常多的閃爍著無限的才華光芒的你們的醫學上的老前輩，在那樣的時代，他們已經想到了那麼多的問題，可惜因為各種條件不足，沒有把這個萌芽出來的醫學上的思考繼續發展下去。比如說，清朝有一位王清任，因為受到當時西方來的教士的影響，他開始思想一個問題，就是記憶在人的腦部中的情形。我們在前醫學時代，都認為感情、思考、記憶的精神活動都在心中。他為了搞清楚「思想在腦」這個道理，甚至自己解剖過屍體，據說花了長達四十二年的時間，寫了一本書，今天也只有書名留下來，叫做《醫林改錯》。也有中國人自己曾經發明過體溫計。中國醫學前賢的事，還很多。我想，你們可以從中國醫學現代化的歷史的整個整理之中，不管是傳統醫學也好，中國現代醫學史的整理也好，你們必能從中撿回你們的信心，充足、豐沛、高昂的信心，認為中國還是一個非常光彩的民族，而且你們可以在那裡支借到非常大的力量，去建築屬於我們自己的中國醫學殿堂。中國文學也一樣。特別對新一代文學家，我們是不是太漠視了中國文學已有的、偉大的傳統？我們是否太忽視了普通存在於中國民間，幾千年來的民族藝術表達形式？我們是否太不知道中國各地語言豐富的生命力，反而受到更多外來語言的影響……？這些，都很值得這一代中國文學工作者去思考的。學習文學上先進國家和民族的既有成就，同時也建設真正具有自己民族特點的文學，這才是正確的道路吧。

一九八一年三月

關於中國文學的未來發展問題

至於中國文學的未來，如果要做個預測，我們可以這麼說，不管是文學也好，醫學也好，中國在未來的幾十年內，可以更肯定地說，我們中國有非常多的問題，中國要走的路還長得很，還坎坷的很。要充分地認識到這個困難，這個問題性，我們才能繼續走下去。我們要深刻的瞭解到，在將來的中國，可能還是很貧窮，可能還有很多國際上的問題，可能那些強國還繼續會欺負中國，可能中國內部的民主與自由問題一時還沒有那麼好的解決，可能中國的經濟、文化和精神生活上，還有很多問題。因此，我相信任何中國的良心文學工作者，他在未來的歲月中還是要把目光集中在對於人的解放，對於社會的關懷，對於國家民族前途的關注，為揭發和制止謊言，為服侍於真理和自由而寫作、歌唱、抗議，用文學去安慰那些受踐踏和傷害的人們，去鼓舞那些失喪了信心的人，去和那些不幸的人一起嘆息，和那些幸福的人一起快樂。因此，依我看，現實主義的、干涉生活的文學路線，還是會延續下去。因此，我覺得，我們中國文學家是值得驕傲的，也許他還沒有寫出最偉大的世界性的作品，可是他這種對於人的關懷，傾向於人道主義的光輝，對國家民族的愛，懷抱愛整個人類的胸懷，我覺得任何中國人對這點都應覺得驕傲的。因為當我們環顧同時代的西方文學的時候，他們的作家已經不大談這些問題了。他們所談的是，人的無力感、官能的快樂、心靈的挫折，或者是人的卑下，人的疏離，寂寞孤獨、不安和焦慮、沒有價值感、失落等這些無力、短淺的東西，每天在唱這種慘愁的歌，對於所有偉大的東西，對於英雄的東西，對於愛，對於真真實實地摸到人內心的東西，他們對之，已經喪失了信心，失去了感應。而中國的作家——儘管他面臨那麼大的困難，卻一直堅持著人的自由、正義和真理這些題材。那些被中共清算壓制了二、三十年的老作家經過浩劫，一旦復出，本色依然未改。他們說，過去的，不要再管他了。但希望以後中國的青年，再也不要蒙受到像他們那樣的命運。

前幾天，報紙上也登了一個很有名的大陸平劇演員，在他臨死的時候，丟了一句話，希望將來中國的戲劇文學再也不要橫受干涉。他以為文學的表達與思想的充分自由，是非常重要的。在浩劫之後，臨死之前，他沉痛地留下這句話。如果他工作的哲學只有自己，他大可不用說這句話。當他身受這麼多的慘痛之後，他看的是未來，想的是中國文學的未來。這一點，我個人覺得非常感動。我以這個中國文藝家偉大的傳統，作為我很大的驕傲，也作為我很大的鼓勵，希望我們大家都能盡我們最大的力量，能夠不辜負這個傳統，認真的、嚴肅的工作下去。

一九八一年三月

初刊一九八一年三月《益世雜誌》第一卷第六期
收入一九八四年九月遠景出版社《孤兒的歷史・歷史的孤兒》，一九八八年四月人間出版社《陳映真作品集8・鳶山》

1 根據原刊篇末編者說明，本文為陳映真在陽明醫學院的演講，由陳明哲記錄，陳映真整理完稿。
2 此處據人間版補「不能」二字。
3 「他人」，人間版為「與自己完全不相干的他人」。
4 人間版無「很多的時候，那些西方的偉大的醫生差不多都有同樣的信仰。」。
5 「落後國家」，人間版為「低度開發」。
6 初刊版此下原重複有「一九五〇至六〇年代的台灣，經濟和社會發展階段，還早在落後國家的時代」的段落文字，應為排版錯誤，此處據人間版刪除。
7 人間版無「可是每一塊已建立的磚頭都在醫學史上閃爍著很輝煌的光輝。」。
8 「傳統之線條」，人間版為「一線傳統」。

〔訪談〕人性・社會・文學

陳映真談台灣小說的發展傾向[1]

四月四日晚上，在台北的一家酒樓，我第一次見到了陳映真和他的太太。

他的體型在東方人來說算是高大的，講起話來卻深沉而飽滿，的的確確地會令人想起「聲如『沉』鐘」的那句形容詞。

那晚在座的還有畫家吳耀忠、作家柏楊及其他一些朋友，對陳映真來說，實在就像和老朋友聚餐一樣，態度輕鬆，不時輕搖著頭呵呵大笑。雖然他的笑聲也是低沉的，和柏楊那種哈哈大笑的聲調剛好成反比。然而，這兩種似乎應該是「矛盾」的音調，實際上卻能在當晚交融成一片真情流露的隨和氣氛，使大家很自然地便產生了「一見如故」的開放胸懷。

× × ×

四月七日中午，我第二次和陳映真會面，那是在忠孝東路一間餐廳裡，大家吃的是牛排，看打上圍巾的陳映真如何「庖丁解牛」式地解決那一大盤午餐，的確是另一種享受。

當天下午三時正，剛剛談完一宗生意的陳映真便提著公事包到我的酒店來了，態度還是一樣隨和而輕鬆，談著談著，我們的話題，便從台灣小說的發展歷程和現況，慢慢地進入中國新文學和中國當代作家的心靈裡……

這時，陳映真表現的態度不再是輕鬆的，而是嚴肅的。雖然他在講話中經常不自覺地會穿插進一兩句英文，但是，整個主題還是低沉而東方的，直讓人感到一種深厚的誠摯，一種開放而執著的胸懷與信心……

台灣小說受到人們的注意，大概是近十年來的事情，它不但受到國內讀者的關切，也受到所有海外人士，特別是說中國話的人民的關切。

在這裡，我只打算對台灣小說作一個很簡單的介紹。

台灣小說的三個世代

大致上而言，台灣小說從年齡代來劃分的話，大概可分為三個世代，第一代就是所謂前行代，其中包括鍾理和、鍾肇政、鄭清文、吳濁流等等這一批在台灣光復後就不斷用中國語文，也就是漢字寫作的作家。這一代作家平均年齡大概在五十歲以上。他們這代有個特點，就是他們都經歷過日本統治台灣時期的生活。

在日本統治台灣的五十年裡，雖然台灣人民曾作出了很大的努力，以保持漢語的寫作傳統，可是由於客觀的因素，有一度曾經中斷。光復後，台灣恢復成為中國的一部分，他們才開始恢復嘗試用漢語去從事寫作。

這一世代的作家，就一般而言，可說是台灣最早的鄉土文學作家了。他們因為各自生活的關係，所以所寫的背景都是農村的題材和人物，並在這方面做了很好和很大的貢獻。

第二個世代則是在台灣光復後成長的世代，包括黃春明、七等生、白先勇、王文興、陳若曦、王禎和，還有我個人等這一世代。

這一世代作家雖然年齡和前行代不一樣，但他們所寫的，大致上還是他們對台灣風土民情的看法和感受，只不過有的是寫農村，有的是寫城市而已。

不過，他們和前行代作家有一個很大的不同點，就是他們對漢語的掌握，無論是在說或寫方面，都比前行代要好。其次，他們大多數在大學裡受到西洋文學一些很深刻的影響，特別是在台灣大學就讀的那一群作家，像白先勇、陳若曦，或者王文興、王禎和等，他們都受過西洋文學很好的訓練，也因而受到西洋文學很大的影響，這一點就和前行代作家有很大的不同。

在這裡，或許我們還應該談一談那些在一九四九年隨著國民政府從大陸遷來台灣的作家。

好像司馬中原、朱西甯等等軍中作家，這些軍中作家的成就，我想是不可忽視的。特別是他們把四九年以前中國大陸的生活和人物，換言之，就是把他們在四九前大陸所經歷過的經驗，在台灣再表現出來。所以，我說他們的貢獻是不可忽略的，這是個公平的說法。

當然，這群作家所表現的大陸經驗，也是有一定的局限性。因為，在他們離開後，大陸發生了很大的變化，而他們在時間與空間上和大陸的距離也逐漸拉遠。因此，使他們所寫的那種題材和內容，出現後繼無人的現象和問題。不過，他們所寫的東西，不管是在語言或技巧方面，或是他們所表達的一些傳統與中國性的事物與風格方面，任何公平的人士都會給予他們一個肯定的評價。

再下來我們就得談到前幾年在台灣發生的鄉土文學論戰，現在，這場論戰已是事過境遷，回想起來，當前的論戰雙方，特別是攻擊的一方，的確是有著過度反應的表現。其實，現在回想起來，當時雙方爭辯得臉紅耳赤的問題也並不是那麼嚴重。

小說發展的兩條主線

不過，台灣文學，特別是在小說方面，主題是可以分為兩個主線，一個就是從大陸過來的作家，以本地的「中國作家協會」為代表。他們有彭歌、朱西甯等作家。當時他們到台灣來的時候，他們在語言和技巧等方面都比台灣當時的本土作家高出很多，因此，他們在到台灣來後的一定年限裡，自然是以主導的地位領導著台灣的文學，這是歷史上客觀的必然，因此使他們成為台灣近代小說上的一個主潮。

對於另一批本土作家如鍾肇政、鍾理和等人來說，在某一定程度上，這些大陸作家對他們有幫助的，例如幫他們找地方發表作品等等，像林海音等人，就和他們有一定的聯繫。

至於我們這批人，則是自己成長起來的，是自然地走上寫作的道路，當時我們也沒想過要成為一個怎樣了不起的作家或什麼的，從來沒有這樣想過。只是因為大家喜歡文學，弄一個同人雜誌，大家寫著玩。我們誰也沒想到要成名，所以和剛才提到的那些作家就沒有產生什麼聯繫或爭執，所以，他們那一個主潮自成一個世界，我們也自成一個世界。我們對他們沒有批評，他們對我們也沒有攻擊，不過彼此也沒有什麼互相幫助，這是個非常自然的發展。

然後，突然之間，這些年輕人的小說受到人們的注意。也許，造成這種情形的原因，並不一定是他們寫得比較好，而是因為他們所寫的比較「true to life」，也就是對這裡的生活比較密切，而前述的那一群作家，正如我剛才所說，他們是比較偏重於大陸經驗，所以，對年輕一代的讀者來說，他們很自然就選擇了我們這一代的作家和作品。

所以，這兩派作家之間，可說是並沒有什麼溝通，但也沒有什麼仇恨，也沒有什麼很密切的聯繫。在這種情形下，當我們的年輕人在討論文學時，往往就會選擇這些年輕作者的作品為對象。所以當時我們就討論了王拓、黃春明的作品，並做了一個歷史的回顧，看看這些年輕人是怎樣發展起來的。不幸的是，我們的這些討論，受到另一批人的誤解，認為我們在討論中沒有提到外省籍或軍中作家，是對他們的一種「排斥」……。於是便開始受到攻擊。當然，由於現在已事過境遷，也許我們能心平氣和地說幾句公道話。老實說，鄉土文學是台灣自然生長的事物，當然它有它存在的理由和價值。可是我們也必須說一句公平的話，那就是鄉土文學還沒有寫出最好的作品，或足以稱為偉大的作品。可是肯定的，鄉土文學這一系列的作家，是有他們長遠的發展前途，為什麼？因為他們有生活，他們和現實生活的關係是非常密切的，他們懂得這個社會，他們也瞭解這個社會裡的人和事。這並不是說他們了不起，而只是因為這是一個世代的問題。因為他們這一代人和這裡的生活和整個背景有著比較密切的關係。不過，肯定的是，他們還必須努力，還必須從外國偉大的和先進的文學中去吸收經驗，也在本土裡的風土和人事裡去吸取經驗，然後創作出真正具有中國時代特點的、生動活潑的文學來。

談到鄉土文學的影響，我可以說相當大的，因為，自從鄉土文學論戰之後，很多年輕人都把它當作是一種時尚。據我所知，很多年輕寫作者都開始喜歡用台灣本土的風物來作為背景，用台灣鄉村的人物作為書中人物，還把台灣話，特別是台灣的閩南語，應用到文章中去，並且蔚為一種風尚。

當然，這種寫作態度有它本身的缺點。不過，正由於它已形成一種風尚，所以我們也不必太擔心，因為它最終將能自我糾正。例如台語的應用，要有什麼程度的限制等，還有鄉土文學只是單以鄉村的人和事為背景，這是不是足夠？還是必須在鄉村的題材中，去深一層發掘人性共通的意義？也就是必須去追求文學深一層的內涵，以免最終流於膚淺？因為，如果我們只局限在表象的台灣鄉村式的人、事和語言的話，那麼，這將是鄉土文學的不幸。

我想，優秀的台灣年輕文學家，一定會警覺到這一點。希望大家能越早打破這個限制越好。當然這一方面是機會，一方面則是問題，而大家所要注意的，就是要如何把問題減到最低限度。

年輕作品的最新傾向

另一方面，我從最近年輕人的作品中，看到一個傾向，就是比較都市化的傾向。他們寫的是都市的感情；現代年輕人的挫折感，以及一種對大人世界的失望。我最近就讀過東海大學一位同學寫的一篇小說，寫得蠻好的。他寫的是一個有著同居經驗的男大學生，可是他這篇作品並不是要討論男女關係，而是很自然地表現出在一個比較富裕社會裡的年輕一代，他們的那種行為和心境。他並沒有從道德的角度去批評他們，而是去探討他們的心靈實況，他們雖然男女同居，可是並不會特別快樂。因為每個人都背負著一個有問題的家庭，非常的複雜。這和三十年代的文學，或者是所謂的鄉土文學就不一樣。可是，它們之間共通的一點，卻是在於對人的討論；人應該怎樣生活？生活是怎樣的？生活的哲學在哪裡？大家都是共同在探討這個問題，可是他卻能從完全不同的、全新的角度來看這一個問題。這是三十年代，甚至當前大陸的所謂「傷痕文學」所沒有的。因為，對三十年代和目前大陸的文學來說，它們最迫切的問題是國家的問題、社會的問題，當然也是人的問題，是人和民族的解放，還有國家獨立的問題。然而，台灣的社會卻已發生了很大的變化，年輕的一代在物質上沒有什麼缺乏，他們在大人的安排下上大學，然後開始對這種安排發生一種情感上的變化。這還並不是一種反抗，而是一種說不出來的感覺，要說是挫折也好，失落感也好，也許沒有存在主義那麼深奧，不過，他們開始有這一代年輕人的感情和感受，就是他們對世界、對父母、對男女關係的看法，有點像美國「失落一代」的傾向。我想這是一種非常自然的發展。

不過，到目前為止，我還沒看過這方面有寫得特別好或比較好的作品。我剛才說的那一篇，是我在東海大學校內最近舉行的一次徵文比賽中發現的。我受邀擔任這次比賽部分作品的評判，結果發現這篇作品無論在技巧上或內容上，都有很突出的表現。雖然實際上從世界文學，特別是先進國家文學的角度來看，它並沒有什麼特別的地方，不過，就台灣而言，它卻是新的，至少就相對於大家都一股勁兒地去大寫農村的時潮而言，它是一種新的傾向。

第二種的傾向，也是和前面所說的那種傾向差不多，就是寫都市的、商業社會裡的年輕人，他們會賺錢，但也會花錢，還有在商業社會裡的男女關係及一些現實的問題。

我想這兩種傾向是很相像的。不過，我們剛才說的那一種傾向比較傾向於探討個人問題，而後一種則側重於探討目前在工商業社會裡一般年輕人的生活，年輕人的思想和年輕人的遭遇。

新的社會形態和文學

像這兩種文學，將來會有怎麼樣的發展，我想這點是很難預料得到的。不過，有一點可以指出的是，像黃春明也好，王禎和也好，像我也好，或者甚至像白先勇也好，儘管在程度上是不一樣，深淺不一，不過，大家都是對人的問題，社會的問題，顯示出比較明顯的關切。而這一代的年輕人，就比較沒有這方面的色彩。因為，老實話，這是在中產階級社會型態形成後的一種心態。一般人會覺得民族、社會的問題離自己好像很遠，有時是不想管，有時是管不上，整個社會風氣都一再告誡年輕一代，不要多管閒事。因此，年輕的一代很自然的就不再會去管那些事情，很下意識地避開那些問題。他們只管他們自己，對於什麼國家和社會的大問題，他們都不關切。當然，我在這裡並不想說這一種現象是好還是不好。我只想說，他們會有這樣的表現，是有理由的，是新一代人在新的社會條件下的感受。而實際上，如果他們能寫得很深入、很細緻、很深刻，也沒有什麼不好。

第四點我想強調的是，從長遠的中國新文學傳統來說，不管站在什麼立場，都不能否認台灣文學將會是中國新文學的一個組成部分。所以，當我們把台灣的新文學和整個中國的新文學聯繫起來思考的時候，我們就不能不注意到整個中國的問題。

當然，就台灣社會而言，我們是很富裕的。可是，如果我們把視野放大到一個比較大的架構，就是從包括台灣和大陸的整個中國的展望來看，整個中國還會面對很長遠和複雜的問題。譬如貧窮、愚昧、官僚主義、民主、自由的問題，或者是國際政治上的問題，這種種問題，將會繼續成為中國所有知識分子整體關切的焦點。所以，在這樣的情形下，在可預見的將來，我們可以相信，中國的新文學還是抗議的文學，干涉生活的文學，寫實主義的文學可能會成為一個主流吧。

不過，我所說的「主流」並不意味著它就是最好的，而是指在今後的二十、三十或四十年裡，這些問題，將會繼續在包括作家在內的中國所有知識分子心中盤旋不去。像菲律賓的文學、泰國的文學、韓國的文學，或者非洲拉丁美洲一些國家的文學，那些作家所表現的那種個人的挫折感或失落感，或許會更強烈地被國家或民族這樣的大問題所吸引、所取代。這並不是因為他們特別喜歡這些問題，而是因為他們的心思中確有著這些問題。

所以，就這樣的展望看起來，恐怕還是要回歸到討論人的問題。結果，使到那些涉及生活的文學至少能夠繼續延續下去一段很長的時間。

現實主義潮流的延續

當然，如果同時在一定的條件下，如果台灣和大陸還維持著一種相當程度的隔離狀態的話，當然另外會有一批年輕人會比較關心個人的問題。實際上，在我們那個時代也一樣。例如七等生，他就比較偏重於探討個人的問題，對社會性的問題，他比較沒有關切的表示。當然，這並不證明他是比較差或是什麼，也許只是由於個性使然。

所以，從整個中國文學的展望來看，寫實主義的文學這種潮流，將會繼續下去。

實際上，據我所知，大陸方面近年來也出現了像劉賓雁、白樺等人的「傷痕文學」。在那樣的社會環境下，他們能夠有這樣的表現，使我對他們感到非常的欽佩，同時，我也聽說他們受到大陸當局的批判，因此，我也願意借這個機會，向他們的際遇表示由衷的同情。當然，對台灣本土的作家像王拓、楊青矗等，我也一樣感到衷心的欽佩和關懷。

創作自由與文學發展

我覺得，中國文學要能有進一步的發展，不管在哪一邊，都應該要有充分發揮的思想自由，和創作的自由。我想這是整個中國人民和中國作家的要求。因此，我實在願意借這個機會，向他們及類似他們那樣勇敢和愛國的作家表示敬意。他們敢於說話、敢於批評，而這種說話和批評並不是為了自己，而是為了整個民族，整個國家，特別是那些在文革中受到這麼殘酷的老作家如巴金，還有年輕的作家，雖然在文革中經歷那麼慘烈的鬥爭，那麼冷酷的壓迫，但只不過離這場浩劫不久，就敢於這樣尖銳地批評種種核心問題，對這些作家，我實在是由衷地感到敬佩。而且，對他們寄以由衷的同情。對他們所受到的那種不公平的、不應該的待遇，我也要在這裡表示我的抗議。

再同到我們原本的問題來。總結地說，我覺得無論在台灣也好，在大陸也好，從新文學的發展角度來看，寫作的自由，是很重要的一回事。因為文學是一種非常獨立的事物，你絕不能利用政治力量使一個不好的作家成為一個好的作家，也不能利用政治力量，使一個好的作家失去他的價值。我希望大家都能瞭解，文學，是整個民族千年萬世的生命，不要輕易地去扼殺它。中國的作家，我相信，都是愛國的，絕對沒有一個中國作家對自己的國家或政權懷有敵意，他們的心裡只有一個信念，就是：要服從真理和自由。

也許，在三十年代，有些作家在某種程度上可以說是幫了中共的忙。可是，現在看起來，非常明顯的，他們並不是要幫中共的忙，只不過是為了各種歷史的理由，而相信過真理是在中共那一邊。可是一旦他們發現真相並不是如此的時候，他們也勇於反抗。實際上，從過去到現在的歷史可以證明，從來就沒有一個人可以真正地亡掉一個國家。一個國家如果滅亡，一定有著其他的理由，絕不會單純是因為作家寫文章煽動起來，絕對不是！我覺得，大陸作家最近的表現，就是一個證明。當他們發現真理變成兩個，一個是黨的真理，一個是人民的真理的時候，他們勇敢地毅然服從人民的真理。所以，我認為，作家是自由的，我們不能說作家是引起問題的人。

向新加坡的讀者致意

唔，我想大致上如此。最後，我想向新加坡的讀者表示由衷的謝意。雖然，我們在種族上是同一民族，可是，沒有疑問地，我完全相信新加坡絕對可以、而且已經是成為一個自己有尊嚴、自己有它自己的國家。雖然它四種官方語文之一和我們相同。可是，毫無疑問地，我相信它在政治上和文化上，絕對是一個獨立的國家。

我尊重這個國家，我也祝福這個國家，我也希望這個國家的文學，能夠有蓬勃的發展，就好像美國文學從英國文學傳統中脫離而成長、而發展出自己的特色那樣。

初刊一九八一年五月十日《南洋商報．文林版》（新加坡）
收入一九八二年六月遠景出版社《風過群山》（杜南發著）
本文按遠景版校訂

1 一九八一年四月七日陳映真針對台灣小說發展和中國新文學等議題與杜南發晤談，本篇為當時的紀錄，刊載於一九八一年五月十日新加坡《南洋商報》文林版，後收入杜南發所著《風過群山》（遠景，一九八二）頁一二一－一三四。因初刊版尋查未獲，以遠景版校訂。

注視一件在逐漸株連擴大中的文字獄

我們不服台北地院的兩個錯誤判決提出上訴之理由

良心・智慧和勇氣

民國六十八年十二月十日，高雄「美麗島事件」爆發後，當台灣的絕大多數具有良知的中國人民，都懷著無比沉重、傷痛、關切和焦慮的心情，沉默地注視著事態的發展時，有一小批人跳出來了。他們高舉著恐怖的旗幟，在灰暗的天空招搖；他們肆無忌憚地、粗暴地到國會、到大學校園內，高喊著要槍斃一些人；他們在電視螢光幕上，為被捕的黨外人士燃放鞭炮；他們在自己的「刊物」上，用最冷酷無情的語言，恣意揭破民國三十六年「二二八」不幸事變造成的、經三十年來逐漸癒合的傷口，使台灣內部的民族團結，遭遇了新的、嚴重的危機。他們就是這樣的一批人：看不見台灣與三十年間經濟、社會、文化的發展相應的、政治上一定的進步，卻巴不得台灣立刻變成一個可以恣意秘密逮捕、酷刑拷打、在國會、大學院舍甚至大街通衢中隨時隨地槍斃一大批人，血流成河的地方；巴不得台灣立刻變成他們可以任意地把「黑幫分子」、「台獨」、「共匪」這些帽子丟給什麼人、什麼人就要立刻被抓起來遊街示眾，受審問吊的地方。

就在絕大多數善良的，在台灣的中國人民含著怒目，悲忿地、噤默地注視這些人狂妄地喊殺、喊打的時候，六十九年元月號《中華雜誌》，推出了一篇題為〈論高雄「美麗島」暴力毆傷憲警事件〉的社論。在這篇社論裡，《中華雜誌》分析了參與高雄「美麗島」事件的組成分子，給予不同的、分別的、公正的評價；分析了這些組成人物結合的國內外因素；分析了高雄集會的目的等等，並且也誠摯地要求政府和黨外藉著這不幸事件，各有深刻的自省，從而敦勸政府應有更大的自信，及發乎這自信的謹慎。社論嚴正批評了大呼槍斃別人的人，反映了在台灣大多數中國人民不擴大事件、對被捕者從寬、從輕處理的共同願望。尤其重要的是，社論表達了鞏固和增進台灣內部民族團結、和平與愛的必要。社論說道：

> ……然過去裂痕尚未癒合，而今天又出現新的傷痕。幸而只是破皮痛肉的小傷。我們正當因這些忠勇國軍之堅忍而形成今後更加團結的骨肉之心，而斷不可因此而擴大地方主義的裂痕，造成永不可復的仇恨之意。我們也應使本省的和外省的新的世代和大陸子弟成為新中國的人才，而不當使他們在這島嶼上成為不共戴天的仇人。

最後，社論語重心長地提出了「使台獨變為和平的黨外人士，不當使黨外人士轉為台獨」的智慧，並期望政府有更恢宏的胸襟，「心平氣和」，以求「疏通培補」；以高度政治智慧與藝術，認識到「『赦免』是人類語言文字中最高貴的」字彙，秉著中國傳統文化道德中好生、不殺、忠厚與仁誠之道，化戾氣為祥和。

在當時，台灣的空氣中一方面充塞著一種抑悒的噤默，一方面到處是聒噪欲聾的喊殺、喊抓的恐怖的聲音。在這樣的背景下，《中華》的這一篇社論，立刻贏得島內和海外一切以愛心和無限關切注視高雄美麗島事件發展的中國人民的共鳴。支持和讚揚這篇社論的信件，從海內外湧到《中華雜誌》的辦公室。有一位幾十年慎於噤默的台灣父老，用帶淚的聲音，打電話到《中華雜誌》，表示他對這篇社論的感謝……。

經過一年將半的時光，整個高雄美麗島事件，對台灣內部和國際政治的影響，仍然無可諱言地以其微妙、複雜的樣式，盪漾不去。然而，當我們回顧，《中華雜誌》的這篇社論，是當時在台灣一片肅殺和恐怖氣氛中，唯一高舉了我國傳統文化忠厚和平，好生不殺的精神，表達了一切海內外具有良知的中國人民要求正確地、從寬、從輕處理高雄美麗島事件，以利民族和平與團結，增進中國政治之民主與自由的這一個共同懇願的社論。值得稱幸的是：《中華》的社論，和政府嗣後的處置方針，不謀而合。「哀矜勿喜」「療傷止痛」不僅僅只是政府的口頭宣傳，在實際處置上，也大致合於不擴大、不株連、不施行軍管，從輕、從寬的原則。《中華雜誌》從來不認為政府對高雄美麗島事件的處置方針是受到這篇社論的影響。但是，《中華》這篇社論的重要性，正好在於它是當時危機時刻唯一的民間的聲音，要求基於民族團結和國家民主和自由體制萬代的命脈，正確處理這一不幸事件。否則，百年而後，當我們的子孫這樣問：當時在台灣包括大陸人和本省人的民間中國人，他們的良心在哪裡？他們的智慧在哪裡？他們的勇氣又在哪裡？我們將俯首無言。

讓我們接下苦難的擔子

《中華雜誌》的這一篇社論，卻為前述的一小撮夢想著要使台灣成為類似軍國主義時代的日本、在納粹時代的德國、在文革時代的大陸，好讓他們呼喚腥風血雨，生殺予奪，看千萬人頭落地，讓百家千戶噤默的人所憎恨。從民國六十八年十月開始，一個令全島側目的，不斷向國人暗示有強大政治後盾的「雜誌」，對《中華雜誌》開展了政治上極其狠毒、粗暴、嘯橫惡狂、不可一世的攻擊。事後查明：這惡名昭彰的政治攻擊的策畫者之一，就是周之鳴。一直到同年十一月，《中華雜誌》開始了一系列嚴正的反擊。去年八月，這份雜誌終於遭到停刊的處分。

但是，事情絕不因此而結束。從六十九年二月起，周之鳴向台灣警備總部秘密檢舉胡秋原、曾祥鐸、許良雄、陳映真「勾結台獨匪諜十大罪嫌」並將檢舉狀在台灣各界廣泛散發。趙慎安也到處對《中華雜誌》濫施恫嚇，要把《中華》編委「統統帶上法院」。《疾風》停刊後，他們並在另外一份「雜誌」上，找到了攻擊的陣腳。連續多月，每月四期，向《中華雜誌》進行持續不斷的政治的羅織、誣衊和攻訐。一直到七月，他們首先在台北地院自訴本誌發行人胡秋原先生誹謗，從此展開了一連串曲折的訴訟程序。我們，《中華雜誌》的編輯同仁，親眼含著熱淚目睹了七十高齡、頭髮雪白，畢生為中國的出路思索的老人，恭立法院之前，受盡了對方、甚至法庭內的故意侮辱。

到了十二月，周某趙某等到處個別的威脅《中華雜誌》同仁說要全部控告。《中華》編輯委員曾祥鐸、許良雄和陳映真，到了這時，也深切地感到不論在法理上、道義上、情感上，都已經不容許讓白髮如雪的胡老先生一個人，去承擔周之鳴、趙慎安一干人對胡先生、對整個《中華雜誌》編輯部凶惡、無理、狠毒的政治迫害。我們這樣想：如果這是中國的苦難，我們應該從胡老先生接下這副苦難的擔子；如果這是為建設更民主、更自由的中國所做的鬥爭，那麼，讓胡老先生不是一個孤單的老戰士；如果這是近代中國史不絕書的、佞倖之徒對愛國知識分子施行政治逼迫的開端，那麼，苦難的祖國啊，讓我們迎向它，而不是沉默地退縮！

今年一月間，許良雄、曾祥鐸和陳映真，為了嚴肅的自衛，先後向台北地方法院提出自訴，分別控告周之鳴和趙慎安對我們所做的放肆、粗惡的政治誹謗。

一切中國人都應該學習保衛自己的名譽權

在日據時代的台灣，在日本帝國主義統治下，愛國台胞經常背負著「支那人」、「清國奴」、「非國民」、「危險思想者」的惡名，受盡輿論、社會和日本特務的侮辱與迫害，卻只能忍氣吞聲。在納粹的德國，無數的人被納粹狂熱分子恁意當眾指為「下劣的種族」、「猶太豬」，而不能受到絲毫的保障。在所謂「十年浩劫」的「四人幫時代」，乃至於目前的大陸，知識分子動輒被恣意地扣上「右派」、「反黨反社會主義分子」、「黑線」、「毒草」、「臭老九」等沉重的大帽子，受盡人格、人身的侮辱，承受殺身、亡家的慘禍，卻只能年復一年沉默地承受這無邊的災厄。

我們不禁沉思：在中國，在這種肆無忌憚的政治性誹謗下，當事的知識分子噤默無聲，任人侮辱；不當其事的知識分子或敢怒而不敢言，或為了避禍而袖手旁觀，不敢挺身而出主張公道。這樣的日子，還要持續多久呢？

這個思考使我們悲傷。但在悲傷中，也不無一絲安慰：畢竟，當周之鳴、趙慎安們向我們頭上拋來「黑幫」、「美麗島分子」、「桀驁叛徒」、「狼」、「勾結台獨及匪諜」這些大帽子，在台灣的我們還不必馬上戴上尖帽子遊街，任人唾罵；還不致於被拉上公審臺子；還不必下放苦役……。但是，整個地說來，《中華雜誌》和周、趙的纏訟，沒有引起此間整個知識界、文化界的充分注意。有少數一些人勸我們：「那種人，理他做什麼？」更多的人，總覺得事不干己，甚至於也未必沒有人這樣想：這是他們「反共的」在搞內鬥……。事實上，幾十年來，對付這種政治惡罵之來，沉默──帶著深刻輕蔑的沉默，似乎是最好的因應之道。台灣大學有二位教授，目前便是採取這個辦法。不錯，沉默，而且是深深的輕蔑沉默，能使狺狺的攻擊成為徒然，但至少還得有一個條件：即國家的強制力量的「中立」和不涉入。這，便是台灣目前比大陸進步和不同之處。

但是，這樣的問題或遲或早地，總會被提了出來：難道說，在中國，只要有人口頭上說唯有他們效忠政府，便有權向人濫施任意的、粗暴的人身和人格的侮辱，而善良的中國人民只有消極沉默，永遠俯首橫眉，不敢言語嗎？難道說，中國的法律，要永遠把政治的考慮，置於法的正義之上嗎？[1]又難道說，中國人民在唯政治的暴力下，是那樣地卑賤，馴至他們尊貴的人格權、名譽權，永遠要受到惡勢力，和假借惡勢力虎威的狐輩們恣意凌辱嗎？也難道說，自詡經濟、社會獲得長足進步的台灣，在人民的人格權、名譽權、自由權這些基本的人權上，要長期受到一部分人之壓迫，而永久處在前近代的落後性之中嗎？

對於這些問題，我們的答案，尤其在近數十年中國近代政治中，語言的暴力結合著巨大政治暴力所造成的慘痛的殘害之前，是堅定而嚴肅的：「不，絕不！」

我們認為，中國人民，應該而且必然要學習以不屈的奮鬥，爭取和保衛自己尊貴的生命、人身、自由、財產、人格、名譽……這些權利。長期的忍從、姑息，甚至於輕蔑的沉默，是不能為自己爭得這些權利的。一部人權思想的歷史，不是比什麼都生動地告訴我們：這些尊貴的權利，恰恰是被剝奪了這些權利的人挺身而出，為爭取和保衛這些權利不斷地奮鬥爭取——而不是從忍從和沉默——得來的。

枉法的判決

也正是為了這些信念，我們把趙慎安、周之鳴放肆地對我們，曾祥鐸、許良雄和陳映真所做的政治性誹謗之責，交由台北地方法院，經由中華民國《刑法》，做公正的裁決。

四月二十日、五月六日，台北地院的判決先後下達了。誹謗者變成了無罪的自辯者。周之鳴、趙慎安被判無罪！

台北地院判決所依據的法條，是我國《刑法》三百十一條：

「以善意發表言論，而有左列情形之一者不罰：

一、因自衛、自辯或保護合法之權利；

二、公務員因職務而報告者；

三、對於可受公評之事，而為適當之評論者；

四、（略）。」

這一條法律的第一和第三項，成為判決的基礎。

現在讓我們逐一從這一條法律的精神和思想，分析這個判決的悖法枉法的本質。

甲、關於「『善意』發表言論」中所謂善意之解釋

必須慎重指明的是，這裡所謂的「善意」，即「bona fide」，和一般指情感上的好意一類，有截然不同的意思。「bona fide」，有誠摯真實之意（in good faith; without dishonesty or fraud）。換句話說，評論的公示，首先必須出於評論者誠摯之用心，而且所評論的內容是真實而不是虛偽的，才能視為依「善意」發表言論，才能免除誹謗之責。

當有一個人指控另一個人有「勾結台獨及匪諜的十大罪嫌」，說他「已成為台獨同路人」；當

一個人說另外一個人「有黑後臺」……，必須所評論之內容是真實（authentic），才能合於「以善意發表言論」之要件，才能免誹謗之責。虛偽之事，根本不能成為為維護社會公益為目的之公正評論。如果被告的評論是虛偽的，或是明知其為虛偽的，被告就不能免除誹謗的罪責。周之鳴對曾祥鐸、許良雄、陳映真所做的粗暴的政治誣陷，羅織了「勾結台獨及匪諜的十大罪狀」，都是虛構羅織的結果，毫無事實的根據，一開始便不合《刑法》「以善意發表言論」免責的要項，足見台北地院判決，是非法的判決。

乙、關於「因自衛、自辯或保護合法之權利」的免責

人在自己的人格和名譽面臨被損毀的危險時，是無法犧牲自己的名譽而保留他人的名譽的。因此一旦一個人的名譽面臨受到損毀的危機，法律承認公開自辯，以保護自己的利益和名譽的必要。因此，在自辯、自衛之際，不得不揭露一些對於對方名譽不利之事，可免除誹謗的罪責。

趙慎安早在民國六十九年六月起，連續在《疾風》雜誌對《中華雜誌》和它的編輯同仁做了不堪的、放恣的誹謗。但是，為了反擊和辯解來自趙慎安長期的、連續的誹謗而寫的「《疾風》自承本誌檢舉其匪嫌是有根據的」一篇文章，在台北地院法官的裁量中，反而成了趙慎安針對

以「自辯」、「自衛」的原因。尤其荒謬的是：曾祥鐸、許良雄和陳映真等三人，從來沒有寫過一個字對周、趙有所評論。所謂「自衛」，是經被「加害」而來。我等三人既從來沒有為文涉及周、趙，周、趙又何需「自衛」、「自辯」呢？足見他們所說的「自衛」、「自辯」，全是為了企圖推卸自己誹謗罪所做的狡辯而已。然而我們公正的法官，竟然不知何所據而粗率斷定《中華雜誌》「先有對被告發表被告認為也不是善意之言論」。無辜的自衛、自辯者得不到公正的、傾聽的耳朵，而真正的誹謗者成了無辜的自衛者和善意的自辯者！證據之證明力，雖由法院自由判斷，但「無證據能力，未經合法調查，顯與事理有違，或與認定事實不符之證據，不得為判決之依據」（《刑事訴訟法》第一百五十五條）。法官審理、蒐證之草率，斷案之枉法、循私，竟一至於斯！

丙、關於「對可受公評之事予以適當發表言論」之免責

所謂「正當批評」的免責，據現代先進諸國的法律，有這些條件：

（一）被告所評論之事，以其事之真實可以稽證者為基礎。（當然，有關思想、藝術、文學之評論，就不在此限了。）否則，即使整個評論是正當的，卻缺乏事實上有力的根據，那麼這種評論，就不能免責；（二）被告所做的評論，應為公益而發。換言之，應該是為了政治的進步，

民族的團結，社會的向上，文化與良俗的增進而發；（三）被告的評論，沒有涉及私人的私德和隱私。最後，（四）被告的批評，應出於真誠、懇摯，所評之事為真實，無半點欺偽與詐愚。要之，所謂誹謗，不僅在損害對方的名譽，更在以不實之事，損害對方的名譽。

周之鳴、趙慎安以「台獨同路人」、「匪嫌」、「十大罪狀」等等，對曾祥鐸、許良雄和陳映真進行羅織和陷誣。這不僅僅是一種普通的誹謗，而且是唯一死刑的罪名。因此，對於周、趙所為是否觸犯誹謗之罪，法官應該有詳實的查證。像周、趙對我們所做的指控，事涉嚴重的「國家安全」，尤其應該通過國家治安機關調查。但是，法院卻私毫沒有這樣做，卻輕率地斷定周、趙公開指控曾祥鐸、許良雄和陳映真有「勾結台獨」「為台獨同路人」、「匪諜」等「十大罪狀」，是一種「對可公評之事」為「適當之評論」！

容我們不憚其煩地強調：對虛構的事實，決不能有「公評」。所謂可資公評之事，在法律上，首先是該事為真實的事實。像周、趙蔑視法律，到處寄發的「十大罪狀」黑函，竟而經由法院斷為是「對可公評之事」的「評論」，那麼，如果有朝一日，有他人也任意另外用一個「十大罪狀」指控法官，而且居然也另有法官斷之為「公評」，不知我們的法官，又作何感想？

國家設立法院，授與法官的職位，是要以法律和它的裁量者，為億萬良善的百姓保持公道和正義。因此，法官首要的職責，在秉持公正和嚴肅的態度，去調查和發現真實，並根據這個真實，依法做出公平的判決。台北地院此次對本案的判決，便完全違背了國家司法上制定法律、設立機關、授與職位的本意。試問：如果法官不以調查證據，發現事實並據以判斷，則法律、法官和法院不但不能伸張正義，保護人民生命、自由和財產之權，反而成了正義和國家尊嚴最無情的諷刺。

其次，如果對於像周之鳴那樣，故意對人羅織政治性的罪名，並將此黑函到處寄發這樣的行為，我們的法官可以認定是為了公益的行為——即有利於政治之進步、民族之團結、社會的向上、文化與善良風俗之增進，從而認定其合於「正當之評論」免責的範圍，那麼，我們又要如何去區分一個自由、民主、法治的社會與大陸的社會？如何把一個自由、民主、法治的社會與日據下台灣的警察社會分別起來？又如何把一個自由、民主、法治的社會與一切近代專制社會分別起來呢？

最後，趙慎安、周之鳴的行為——以不實的、惡毒的、四人幫的、法西斯蒂的政治羅織，肆無忌憚地侮辱和傷害他人的人格——又如何能視為一種真誠、懇摯、以真實的事實為基礎的，光明而磊落的評論，從而免除其誹謗之責？

丁、關於漢語語法的認識和判斷

趙慎安在〈胡秋原涉嫌誹謗案初審旁聽記〉一文中有這段話：「曾因叛亂案被關坐過牢的《中華雜誌》主編曾祥鐸，也沒有到，是出席國建會了。這真是國建會的恥辱」，從而被曾祥鐸提出誹謗之訴。

趙慎安的答辯，居然說原意為「國建會之恥辱」，未說是「曾祥鐸的恥辱」，所以不構成對曾祥鐸的誹謗。對於這樣離奇的辯解，法官的判斷是：「經核屬實，被告所辯尚可採信」！

被告趙慎安的原意，難道還不明白嗎？曾祥鐸因叛亂案件在警總滯留過。趙慎安說國建會邀請曾祥鐸參加為可恥，其基本的理由是，認為國建會因曾祥鐸的出席而成為一個「恥辱」的會議！──這就是趙慎安的原意。任何從父母、從學校學習了漢語語法和語意的人，都能明確地掌握這句話刻毒的侮辱。如果有這樣的陳述：「這樣的人也可以當法官，這真是中華民國司法界之恥啊！」，或者有人說：「像趙二這種人也算是一個中國人，那真是全中國人的羞辱啊！」，這難道可以解釋成發語者僅僅在說中華民國的司法界之恥，僅僅在說全體中國人之恥嗎？這難道不是對被語及的法官和趙二的最無情、粗魯的侮辱嗎？然而，我們尊貴的法官，卻認為趙慎安之所說，「尚可採信」，從而僅僅依據「尚」可採信的辯詞，斷誹謗者為無罪。嗚乎！

戊、引用傳聞的誹謗之免責

前面說過：對於可以公評之事的評論之免誹謗罪責，有重要的前提，那就是評論之目的，在為了公共的利益。然而，斷定一項評論是否為可公評之事，又有一個嚴肅的前提，那就是評論需以真實之事實為要件。因為虛偽、羅織、杜撰之事，不得為促成公共利益之手段。如果評論之內容為子虛，或者雖然為評論者主觀上堅信其為真實，卻絲毫沒有真實事實的根據，那麼，這種評論，就不能免除誹謗的責任。這其實是現代妨害名譽罪論中最基本不過的法學上的知識。

因此，若評論以傳聞為本，也必須證明傳聞為真實之事實，而所謂真實的事實，是該事實之歷史的真實過程，可明確地加以證實的。這，其實也是現代先進國家法律中，妨害名譽罪論中最起碼不過的常識。

無如我們的法官，是這樣地違反這種起碼的、文明的知識！這只要看一看台北地院對我們的控訴所做的判決就了然的——

趙慎安說，他在〈胡秋原誹謗案庭訊記〉中把曾祥鐸形容為「獐頭鼠眼」，是引用自《疾風》雜誌上的一篇文章；稱陳映真為「狼」，是引用自《中華雜誌》的一篇文章。而法官竟也據而斷定趙慎安「難謂有誹謗之故意」！

這樣的判決，又引出了若干問題——

那就是關於誹謗罪的成立問題。

一個人的名譽的內容，是社會對那個人的評價。而名譽權的損害，是產生於使一個人的社會評價受到毀損，使評價降低或惡化。名譽既為對一個人整體的社會評價，但對那個人某一行為、某一部分的誹謗，又足以影響社會對其人整體的評價，所以也構成對他的名譽損毀。

因此，說別人「獐頭鼠眼」；說別人是「狼」，不論出於評論或轉述傳聞甚至被害者自己的戲言，只要有損他人之評價，即使事實是真實的，都已構成名譽的損毀，是至為明顯的。尤其像轉載或轉述，每轉載一次即構成另一個不法行為。

關於趙慎安辯稱他稱陳映真為「狼」，是根據《中華雜誌》二〇〇期第三十六頁所載「有人還說陳映真參加過高雄事件。那天大概有人要偽裝陳映真，來抓這隻『狼』罷。」一節，需要一點說明。

原來高雄事件發生時，據說某方面傳出謠言，說陳映真參加了高雄事件。其實陳映真一直好好地待在台北的家中。對於這種無可索解的謠言，文章的作者深不以為然，乃以譏諷的口吻，推斷謠言之來的理由。文章的作者推想：也許有人偽裝陳映真在高雄事件的現場出現，從而製造輿論和偽證，好來逮補在鄉土文學論戰中被一篇惡名昭著的羅織構陷文章〈狼來了！〉中泛指的「狼」之一的陳映真。

《中華雜誌》這篇文章的語意、語法，是再明白不過的了。但經趙慎安引用過的「狼」，其語意，用心之毒惡，比〈狼來了！〉這篇原文的惡毒用心，只有過之而無不及。這也是任何從父母和學校學習了漢語語法和語意的人，兩相對照，立刻可以了然的。

然而，我們尊貴的、博識的、公正的法官，竟然根據趙慎安一面之詞，說他「有事實根據，也難謂被告有誹謗的故意。」

好一個「事實根據」！好一個「難謂有誹謗之故意」啊！

罪有故意之罪和過失之罪。現在說趙慎安「難謂」「有誹謗之故意」，難道說趙慎安有誹謗之過失嗎？那麼，何妨也讓我們來考察名譽毀損的過失的要件——

所謂故意妨害名譽之罪，是被告明知其行為的結果足以損害別人的社會評價而犯下的行為。而過失妨害名譽的推斷，必須是被告在不小心，不注意，未曾料及結果的行為中，損及他人的社會評價。例如被告寫給原告的一封私函中，寫有足以毀損原告名譽之事，為原告之秘書、佣人不經意間閱悉。則被告在寫信時固然無意將信函內容給第三者閱知的目的和故意，也料想此信僅能由原告一個人閱知。如今因意外的因素為第三人所閱讀，雖然因而構成原告社會評價之貶低，從而構成原告名譽的損毀，卻只能以過失罪論斷。

所謂誹謗，乃以明知不實之事誣人。周之鳴、趙慎安，以虛構、羅織、構陷的不實之事，對人進行政治的誹謗，竟欲假政府之手，置人於死刑之罪，惡性尤其重大。而我們的法官，卻輕易地說他們的誣陷有「事實根據」、「難謂有誹謗之故意」！

株連擴大中的迫害運動

台北地方法院七十年度自字第七三、七四、七五、一二二號刑事判決，還有許多違法的、不可思議的地方。例如不經採證就說曾祥鐸、陳映真是《美麗島》雜誌社的社務委員；不經採證就把《中華雜誌》發行人胡秋原先生具名控告《疾風》一干人的事，說成「以編輯部名義發表文章控告沈光秀等人為匪諜」，等等。而這些粗心、偏頗、不實的採證，又都是法官判決的重要基礎。從一粒砂子看世界，怎麼令人不為中華民國司法的品質深深地憂慮呢？

對於這樣一個悖法違理的判決，我們曾有這些疑問：

・法官太忙，案牘勞形，無暇為每一個案件做深入的研究；
・個別的法官素質不良，沒有能力做出公正的判決，執行國法的正義。
但是，終於有兩件事使我們開始擔心我們的疑問是太過於幼稚了。
頭一件事是台北地方法院傳出血案，流氓居然在司法大廈中，罔顧法院的莊嚴，動起了刀子。一向在後街秘巷中進行的黑社會廝殺，居然以莊嚴的法庭作為凶殺罪案的舞臺！
——這說明了什麼？我們急切地問。
這難道不是在說明，複雜的、腐敗的因素使宵小失去對法的敬畏，使法為之荒廢？這時，一切長年來有關法院的耳語、民怨，一時向我們的心中襲來，使我們的內心充滿著無邊的悲愁。一個喪失了正義的司法機關，對於那個國家和那個民族，將帶來怎樣的慘禍啊！
第二件事，是周之鳴在台北地檢處控告胡先生、許良雄、曾祥鐸、陳映真的案子，正在默默地擴大。周之鳴除已在警總控告胡先生，並已對胡先生的自訴提出反訴，現又在同一法院就同一案件再行控告。
五月二十日，台北地檢處第二次傳訊了許良雄。庭訊之中，檢察官告以他們已控告另一個投書《中華雜誌》的讀者王先生。（王先生的投書刊於去年十一月號）於是周、趙的羅織之手，默不作聲地，狡黠而惡毒地伸向《中華雜誌》的讀者。從周、趙之徒秘密檢舉胡秋原、曾祥鐸、許良雄、陳映真於警總，到反訴於台北地院，到控訴於台北地檢處，進而誣及《中華》讀者王先生，一個文字獄正在猙獰地形成。

事態的發展，令人有這些憂慮：

由於中華雜誌社對高雄美麗島事件的處理，有不同的意見，有一些唯恐台灣內部的民族團結不破壞，妄想台灣會施行極端的軍事、警察統治；唯恐台灣的社會不向恐怖和獨裁倒退；唯恐台灣不成為一小批四人幫，法西斯蒂分子祭起腥風血雨，用符咒政治把監獄塞滿了知識分子和文化人之地的人，以古代閹黨的伎倆，瞞騙政府、社會、文化界和知識界，在陰暗、潮溼的角落裡，有計畫、有步驟地以法律手段、盜人耳目，對《中華雜誌》和她的讀者，興起文字的獄案！

而在這一件逐漸成形的文字獄案中，初審的法官，起著關鍵性的作用。但是，正如我們所指出，對於周、趙一干人，用嚴重的政治誣陷，竟欲以極刑之罪置我們於死之事，我們的法官，竟然不做絲毫證據上的調查，遽而斷定周、趙的政治誣陷，是「對可公評之事做適當的評論」！思之再三，我們怎麼也無法相信我們的法官竟連審判需以證據之調查為基礎這一點起碼的法律常識都沒有，那麼，我們只能以沉痛的心來相信，法官包庇了兩個膽敢意欲在青天白日之下興起文字獄案的人！

因此，我們要嚴肅地呼籲海內外關心全中國的民主自由和人權的愛國同胞、知識分子和青年們，嚴重關切周之鳴、趙慎安誹謗《中華雜誌》發行人胡秋原、曾祥鐸、許良雄和陳映真，並進一步向《中華雜誌》的投書人、讀者進一步株連，擴大的案件，注視它再進一步的發展。

然而，我們可以公告於海內外一切關心全中國民主、自由、人權和民族團結的朋友們、同胞們：我們沒有屈服。我們已經將整個案件，上訴於高等法院。

我們上訴於高等法院，是因為我們深信法律應該彰顯社會和國家的正義；是因為我們深信鷹犬胥吏罔顧法律，肆意玩法殘民的封建時代，早已一去不復返了；是因為我們相信，一個現代化的，文明的國家最顯著的特徵，在於她有一套公正的法律程序和條文，人民可以依據這一套法律主張和保衛自己尊貴的生命、自由、人格和榮譽的權利！

我們上訴於高等法院，是因為我們用全部的生命堅定地相信這樣一個信念：中國知識分子可以讓人隨意濫施政治性攻訐、侮辱、損害和壓迫、逮捕、殺戮的時代應該早一刻，早一日終止。

我們上訴於高等法院，不僅僅是為了三位私人的權益，也不僅僅是為了一個雜誌的是非。我們上訴於高等法院，是因為我們覺悟到這樣一個真理：在政治性語言的強大暴力之前，中國的知識分子應該奮然而起，為保護自己學問和人格的尊嚴，不惜肝腦塗地，奮鬥到底！

此時，我們的心情是沉痛的。舉目東望，魏京生、傅月華、劉賓雁、白樺、王若望和王希哲這些中華英雄的、光榮的兒女，正不惜打碎自己，為中國人民的民主、自由和人權的前途，獻身祖國的祭壇。當我們亟思給予應有的聲援，不幸我們也受到類似的政治攻擊。雖然王希哲們的壓迫來自一整個體制，而我們的來自一、兩個荒廢的靈魂，頂多再加上一、兩個初審的法官，但是，祖國喲，難道我們應該為這個不同而歡欣慶幸嗎？不，絕不！我們把我們的苦痛放大百十倍，去體會王希哲們的災難；我們把我們的苦痛放大百萬倍，去體會近代歷史中祖國深切而長久的苦難。那麼，我們也把我們依法為保衛我們自己的人格權，反對政治構陷，羅織文字獄案戰鬥到底的決心，作為我們對中國民主、自由、人權和民族團結這一個偉大的事業的一份平凡的禮獻。

在中國，自三代以來，一切的聖賢和偉大的知識分子，都有一個最深刻的認識，就是：政治上的罪惡萬萬千千，滔天的大罪，卻莫大於文字獄。在海峽的彼岸，幾十年來，公開和秘密的文字獄，折磨和殺害了多少中國的仁人和志士。因此，我們在台灣的知識分子，尤其有一份崇高而莊嚴的責任：要從全中國的歷史中，把文字獄案永久地、徹底地、乾淨地掃除。那麼，首先就必須堅定、有力、而毫不妥協地懲處周、趙這兩個陰謀興構文字獄的人。

初刊一九八一年六月《中華雜誌》第十九卷總二一五期，署名曾祥鐸、許良

雄、陳映真

收入一九八八年五月人間出版社《陳映真作品集11・中國結》

1　人間版無「難道說，中國的法律，要永遠把政治的考慮，置於法的正義之上嗎？」。

青年的疏隔

試評《再見，黃磚路》[1]

初讀《再見，黃磚路》，第一個感覺是：「啊，這種文學，終於產生了！」什麼文學？

描寫工商文明抵達一定的發展階段後，在大都市的某一個角落裡生活著的青年的生活——他們的孤獨、寂寞、無人了解、悲哀，甚至於他們的憤怒和反叛。這些青年，來自富裕而破碎、冰冷的家庭（如Mikko和Theresa），他們從自己的父母、家庭、師長、學校和整個社會中，得不到了解和幫助。他們覺得家庭、學校、社會在「愛護」、「教育」、「為你們好」的名目下，深加給他們沉重的教條性的壓力：做個好學生、好青年……。更糟的是，青年終於發現大人的社會中原來自始就充滿了偽善。他們太早看見成人的世界中的腐敗、虛偽、骯髒、冷酷和頑固。他們的心目中沒有了模仿和服從的偶像，於是，他們突然被放逐——或者自我放逐於一片無所依從、無所取法的空曠、茫漠、充滿了孤單、不安和恐懼的世界，跌撞其中，放恣其中，哭泣其中，逃避其中……。

逐漸地，他們為自己尋找到或者建立起自己的生活的方式。音樂、酒、菸、麻醉藥品、性、長髮、奇異的服飾……。於是，在都市的一個角落——幾個特定的喝酒、喝飲料，駐有年輕歌手的地方，聚集著這一批來自「富裕」之家或社會的青年，形成一個小小的社會，形成一種「文化」，形成一種生活。每年有新的人加入，有人走出，也有長久浸泡在其中的。

《再見，黃磚路》，便是以一個青年歌手為經，以他身邊的人和事為緯，以幾支他所喜愛的西洋歌曲為「背景音樂」，喝咖啡聽音樂的場所為場景而寫成的故事。文字細緻，以中篇而論，結構上也算緊密靈活，全篇貫穿著一股青年的孤獨和悲哀，讀後，令我這個已隔一代的人，也有油然的憐惜、心疼之感。作為一個寫小說的人，作者是有相當才華的年輕人。

作者對於這個台北的幾些小角落中的青年，不是沒有批評的。但這批評是輕微的，是牽強的。作者試圖批評台灣的美國學校，以及送子女到美國學校去的家長，似乎是說，美國教壞了這些在美國學校讀書的中國青少年。其實，美國學校當然是「進口」以美國的社會矛盾為原因的「青年問題」之主要的「免稅港口」，不過，即使沒有美國學校，美國的青年問題，依然還是會挾在一大堆美國商品和文化而流入台灣吧。問題恐怕是在：現在的台灣，已經有了讓這種青年問題滋長的土壤——即繁榮的工商經濟為台灣的社會、家庭所帶來的激烈的變化。

然而，從深處去檢視，群集在台灣幾個都市中的幾個小角落的這些青年，基本上是受到外來的影響，是不錯的。觀乎每個人有一個洋名字，語言中夾雜著大量的英文——AS[2]「出身」的甚至滿口流暢的英文。他們的臥室都是Elton John、Don McLean、Baez、Dylon……的照片，他們的高級音響流出來的都是這些人的歌。

西洋歌曲成為他們最親密的朋友。悲傷的時候，放一支某個外國歌手的歌，尋求安慰；歡欣之時，某支外國歌手的歌，會從他們的吉他流瀉而出；他們在小咖啡室中，為一個中國歌手模仿的外國歌而沉醉、瘋狂(Don McLean的Vincent，就是喬也的「拿手」「招牌」歌)。由於我們自己沒有自己的歌，所以他們就從洋歌裡去尋求慰藉。這一代的青年，即使是情感，也是支借過來的舶來品！當然，作者也探討中國歌曲的創作問題，也談到關心，談到「愛」，談到「這塊熟悉的土地」，談到中國：

你要是有一支筆，
一把六弦琴
這個夏日也就打發了
管他長長的陸橋

一街的憂悒
這個中國就是你的
中國啊中國……

然而這畢竟是無力的、造作的。某詩人的「中國啊中國……」，是一種民族自我羞恥感和劣等感等苦痛的喊聲，而這裡的「中國啊中國……」，卻毫無內容可言。我想那理由是至極簡單的。倘若一個青年只知道拿家裡的錢，在價錢昂貴的餐聽、咖啡室消磨竟日，抽菸、喝酒、沉醉在西洋歌曲中，甚至抽大麻煙……「中國啊中國」，畢竟離他們太遠，畢竟對他們太陌生。因此，作者雖然在認識上對這些青年的生活，有一點兒批判，但這批判因為對於那些青年的生活和情緒有很深的同情和認同，自始至終，都是薄弱無力而且矯揉造作，毫無說服力量，從而破壞了小說在意念上的統一性：

你若相信成長是一首夏日流暢的歌
輕脆的迴響來自你熟悉的土地
你知道年輕不是流浪

不是強強烈烈的反抗
不是，不是強力膠和速賜康

如果你的眼內有不止的淚水
讓它滴在這一片熟悉的土地
那就是我們的關懷
陽光流水都是愛

請你聽聽：山上的鳥兒叫了
請你聽聽：海邊的潮水笑了
像我們的歌聲邀請你來
一句一句都是愛

這就簡直是青年的「淨化歌曲」了。小說中的那些年輕人，對一小截「黃磚路」，對一段長長的陸橋，也許能引起某種孤寂、悲哀的認同，但對台灣「這塊土地」，他們卻不夠「熟悉」。說到

「愛」和「關懷」，就更不是模仿西方青年文化的頹廢一面的中國的Joe、Theresa、Mikko所能擔當的。而他們情緒化的理想主義和「光明面」，因為沒有一個認知上的基礎，而顯得唐突、幼稚、可笑。關懷的力量，始於關懷轉化為實際的行為；愛的啟發，在於出乎愛的容諒；理想的號召力，在於理想對於現實的反叛。《再見，黃磚路》最大的弱點，便在於它的不自然，言不由衷的妥協和道德訓誡。如果這個故事能以作者出乎愛的容諒、抗議和關懷，更徹底、更露骨地描寫這一小撮青年在心靈上、身體上和生活中的創痛和悲劇，甚至破滅，從而在巨大的悲劇中震醒小說中的某一個人物，那麼，不論對於那一類的青年，或者對於產生那一類的青年負有重大責任的社會、學校和家庭，必能產生更深刻的反省……。

簡單地以「崇洋媚外」、「喪失民族自信心」、「洋化」、「腐敗墮落」、「虛無」、「迷失」等詞句去責備小說的主題或小說中的一群青年，是十分容易的事，但卻不見得是正確、有益的事。十多年前，已故民族音樂家史惟亮先生說過一句話：「青年總是沒有過錯的。」初聆此言，五體震撼。當然，在青年中，也不乏趨炎附勢、耍陰險、使壞點子的人。但，即便是如此，我們毋寧更需要檢討造成今日青年種種的根本的、客觀的原因。《再見，黃磚路》中的一群青年，顯然並不能代表今日台灣的大多數，但卻代表了都市青年的某些精神面貌。蓄長髮，衣衫奇詭而不整，以美國熱門音樂為最主要的精神糧食；香菸、酒精、大麻的刺戟和「自由」的性……心靈稚幼單純，卻充滿了寂寞、孤單、挫折、失敗、不被理解。這種「反抗」的青年，同樣地群集在高度工商發達的國家的城市：東京、紐約、巴黎……。在工商經濟體制下人的「疏隔」，浸淫到青年層中。如果「社會繁榮」、「經濟成長」、「充分就業」的代價，是讓一部分我們可貴的青年落入沒有生活的理想和目標；放縱官能的享樂；沒有社會、民族甚至國家的認同感；摸索在孤獨、悲哀、不安和恐懼的曠野中，那麼，在我們責備這些青年和描寫這些青年的小說家之前，我們更應該好好地思考：是什麼使在襁褓中時，這一小群那麼清純可愛的我們中華的兒女，變得這麼憂傷、寂寞，充滿了心靈的苦痛，失落人生的理想和奮鬥的目標……？

初刊一九八一年六月文鏡文化事業《再見，黃磚路》（詹錫奎著），署名許南村

收入一九八三年一月遠景出版社《再見，黃磚路》（詹錫奎著），一九八四年九月遠景出版社《孤兒的歷史・歷史的孤兒》，一九八八年四月人間出版社《陳映真作品集9・鞭子和提燈》

1 本篇為詹錫奎的《再見，黃磚路》（文鏡，一九八一）之書序。一九八三年改由遠景出版的《再見，黃磚路》，篇題改為〈試評《再見，黃磚路》——代序〉（署名陳映真），後收入一九八四年《孤兒的歷史・歷史的孤兒》，篇題為〈試評《再見，黃磚路》〉；收入一九八八年人間版，篇題為〈青年的孤獨和悲哀——試評《再見，黃磚路》〉。

2 「AS」，人間版為「美國學校」。

讀七教授〈坦白的建議〉有感

李歐梵等七位旅美教授，應中共「作協」的邀請，在大陸做了三個星期的訪問。離開大陸以後，他們聯名寫了一封公開信給大陸的文藝界，提出十二點意見。這公開信以〈坦白的建議〉為題，分別在香港的《明報》和台灣的《時報雜誌》（七十九期[1]）刊出。

這篇文章，基本上不曾引起我們的文藝界的重視。只有彭歌和侯健迅速地發表了讚揚七教授的談話。倒是台灣文藝界以外的毛鑄倫寫了〈文藝作家的不朽盛事——評〈給中國大陸文藝界的一封公開信〉〉，和《臺灣日報》六月六日的社論〈這是什麼樣的心態與立場〉，提出了嚴肅而誠懇的批評意見。

由於我們深刻關心大陸文藝作家三十年來坎坷的命運，也敬佩這三、四年來，大陸文藝作家以無比的勇敢，秉持文學的良心，為中國人民而冒著身家破滅的危險，站出來高聲說話的雄姿，因此，當我們非常仔細地拜讀了七教授的〈建議〉，並交換了彼此的意見。我們很願意把這些意見發表出來，首先是為了表示我們對以劉賓雁、白樺、王若望……為代表的大陸批判派文學作家的關懷和敬意。其次，也為了表示我們對七位教授（其中有幾位是我們共同尊敬的知友）關心整個中國文藝事業的胸懷之尊敬。最後，也算是忝為台灣在野的文藝工作者的一部分，表示我們對「建議書」的看法。

海外自由知識分子的責任

七位教授中，絕大多數是在台灣度過他們的少年和青年時期，並且在台灣完成最初的文學教育和訓練——不論是學校的訓練或自我教育。他們的絕大多數，都是從台灣到美國，並且滯留美國多年，從事文學的研究、創作和教學。多年以來，他們把對於中國當代文學關切的眼光，首先投向台灣。他們不但在台灣當代文學的研究、譯介和詮釋方面，取得了成績，做出了貢獻，更其感人的是，對於當代在台灣的中國作家涉及政治事件時，毫不躊躇地表達了他們同胞的、人道的支援。

從這個歷史場景去看，七位教授在大陸開始初步對外開放的目前，接受邀請，到大陸去見見那邊的作家、文藝刊物編輯等文學工作者，毋寧是與他們長年來，一如劉紹銘最近寫給陳映真的信中所說的「傳介中國當代文學」和「為民請命」這兩個基本抱負相一致的。

大致上說來，七位教授中絕大多數，是在六〇年代初葉渡美深造的。這二十年間，中國——大部分從台灣去的——留美學生，對國事的態度，大約可分為三個不同時期。在第一個時期，大約是整個六〇年代吧，除了一部分台灣省籍留學生參與分離主義的政治運動，其他大部分的留學生，率多自求多福，只關切自己在美國的學業和事業前途，對國事一般比較冷漠。到了六〇年代末期，尤其是七〇年代的開始，始則受到大陸文革，繼則受到保釣運動的影響，一般而言向來冷漠的中國留學生，突然展開了熱烈的政治關懷。但也就在這個第二時期，留學生中，發生了激烈的政治認同上的分歧：有人傾向北平，有人傾向台北，有人更無可回歸地走向分離主義，也還有人對上述三個傾向都無法認同。文革結束，尤其是四人幫崩潰之後，形成第三個時期。這時候，第二時期的左翼留學生陷入嚴重的苦悶之中，對四人幫崩潰後暴露出來的，原來長期存在於大陸的各種政治和體制上的嚴重問題，抱持極為辛烈，不肯妥協的批評態度。然而，也在同時，於失望、頹喪、苦悶之餘，在先前的「左翼」和向來保持比較「獨立」立場的愛國知識分子中，似乎有一個反省運動在逐漸形成。這反省運動，有這樣的結論：把認同的主體，擺在中國人民身上。「為民請命」——為十億中國人民的民主、自由、人權和命運，說出公正、認真、嚴肅、誠懇的意見，成為當前海外自由智識分子(不論其意識形態的不同)在當前歷史階段中最迫切的責任。這是因為，無可諱言地，在大陸內部和台灣內部的知識分子，說話時都還有一定的政治上的顧慮和禁忌。此外，毛鑄倫說得對：海外的自由知識分子，「……比較上可以對海峽兩邊的政權採取感情中立的態度，因而也可以表達出一種更真純透明的中國人對某些事務的觀點，在中國當前環境下，發揮一種比較易被接受的規勸與建議的功能，而能有益於中國的子民。」（〈文藝作家的不朽盛事〉）

立刻停止對中國大陸作家的迫害

大陸文藝工作者所面臨的困難和問題，大陸上的文藝工作者最明瞭。論發言的力量，大陸上的作家，例如劉賓雁、白樺這些人說出來，應該比誰都有力量。無如中共當局不但不知道重視這些人的意見，對於這些敢於為中國人民說出真話的作家，必欲有朝一日除之而後快。台灣的一些作家，也許忙於個人的事務，雖然一貫熱心反共，但是對於四人幫之後大陸上自己抖出來的大陸文學家們長年來的悲慘命運，對勇敢地批判中共體制的作家，反而十分微妙而不可思議地保持緘默。至於像我們這樣的人，對中共迫害作家的事很關心，很生氣，但因為自己在台灣也被某些人目為異類，這些話，向誰去說，又該怎麼去說？為此，我們真是苦悶再加上苦悶。

於是，在像這樣一個「中國當前環境下」，我們就更加熱切盼望海外自由知識分子多說話。這也是我們為什麼特別重視七位教授的「建議」之原由所在了。

我們以熱切的期待心，讀完了〈坦白的建議〉，第一個反應是因為七位教授沒有明確、堅定地為大陸上的思想表達的自由受到危害這件事說話，而感到失望。

一年多來，從魏京生被捕、審判、下獄，一直到最近著名的青年評論家王希哲的被捕，其間一連串逮捕青年批判體制知識分子的事件，都引起我們沉重的關心和忿怒。我們以為：這些人被捕的事件和發展，和劉賓雁、王靖、白樺、王若望、王蒙這些人被中共批判、圍剿，甚至強迫修改作品，是不能分開的。

因此，我們想：如果七教授提出的第一個意見，是要求立即釋放魏京生以迄王希哲這一連串被捕的中國大陸新生代批判體制的知識青年，要求立刻停止黨、團、特務和軍隊對劉賓雁、王靖、白樺、王若望和王蒙這些人的批評、圍剿，停止強迫由黨「幫助」白樺改寫劇本，那該有多麼好啊！

也許七位教授認為：魏京生、王希哲這些人，不屬於文藝作家，不便在這篇以大陸文藝界為對象的文章中提及。其實，從廣義的作家（writer）來看，魏京生和王希哲無疑可以列入中國的作家之籍。英國文學史中，甚至把羅素、邱吉爾這些人列入，認為從文學的觀點來看，羅素的哲學評論文章和邱吉爾的演講、著作，都有文學上的價值。當我們讀過魏京生文章（例如〈魏京生自傳〉及〈功德林的功德〉）和王希哲文章（例如〈為無產階級專政而努力〉、〈毛澤東與文化大革命〉），雖然迢隔萬里，卻能使我們對他們的思想和情感發生那麼深刻共鳴的，不正是他們文章中傑出的語言表達上的成就嗎？他們析理入微、流暢、生動、懾人心魄、而又完全不失中國白話語言傳統的文章，無可懷疑地，是中國文學當中寶貴的財產。因此，海外自由知識分子任何聲援中國大陸文藝作家的運動，都不應該摒除魏京生以至王希哲這些勇敢、正直地以傑出的中國語言為億萬中國人民說話的「作家」們。

其次，我們以為：如果逮捕魏京生以至於王希哲一干批判現體制的知識分子的事件，沒有受到中國自由知識分子正義輿論的干涉，那麼，劉賓雁、王靖、白樺、王若望、王蒙這些正直、勇敢而且優秀的作家，在中共文化特務眈眈虎視之下，能待在牢獄之外多久，沒有任何人可以估計。我們認識到：魏京生以至於王希哲，和文學界的劉賓雁以迄於王若望，有一個共同點：那就是為中國人民和中華民族的民主、自由、正義和幸福的前途，冒死力言。他們之間的不同，僅僅在於前者用散文、論文的形式，而後者採取小說、劇本、詩歌的形式來表達。

目前，在大陸內部，正如七位教授所洞見，沒有一個真正屬於作家自己的組織，來為這些已經被捕的，或者旦夕處於被捕之危險的作家同人申訴。那麼，旅居海外的自由知識分子最急要的工作，何過於為魏京生以迄於王希哲這些民刊的新生代思想家之立即的自由呼籲，何過於為目前正在遭受「否定愛國主義」、「極端個人主義」、「無政府主義」、「資產階級自由化」、「利用文藝民主作為反對祖國及共產黨」這些刻毒的誣陷的作家撐起腰桿子，要求立刻停止這些無恥的指控；何過於告訴中共：停止強迫白樺修改劇本《苦戀》，因為在將來歷史中存留下來的《苦戀》，必然不是「修訂」的版本，而是目前流傳海外的原初版本！

我們相信，七位教授從大陸出來之後，個別地、聯合地，還有很多話要說出來、寫出來。他們也深信，魏京生、王希哲們和劉賓雁、白樺們當前的不幸遭遇，必然也在他們深切的顧念之中。那麼，請立刻為了當前大陸的思想和表達的自由，做出最明白、最不妥協、最誠懇的呼籲。

關於當代中國文學的指導理論的問題

七位教授建議從歐美吸取更豐富的馬克思主義和非馬克思主義的文學理論，來打破當前大陸官式文藝理論的貧困。這在基本上，我們也贊成。但是，我們還有一點補充的看法。

首先，我們同意大陸作家應該有權利懂得西方各派別的文學思潮，例如五花八門的現代主義文學主張。我們也贊成這些理論有權利在大陸上存在，絕不能用「資產階級」、「個人主義」、「頹廢」這些批評而禁止這些理論或者壓迫這一派的文學家。因為，中國應該成為一個有充分思想、言論、藝術表達之自由的國家。任何禁止一種學派、思想的理由，不論多麼正當而且合乎需要，都足以發展成為壓迫思想、信仰、言論自由的藉口。

在這樣的基礎上，我們以為，特別是在目前中國大陸存在著巨大的、嚴重的社會、經濟、思想、政治上的諸問題的歷史時代，中國文學家所需要的文學藝術理論，應該是革命的、改造世界的文學藝術理論；是敢於和中共目前落後的、官僚主義的、專制的、人壓迫人的、謊言當道的現實做勇敢鬥爭的文學藝術理論。西方的一些心理主義的、頹廢主義的、逃避主義的、極端個人主義的、不干涉生活的、形式主義的文學理論，可以研究、可以去懂得，但決不是今日大陸文學界之所需要。

五四以來，中國的文學家不斷地從日本、蘇俄和歐美，飢餓地輸入各派各流的文學理論。他們和一切中國近代愛國知識分子一樣，集中地思考著這些問題：苦難的中國應該往哪裡去？應該怎樣才能使中國人民有尊嚴，有幸福地生存下去。一切外來的指導的理論和思想，莫不是為了解答這些問題而介紹了進來。幾十年過去了，中國文學家和其他愛國的知識分子一樣，吃了大虧，付出了沉重的代價，卻學會了一樣寶貴的功課：當真理變成兩個，一個是人民一方的真理，一個是強有力者一方的真理，作家只能不計一切慘重的代價，前仆後繼地聽從人民一方的真理。這便是中國文學家數十年來建築起來的，真正屬於自己的文學、藝術理論。事實上，文學理論千條、萬條，不論討論的是形式和內容的問題；是物質基礎和上層建築的問題，是語言、結構、意象的問題，核心的問題只有一個，那就是文學和藝術如何在有史以來受盡束縛的人類求得解放。這個根本的命題，隨著各個不同民族在不同歷史階段有不同的翻譯。在目前，在中國大陸，所謂語言的張力、所謂意識流、所謂文學藝術的絕對純粹性，所謂荒謬，這些西方現代文學的理論，只能把中國文學家的眼光從無限悲苦的大陸現況中收回，閉目不見；只能讓醜惡而陰暗的現實日復一日存在下去，而不受到任何良心、道德和人道的挑戰。我們相信，三十年代文學，以至於劉賓雁、白樺這個勇敢地為民請命的現實主義文學傳統中，這些理論，是找不到市場的。

從另外一面說，如果真的經由學者訪問、交流，中國大陸的文學由現代派文學當了家，寫出像台灣三十年來現代派的作品，中國的文學將失去她獨有的個性和面貌，而世界上卻增加了一大塊學舌的、尷尬的西方文學的殖民地。如果台灣文學三十年來的一點點成績，初步受到國際文壇重視的，恰恰不是那些向西方學舌的所謂「前衛」一類的東西，這就是一個最好的證明。

關於中國近代文學中寫實主義、道德化和政治意識的問題

近年以來，頗有一些評論，認為中國文學，尤其是大陸上的文學不發達，是因為中國的文學家太偏好寫實，偏好道德化，偏好政治意識的表現，馴至於成為一種「涕淚交零的文學」。

對於這個意見，我們以為我們有不同的意見。

首先，如果三十年來大陸上中國文學顯得貧困、單薄，揆其真正的原因，應該是在於三十年來，中國的文藝作家不能說真話。沒有寫過任何一篇文學作品的中共的文藝官僚、打手，高舉著教條和這樣那樣早已僵化、早已脫離了活生生的民族和社會生活的清規戒律，逼迫真誠的作家寫出虛偽的作品，鼓勵曲學阿世的文棍寫出不堪入目的歌頌文學。如果三十年來，在四人幫前的中國大陸文學顯得貧困，那恰好是因為在大陸，描寫真實，像在全世界大多數地區一樣，成為有權柄者所痛惡的事，從而，五四以來為民請命的現實主義傳統受到中共當局最粗暴、無恥的姦汙。是寫實主義的荒廢，而不是寫實主義使中國大陸文學萎殆。在一個充滿了壓迫、黑暗、不公的地方；在一個人的尊嚴被嚴重歪扭的地方，革命的、改變世界的、現實主義文學和藝術最感人的力量，不是來自語言、形式和結構的雕琢，而是來自那有千鈞之重，逼人而來的道德訴求。這只要看第二次世界大戰後義大利新寫實主義電影就明白了。那個時代的那一系列作品，一直到今天，一直強力地感動著無數的觀眾，不是在電影語言上有什麼花巧，而是每一部新寫實主義電影中，都提出了強烈的道德的質問——關於人的應有的樣像、關於戰爭與和平、關於社會公平……這些問題的道德的質問！至於說到政治，先不說長期在帝國主義摧殘下的廣大第三世界吧，即目前嚴酷政治情況下的中國大陸，如果中國作家不去寫像《在社會的檔案裡》、《人妖之間》和《苦戀》這樣一種偏重「政治意識」的作品，難道要劉賓雁、要王靖、要白樺像西方現代文學家一樣集中地描寫性、寫通姦、寫個人的失落、寫夢魘似的心理的暗黑而無意義的流動嗎？

包括中國在內的，飽受國內和國外政治、經濟和文化壓迫的第三世界國家中，文學的主流，一貫是偏向於「寫實、道德化和政治意識」的。這，正如七位教授所指出，是有「歷史背景及環境影響」的因素的。七位教授說：「就中國現代文學潮流來看，作家更應該對當前的政治和社會表示關切，從人民的立場，來批判社會上的弊端病態。所以，『暴露』文學的產生，特別是在文革十年浩劫之後，乃是健康的現象。」說得好極了。但是，中國大陸固然不應該漠視與政治社會無關的作品，不，還應該充分尊重這些文學作品存在的權利，但這些作品也不應該受到格外的鼓勵，還應該許可在沒有政治強制和政治性攻訐這個原則下，讓真誠的現實主義派文學家提出批評和討論。我們以為：光只是「幻想性」不能產生偉大的文學，正如單單是寫實主義不能寫出好作品一樣。偉大的作品，尤其對目前中國而言，是為全中國人民在目前政治、社會的暴力下指出一條解放的道路，為人的合理的情境的達成而奮鬥的文學。

關於中國文學的形式和技巧的創新問題

最近幾年來，在海外，在島內，頗有一種說法，以為台灣在五、六十年代向西方文學學習了技巧和形式，是台灣文學比較發達的原因，而給予西方文學的影響過大的評價。

在台灣，受到西方文學，尤其是西方現代文學「形式、內容和技巧」的影響最大的，莫過於現代詩。反小說、意識流小說這一類的東西，也在六十年代初期，在台灣鬧過一陣。結果，這些最受西方現代主義在「形式上、內容上和技巧上」的「創意」和「想像力」影響的東西，於今也煙消雲散了。在小說方面，所謂西方的影響，是無法全部否認的。但是把台灣小說的初步的成績，歸功於西方的影響，是一個武斷的論斷。以白先勇的文學來說，與其說是西方的影響，倒不如說中國傳統小說，特別是《紅樓夢》對於白先勇傑出的文學在語言上，結構上，角色塑造和描述藝術上的影響要大得多。黃春明和王禎和、陳映真都讀過一點西方，尤其是英美的文學。但據我們所知，我們讀過的西方文學作品書目，應該不會超過大陸的文學青年。從某一方面來說，台灣作家卻不曾讀過蘇聯、東歐、第三世界國家的文學作品。如果西方影響對兩岸文學家的影響有何不同，我們想，台灣一部分外文較好的文學青年，由於當時台灣沒有譯本，直接從日文或英文讀了一點西方的作品。但是，這比起直接讀有優秀中譯本的大陸作家，哪個影響好些，便有待討論了。

我們以為，大陸文學落後的主要原因，在於中共對作家的政治干涉；在於大陸上的作家在周密的組織性強制下，完全被剝奪了他們思想和藝術表達上的自由，強迫他們寫出言不由衷的話，逼著他們在由謊言構成的社會中增添謊言！只要這些框框條條都除去，中國大陸的作家，就憑幾十年來深深地觸動人的魂魄的歷史體驗，一定能寫出驚天地而泣鬼神的偉大作品來的。至於說西方文學形式、技巧的創新云云，五四以來中國文學一直不斷地從西方文學吸取營養，如今或者也不需刻意地向西方文學去求什麼靈藥了。

七位教授對方興於大陸文學青年間的「意識流」、「朦朧詩」加以鼓勵的心情，我們是理解的。我們想：這無非是想在幾十年來枯燥無味、千篇一律的中共文壇上，注入一些想像，一些幻想，一些原創性。但是，如果再深一層去思考，七位教授的用心固然好，但結果卻未必是好的。所謂現代主義，在西方，有它發生學上的根源。那就是高度資本主義社會中人的物化、疏離和生活的緊張所帶來的人的普遍的精神障礙。在完全沒有這些相應的社會的、經濟的、文化的根源的中國大陸，現代主義文學和藝術只有一個存在的原由，那就是在嚴酷的政治環境中，作家和藝術家假借其「朦朧」和晦澀，發抒個人的抗議和不滿。但是，謎語似的，連作者本人都諱而不言的「朦朧」作品，久而久之，成為一種逃避黑暗政治的文字遊戲。台灣現代主義文學三十餘年的發展歷史，是最好的腳註。

因此，我們以為，要為中國大陸的文學開出一劑賦活的藥劑，最對症的，莫過於堅定地、不妥協地、誠懇地要求中共立刻放棄對大陸文學界的「收」風；立刻停止對文學作家幼稚、粗暴的政治攻擊，立刻停止由文學門外漢的黨組織「幫助」文學作家「修改」作品，在最短期內，經由立法，確實保障中國文藝工作者文學表達和思想表達的自由。如果這個根本問題不解決，詩寫得再「朦朧」，小說是怎樣地運用了西方「意識流」的手法，中國也產生不出偉大的文學傑作來的。

其他

七位教授的其他意見，都說得很有見地，令人欽佩。特別是關於「有計畫、有系統地大量譯介當代外國文學創作」，主張要「不但以歐、美、日為主，第三世界國家的作品也應注意」，是十分正確的想法，值得三十年來一面倒向歐美文學的台灣深刻思考。

其次，關於主張中國大陸作家，應該有權利組織一個沒有黨團控制的，屬於作家自己的組織，也是非常有意義而富於批判性的意見。據說，在中國大陸，作家發表作品，要經過層層轉報批准，而決定一個作家的作品是不是「正確」，是不是「健康」，是不是「有利於社會主義建設」，是對文學一竅不通，滿腦子黨教條的官僚和黨棍子。中國大陸的作家，應該早一日從這些周密、無知、殘暴的轄制中解放出來。白先勇在最近的一篇文章〈從文學發展比較海峽兩岸之異同〉（台灣《自立晚報》轉載）中說得好：「政治干擾，是數十年來中國文學最大的敵人。」在中國大陸，政治干擾的確要比台灣綿密、冷酷得多。七位教授提出大陸作家自由結社的權利和必要，是一個尖銳而正確的意見，值得喝采。

和作家的結社權相連繫的，是作家自由地，不必經過任何人審查和認可，就可以自由發表、出版作品的權利。在這個意義上，七位教授主張鼓舞民間文學刊物的意見，有很大的實質價值。寫到這裡，想到台灣的文藝官在一味讚揚七位教授指出大陸上「中國作家學會」的官方性質之餘，不知對台灣文學工作者結社權和作品免於被審查、「分析」、查禁的這些問題，有著什麼樣的反省？

「精神上應當相互支援」

白先勇在前揭〈從文學發展比較海峽兩岸之異同〉一文中，有一句發人深思的話：「……我相信兩岸有良知、有正義感的作家，心靈上是應該互相溝通的。政治干擾，是數十年來，中國文學最大的敵人。我想（海峽）兩岸的作家，至少在精神上應當互相支援，來抵禦這個共同的敵人。」

這是一句沉重的話。如果不是像白先勇那樣旅居海外的人，不論在中國的什麼地方，說出這樣的一句話，是需要極大的勇氣的。我們很慚愧，沒有足夠的勇氣說出我們應當說的話。也因為這樣，對於其中不乏我們尊敬的知交的七位教授，就寄以更大、更高的期望。當我們讀完〈坦白的建議〉，我們在敬佩之餘，也提出一點微末的感想，如果能成為七位教授以及更多海外愛國的自由知識分子在「對海峽兩邊的政權採取感情中立的態度」，「表達一種更真純透明的中國人的對某些事物的觀點，在中國當前環境下，發揮一種比較易被接受的規勸與建議」時，有一點點參考的作用，就是我們至大的欣慰了。

雖然我們說過：在中國大陸，政治干擾的確要比台灣綿密、冷酷得多，但是對於台灣地區、特別是一些處境艱苦的作家，我們仍然盼望海內外的中國人能夠給予誠摯的關懷和了解。我們相信一個充滿創作自由和創作生機的台灣，對於整個中國來說仍然是非常具有意義的。

初刊一九八一年七月《中華雜誌》第十九卷總二一六期，署名尉天驄、陳映真

收入一九八八年五月人間出版社《陳映真作品集11・中國結》

1 「七十九期」，人間版為「一九七〇年六月七日—十三日，七十九期」。

懷念蘭大弼醫師

「……因為我的心裡柔和謙卑」

台灣現代醫學的播種者

和整個中國本部一樣，台灣現代醫學的開端，來自西方基督教的傳教人。在台灣北部，有偕叡理博士（Dr. George Leslie Mackay，一稱馬偕）；在台灣的南部，有馬雅各博士（Dr. James Laidaw Maxwell M. A., M. D.）與安彼得博士（Dr. Peter Anderson），分別在十九世紀末葉，來到台灣，在各地建立起台灣最初的現代醫學醫療工作。比這些先輩略晚，蘭大衛博士（Dr. David Landsborough, M. A., M. D.）——被廣泛地稱為「老蘭醫生」，以與其哲嗣蘭大弼醫師的「小蘭醫生」，加以區別[1]——來到台灣中部行醫傳道，時為一八九六年。

幾乎和一切先驅的西方傳教醫師一樣，老蘭醫生為了應接日益繁重的醫療工作，勢必就地取材，以迅速有效的方式訓練出一批醫療工作上的助手。於是老蘭醫生在教會中挑選了幾位聰明幹練的台灣青年，一邊帶著他們做些診療助手的工作，一邊教他們一些極為基本的醫學知識。教會的醫館，至此也負擔起最素樸的現代醫學教育任務。而這些醫療助手們，在日人據台以後，也取得了「限地開業醫生」的資格，在各地負起醫療的工作。有許多原先只是粗鄙不文的台灣青年，終於先日本的醫學教育，而被養成為一個台灣現代醫學的工作者。更重要的是，第一代「限地醫生」的後代，很多或者在台灣，或者在日本，或者在英國受到正式現代醫學的養成訓練，而成為台灣世代學醫的名望家族。像這樣的事例，在台灣，在中國大陸，甚至在整個落後國家的醫學發展史中，都可以找到類似的情形，而成為第三世界醫學史中饒有興趣的共通點。

然而，初代醫療宣教醫師的貢獻，除了介紹現代醫學，從事初步醫學教育之外，還有為今日醫師所無法想像的那種刻苦的生活、那種為醫療工作熱情奉獻，以病人痛苦為最深切顧念，為了解除病人苦痛而鞠躬盡瘁的工作精神和風範。前一種貢獻往往以兩種方式流傳下來：第一是醫學史上的記載；其次是以紀念性醫院的具體組織和工作流傳下來——例如馬偕醫院和彰化基督教醫院等。但是後一種貢獻，卻往往因著個別醫療傳道人的返國、死亡，因著社會、經濟制度的變化，醫療體制的變異等等，而煙消雲散，甚至永久湮滅。

千年的長明燈火

但是，彰化基督教醫院和老蘭醫生，卻因為老蘭醫生的哲嗣蘭大弼(Dr. David Landsborough, M. D., M. R. C. P.，通稱「小蘭醫生」)賡續父志，繼續在台灣的醫療工作，從民國四十一年一直到去年七月退休返英，鮮活地在我們眼前留下了初代醫療傳道人那種忘我奉獻、濟世救人的風範。

老蘭醫生在三十一歲那年，和一位也是熱心為教會工作的英國女性連瑪玉小姐(Miss Marjorie Learner)結婚。兩年後，他們在現在的彰化基督教醫院二樓生下了一個男孩——小蘭醫生。

小蘭醫生出生不久，曾隨老蘭醫生回到英國；他再次來台的時候，是一個五歲的小男孩。「從此，一直到八歲，我和台灣當地的小孩渡過極為快樂的童稚年代，」在一次訪談中，小蘭醫生述懷地說道：「我玩台灣小孩的童玩，說一口道地的台灣話，有許許多多要好的小朋友。」小蘭醫師說著，望著夏天的窗外：「這是我的福氣。」他笑了起來。「我在這兒生，在這兒長大，在這兒渡過一生工作最大部分的時間……。我應該算是一個台灣彰化人吧！」

有一次，小蘭醫師七歲那一年，和老蘭醫生在彰化城外散步，突然間，他們發現一位路倒的病人。「那病人全身長滿了惡瘡，膿汁淋漓，滿身發臭。」小蘭醫生回憶說。幼小的小蘭醫生甚至不敢去看，躲在一邊。但老蘭醫生卻趨向前去，扶起病人，並且親自抱著滿身惡臭的病人，上了人力車，帶回醫院治療。「我到現在還能清楚地記憶當時的情景，」小蘭醫生用流利的台語說：「我想，這一類記憶，和我日後的醫療生涯，應該有很密切的關係吧。」

在《新約聖經》上，特別是福音書中，記載許多耶穌走近眾人不近的痲瘋病人，治好他們的故事。「你們當負我的軛，學我的樣式」聖者耶穌的叮嚀，在千餘年後，驅策著無數醫學界的信徒，以各種不同的形式，繼續高舉著傳遞了千餘年愛的長明燈火。幾十年後，現任彰化基督教醫院檢驗部主任黃昌滿，在民國四十四年，偶然在彰化公園發現了一個路倒的病人。「看來他是個沒有依靠、孤苦伶仃的人。」黃主任回想著說。他回到醫院，將這件事告訴了小蘭醫生。「小蘭醫生立刻邀我一起去看那個病人。」黃主任說。帶著診察皮包的小蘭醫生，立刻為病人當場做了全身的初步檢查。「病人一身令人嘔吐的臭味，小蘭醫生彷彿沒有聞到。」黃主任說。初步診察，發覺病人是嚴重開放性肺結核病人。由於當時彰化基督教醫院還沒有隔離病房，無法帶病人回院。但是，小蘭醫生一刻也沒有延遲救治這位病人的工作。他和另一位英籍的德姑娘，準備展開在美國募款的工作，一面為病人打針、開藥。「可惜的是，病人沒拖幾天就死了。」黃主任說，「人是沒有救起來。但從頭到尾，小蘭醫生為那路倒的病人動了真切的慈心，積極為那病人救治的迅速而關注的行動，至今歷歷，如在眼前。」黃主任說。

血一般珍貴的愛

台灣割讓給日本後，老蘭醫生夫人沒有讓小蘭醫生接受日本的教育，而由她自己負起課子的責任。十七歲，小蘭醫生再次回到英國，入倫敦大學醫學院。醫學院畢業後，英國教會差遣他前往當時的中國福建省泉州基督教惠濟醫院。二十五歲的小蘭醫生，在連天烽火的泉州城內，立即展開了他和民眾、士兵的傷口、流行病的艱苦搏鬥。抗戰勝利後，小蘭醫生回到英國結婚，第二年又回到泉州城。民國四十年，小蘭醫生和其他在惠濟醫院工作的其他西方醫療傳道工作者，被迫離開中共統治下的泉州，回到英國。

民國四十一年，小蘭醫生受到彰化基督教醫院董事會的邀請，來到由他的先人老蘭醫生一手締造，嗣後又完全獻給台灣教會的醫院裡來。這以後的將近三十年的時光中，小蘭醫生將他一切的心力、一切的愛，獻給了他父子兩代所熱愛的中國的一個小島，和島上的人民——台灣和台灣島上的中國人民。

「他的一生，因著愛神，他無所保留地愛了神差遣他來的這個地方和這地方的百姓。」黃昌滿主任說。小蘭醫生夫婦所表現深刻而不渝之愛，表現在他們隨時、大量地、不計代價地、不欲人知地把自己的血輸給無數貧困而危殆的病人。

民國四十年代末，台灣中部的血液科病人——例如白血症、再生不良性貧血等，都來彰基醫院求治。「在那個時候，醫學還沒有今日發達，對這一類血液疾患者最好的療法，是為病人輸血。」黃昌滿主任說，「而每當病人要輸血，但貧困而無力購買昂貴的血漿，小蘭醫生只要病人與他的血型相合，便毫不猶豫地到檢驗科來，輸血給危篤的病人。」二十多年來，小蘭醫生光只經過黃主任輸出去的血，便不下一百個case。「每次總是250或500c.c.這樣輸下去。」黃主任說，「小蘭醫生夫人，其他在醫院和教會工作的外國人也是這樣，但數小蘭醫生輸出去的血最多。」

在彰化基督教醫院婦產科工作多年的洪秋瑟主任，也見證小蘭醫生和夫人高仁愛醫師，經常把自己的血輸給家境苦而情況危篤大量出血的婦產科病人。「他不為自己的血液，向病人支取分毫。」洪主任回想著說。曾經在彰基醫院外科工作過的蔡陽昆醫生說，「我和蘭院長同工前後七年，這期間，光只在我的外科，蘭院長夫婦輸血給貧苦病人的次數，就難以計算。」等到那貧苦而危篤的病人甦醒、痊癒了，如果不是負責照顧病人的醫生和護士情不自禁地告訴病人：「我們蘭院長親自輸了血給你，才救了你的命」，病人往往無從知道。

「像這樣的事，說說容易，但即使是基督徒醫生，要實踐起來，也絕不是容易的。」洪秋瑟主任說，「正是蘭院長這種活生生愛的實踐，感召和教育了無數在蘭院長身邊的同事……。」

血液，固然不像中醫師所說的那麼珍貴，但是，對於急需輸血救命，而在經濟上又恰好無力負擔血漿費用的貧困、病危病人，無疑是生命的液漿。在基督教信仰中，血，代表著愛、犧牲、獻祭和拯救……這些豐富而神聖的意義。蘭院長在這二十多年的台灣醫療生活中，用他謙遜、虔誠和為病危生命急迫關愛的心，以他自己的血，去抗拒惡病，救治和延長病人的生命，從而表現了他對台灣人民——以及人類最高的愛。

以病人的病痛為第一顧念

和蘭院長有長達廿三年交誼的許文任醫師，對蘭院長尤其懷抱一份深長的敬仰、感念之心。「綜合平時蘭院長的言教和身教，我覺得蘭院長心目中的好醫生，應該有六個要項，」許文任醫師說，「第一，一個好醫生，診察必須做得細心、正確。第二，根據細心、正確的診察，做出最好、最有利於病人的處置。第三，一個好醫生，絕不在給藥上讓病人多花不必要花費的錢。第四，一個好醫生對病人常抱真切的同情心和愛心，對病人流露出真誠的溫柔和關心病苦的態度。第五，一個良醫，應以病人的病痛為最重要的顧念，甚至在自己疲憊倦怠時，也要將病人的病況，列為最首要的關心。最後，一個好醫生，永遠將自己的物質利得、經濟收入，擺在第二。」

醫生，和一般人一樣，有肉體上的疲乏。在這種人體自然的限制下，小蘭醫師認為，由於醫生的職責和病人的生死相關，醫師仍應以病人的病情的顧念高於自己的疲乏。許文任醫師回憶到有一次，蘭院長以無限的良心和悔恨，談到自己的經驗。有一次，拖著疲憊不堪的身體回家的蘭院長，腦中縈繞著一位住院病人的嚴重病況。「當時蘭院長想：今天，我已經太疲倦了，病人的事，等待明天再想。」許醫師說，「不料，到了第二天，病人的情況急劇惡化，終於不治。趕到醫院後的蘭院長，這樣責備自己：啊，要是我昨天想到時，折回醫院再看個究竟，並且給予適當的處置，也許病人會多活一些時間！」這一次良心嚴酷的怨悔，使蘭醫生更加勤於巡視病人。「這以後，我在彰基醫院當值的時候，常常看見蘭院長在夜中十時、十一時或者更晚，突然跑來醫院，探視某一危篤的病人。」許文任醫師說，「我終於知道，那是蘭院長突然不放心某一個病人，不顧自己的疲乏，從家中特地趕來——為的是要永久排除因自身的任何理由，而放走救治一個病人的機會。這對於以醫為終身職業的我，是一個深刻而嚴肅的教育。」

對於這樣忘我地把自己獻給治病救人的蘭院長，醫院上下班的時間，對他是沒有意義的。「不論時間多晚，不論時間早已超過醫院的工作時間，蘭院長總是廢寢忘食地把時間給予病痛的人們。」洪秋瑟主任說，「看病看到下午一、兩點而未進食，下班後七、八點還在診療室中看當日來求治的病人，對蘭院長是常見的日常事。」據藥局主任徐茂仁先生說，蘭院長在工作上永遠沒有他自己，永遠只有病人。「許許多多人來找蘭院長，對他說：蘭醫生，希望您看我的病，但是我很窮，繳不起藥費。蘭院長總是一口答應，並且也是廢寢忘食地為他們診察，而且經常不取真正貧困的病人一分一毫。」

曾經和蘭院長同工七、八年之久的謝明德醫師回憶說，早在一般醫院設立社會工作部之前，蘭院長就常不收貧困病人的錢。「他不但不收費，甚至對赤貧的病人，往往解開他的私囊，濟助他們生活！」謝明德醫師說。「我們經常看見蘭院長詳細問明貧困病人的生活實況，然後決定免收，或者酌量收取五折、六折醫藥費。」許文任醫師說。

為病人節省不必要的醫藥開支

小蘭醫生主持彰基院務的幾十年中，一再叮嚀醫院的，是盡量減輕病人的負擔。「為此，他特別關切藥廠和個別醫生的關係，」蔡陽昆醫師說，「院長從來不明說不許醫師收取藥商的回扣。但是，由他認真調查藥價結構的態度上，每一個醫師都清楚理解到他的立場。」不必要的醫藥負擔，「即使一分一毫，即使病人的經濟條件許可，也不容許。」許文任醫師說。蘭醫生的這個要求，是絲毫不容妥協的。

「有一次，蘭院長為了這個問題，一口氣辭退好幾位年輕的醫師。」和蘭院長共事十三年之久的謝陽一牧師回憶著說，「作為一個牧師，我曾為了這些年輕醫師的悔改和前途，向蘭院長求情，然而一向體貼別人、寬待別人的蘭院長，卻執意不肯。蘭院長對醫師道德要求的嚴肅，可見一斑。」為了不使醫師的不當私利，無端增加病人的金錢負擔，蘭院長不惜以峻烈的手段來保護病人的利益。

臨床第一課

為了病人的利益，蘭院長有嚴肅不可退讓的要求。「他要求醫院同仁嚴守上班時間，要求在工作時間中把全部的心力和體力放在工作上。」徐茂仁主任說，「他不允許藥廠的業務代表在工作時間中訪問醫師，如果一旦被他發現，他會把那個業務員當場請出去。他基本上不歡迎同事在工作時間中會客。凡此，不是蘭院長不講情面，而是蘭院長認為，一分一秒的時間，都應該給予在病痛中掙扎的病人。」

而蘭院長對自己的要求，就更為苛酷了。「一直到最近幾年，我們才知道蘭院長從英國支領的薪水，只合台幣三、四萬元，」黃昌滿主任說，「有一個時候，英磅狂跌，院長每個月只能有台幣一萬元的薪俸。」彰基醫院在蘭院長優越領導下逐漸發展，在經濟上逐漸寬裕之後，董事會幾次要增加院長的薪俸，卻幾次被院長婉辭拒絕。「我的生活夠用，有錢應該作為醫院的建設之用——每一次院長總是執意推辭。」身兼醫院董事的謝陽一牧師說，「我們曾經三次建議為院長買輛車，三次被院長堅決拒絕。幾十年來，院長總是騎著他那著名的腳踏車代步，幾十年來，我們看見院長一身素衣布服，幾十年來，我們幾次看見院長夫婦穿著破爛的鞋子，穿著帶著補釘的衣服和襪子……。」謝牧師輕輕地搖著頭，微笑著說，眼角卻在不知不覺中潤溼了起來。

在許文任醫師安靜的會客室中，電扇規律地左右搖著頭。「Landsborough院長，在我開始與他共事的時候，就給我這樣一個功課，」許文任醫師緬懷地說道：「要做一個認真、端正、嚴肅的醫生。診察一定要用心、認真，衣著一定要端正。蘭院長要我在看病的時候把醫生的白衣整整齊齊地穿著，不許隨隨便便，衣裝不整。特別是在早年的台灣，要病人脫衣診察，很有些麻煩。這時，醫生穿著嚴肅的白外套，就更為重要了。他告訴我們：不論是診療、做事，都要有一個醫學者、科學者那樣用全部精神去找出正確、真實的事象的態度。這是我從Landsborough院長學來的臨床第一課。」

當謝明德醫師初入當時彰基醫院，看見醫院建築破舊不堪，設備也不充足，心中曾有幾分失望。「在這以前，我的心中充滿著到一個充分現代化、光亮豪華的醫院去工作的夢，」謝明德醫師在回憶中自責似地笑了起來，「可是，不要多久，我被蘭院長那種無我、愛人的精神所打動了。不要多久，我在彰基醫院中看見另一種亮光：全院上下，在蘭院長無形的感召下，充滿著對人的愛，以及由這種愛支持的高度醫療工作水準和飽滿、充實的工作熱誠。我很快地成為彰基醫院中積極的一員。我覺得每天的工作，充滿著意義……。」

屈己愛人

小蘭醫生絕不是一個只有奉獻熱情，不知道疲倦的醫生。「蘭院長，作為一個醫生，是一個有傑出專業學問的醫生。」目前擔任彰基醫院董事，前蘭院長的老同工黃明輝醫師說，「他是英國皇家醫學會的會員(M. R. C. P.)，有醫學博士的資銜，而且在腦神經醫學上，有優異的成就。此外，蘭院長也是個十分傑出的醫院管理專家。在小蘭醫生領導下，彰化基督教醫院從一個根基簡陋的醫院，變成目前二級教學醫院，其間醫院改組、建物設計、制度變革，都是蘭院長智慧和心力的結晶。」以這樣的資格、地位和才幹，他盡可以席豐履厚，做一個優裕、尊貴的醫學家。「然而，他卻在心靈上那麼謙抑，物質上那麼局促地為台灣的醫療工作奉獻了他最好的年華。」黃昌滿主任說。謝明德醫師也以一份敬虔的口吻說：「每一次想到蘭院長怎樣屈抑自己，為台灣百姓做出無私的奉獻，感佩的心情，油然泉湧。」他說，「他的形象教導我們，在日常開業工作中，應該更加謹慎，更加謙卑，常常用溫婉的愛心去面對無數苦難的病患。」

八‧七水災那一年，彰化大水，現在彰化基督教醫院門前那一條中華路，變成洶湧的激流。那時候，廚房在本院，而護士宿舍卻在對面。為了把食物送到對面，蘭醫生把伙食背在背上，堅持要親自送飯到對街給護士。「我們在二樓的窗口，見院長被激流沖著，邊流邊泳，好不容易游到對街，已經被水沖走了好大一段路，」黃昌滿主任說，「然後仗著對街走廊的柱子，一步步邊游邊走，完成了任務。」蘭院長的這一幕驚險的經歷，深深地留在許多目擊的醫生和其他員工的腦海裡。「那真是令人難忘的一幕，」許文任醫師說，「一個院長肯為他的員工忘我地服務，大約再也難得一見了。」

對於每一個同事，從各科主任到工友，蘭院長都一視同仁，和藹可親。「他有十分嚴肅的一面，但是，事實上，他是個極可親近的人。」洪秋瑟主任說，「他沒有一點點院長的架子，對每位同工都體貼、愛護。」「在行政上，他有真誠的民主風格。「每一個決定，他都先徵求有關部屬的同意，或廣泛徵求別人的意見。」黃昌滿主任說，「他從不做專斷獨行的決定。」在工作餘暇，遇著輕鬆的場合，蘭院長經常妙語如珠，引人開懷大笑。

「但是，作為一個行醫數十年的醫生，每在不治的病床前，做盡一切必要而可能的處置後，眼看病人去逝時，蘭院長常常一下子眼眶紅了，熱淚便接著潸然地流下他那高起的顴頰。」黃昌滿主任說，「這種情景，光只是我個人，在共事二十多年中，就看見好幾次。」黃主任說著，沉默起來，「每個病人的死亡，對於他，永遠不是一種職業上常見的情況。每個不治的病人，對於他，永遠是一次新的、難以忍捨的悲痛。」徐茂仁主任說。

溫柔．堅定．支持的手

「在繁重工作的壓力之下，內人每天給予我的情誼和精神上的支持，成為我不能缺少的幫助。而我虧欠於她的，卻是非語言所能道盡。」

這是蘭院長離台前夕所說的一段話。從一個向來不揄揚自己的人的口中，這一段謙抑的謝意，正好說出蘭院長夫人——高仁愛醫師充滿信德，支持蘭院長一生事業的偉大貢獻。

「今天，彰基醫院的婦產科，是高醫師一手肇建起來的。」洪秋瑟主任說，「在平時，高醫師小心不去打擾工作繁忙的蘭院長，好讓院長專心致志於院裡的工作。」

「高醫師在醫院不遺餘力地工作了二十多年，除了接近離台的幾年以外，從來不從醫院支領分毫。『我是院長**聘**的，為院長工作，英國教會沒有聘我，我就不該支薪，』她都是這樣笑著說。」洪主任說，「可是，一旦需要她幫忙，高醫師會立刻趕來醫院，一直到深更，和其他同仁共同為救治病人賣力工作。」

但是高仁愛醫師永遠謙遜地站在院長的背後，不發言、不表露自己，用一隻溫柔、堅定而又支持的手扶著她所敬愛的院長。他們永遠把最勞苦的事工攬向自己，把成就與光榮歸給別人。在離台之前，父子兩代為了台灣中部人民醫學福祉做出可敬貢獻的小蘭醫生，留下了這些話：「我在自由中國（包括大陸和台灣）行醫的這些年，很幸運地能和許多有愛心的男女同事一起工作。若非他們的友誼和幫助，我便不能完成任何事工。中國人所給予內人和我的一切，遠超過我們所能付出的……。」

負起我的軛

任何認識蘭院長夫婦，與他們同工過的人，都不懷疑院長說這些話語的真誠。但他們也會一致認為我們在台灣的中國人虧欠院長夫婦的，真是罄竹難書。

「蘭院長親自設計彰基的標誌——為門徒洗腳的耶穌，比什麼都生動地說明了蘭院長心目中彰基醫院的形象，是卑抑自己、服事別人的。」許文任醫師說。在現代醫學一日千里、目不暇接地飛躍進步的同時，醫療服務的商品化，為整個醫療體制，帶來了嚴重的社會學和倫理學方面的問題。醫學和人的疏隔、醫學倫理的荒廢，卻在滿有信德的基督教醫療傳道隊伍中，看見人類藉以無私地、充滿了人類愛地以醫學造福人類的力量。

「你們要負起我的軛，跟我學習，因為我的心裡柔和、謙卑⋯⋯。」

如果一個基督徒一生努力著要去分擔千餘年前基督沉重的枷軛，學習千餘年前在人心的荒原上大聲呼喊人類互愛的福音的基督，日日夜夜，在他的心中永遠激盪著上面這句來自馬太福音書第十一章的經節，我們才開始理解到多少基督徒醫生，深入落後的地帶，謙卑、勞苦地獻上自己的力量的泉源。

如今，Landsborough醫生，在台灣現代醫學發展史和無數受惠病人心中留下一定的功績和懷念，離開了台灣。勞苦、簡樸、謙虛，以病人的病苦為首要顧念的古典醫學倫理和醫療風格，是不是隨著「現代化」、「舒適」、「富裕」的新的醫療結構和醫療思想的發展，而永遠成為歷史的陳跡？是否醫學如果沒有醫學以外的——例如來自真誠的宗教信仰——的力量，就無法使醫學再度成為一種超乎物質實利、神聖而充滿著道德芬芳的學問和職業⋯⋯。這些問題，便在蘭院長離去之後，等待著思考的醫學去找出答案來⋯⋯。

一九八一年八月

初刊一九八一年八月《立達杏苑》第二卷第二期，未署名
收入一九八七年七月雅歌出版社《曲扭的鏡子》（康來新、彭海瑩編），
一九八八年四月人間出版社《陳映真作品集7・石破天驚》

1　初刊版為「分別起來」，此處據人間版改作「加以區別」。

黑澤明電影腳本的「靈魂」：小國英雄

高舉人的「純粹性」的電影劇本作家[1]

今年二月間，被世界性大導演黑澤明稱為「我們的電影腳本寫作組之靈魂」的，日本名電影劇本家小國英雄（Oguni Hideo），悄悄地來台灣做了私人性質的訪問。小國之來，不但沒有驚動我國的文藝界，即在我國電影文化界裡，也不曾引起很大的騷動。來台期間，他曾在台北市電影圖書館向幾十名台灣愛好電影的青年講了話。此外，亦只向台視和台北電影學會的一些電視電影工作者講過話。

在一個十分偶然的機會，筆者獲悉小國來台，便專程到台北市青島東路的電影圖書館去聆聽他的講話。一路上，筆者想起青年時代曾經心儀小國，其理由有二：第一，小國是個偉大的理想主義者。他曾師事日本偉人的人道主義小說家武者小路實篤，年輕的時代，便實踐武者小路實篤，有島武郎一輩的理想村運動，在一九一九年，實際於九州宮崎縣兒湯郡的木城村，創設了一個「理想新村」。六〇年代美國「嬉皮」文化中心的各種理想公社（Commue），其實是「古已有之」了。第二，在青年時代，筆者是個黑澤明電影迷。而黑澤明的幾部好作品，小國都是劇本寫作者之一。

在電影圖書館裡，筆者初見的小國，已是七十多歲的老人了。在陳純真先生翻譯下，全場安靜地聽完了小國的講話。「牙齒大概都掉了吧」，一面聽著他說話「漏風」的日本話，筆者想著他應當已是滿口假牙的年紀。那一次的講話，因為聽眾都是對於電影劇本的寫作完全外行的年輕人，小國只說，把自己最喜歡、最佩服的電影，看它十幾、二十遍，並且在電影院裡用手電筒一場一場巨細不遺地寫下來。因為，據小國說，這就是他當年學習電影劇本寫作的第一個功課，終於無師自通地寫了一輩子。

背脊骨

小國英雄，在一九〇四年（日本明治三十七年）生於日本青森縣。高校畢業之後，入一浸信會神學院。一九二七年至一九三八年間，小國入日活電影公司，與山崎謙太合寫電影劇本。旋入東寶公司，擔任電影劇本的工作。雖然這時小國已與黑澤明成為好友，但一直到一九五二年，才正式參與黑澤明電影劇本的寫作。關於這一段往事，他曾這樣說——

……東寶把我從日活買了過去。那個傢伙(指黑澤明),正在拍《姿三四郎》之類的,論當時,我的名氣還比他強哩。那時候,那個傢伙帶著他的電影腳本來找我。從早晨十點鐘一直到晚上十二點,檢討他的劇本。我提意見,他傾聽著。這樣繼續了好久。

我們感情不錯,他又住得近,一愰當,他就來了。他個兒高大,走牆邊過,還沒進門兒就知道他來了。

有一天,向來只來聽取我的意見的那個老哥,說這樣還不夠。我問他為什麼,他說他想寫一個被宣告死期不遠的人,在他死前,要怎樣活下去,怎樣尋找活下去的力量。他說,他想利用托爾斯泰寫過的《伊凡·伊里奇之死》,但是如果單單靠像過去一樣由兩人討論是不夠的。他說,我們一起寫吧。

就這樣,黑澤明和小國的著名的合作關係開始了。

對於一般人來說,一部電影的傑作,到底是導演的功勞呢,抑或劇本作家的功勞,這個問題,令人迷惑。而實際上,導演一向占盡了成功的光榮——不論是聲譽、是金錢的酬賞,導演都遠比劇本作家突出。關於這個問題,在日本學了七年電影,並且跟過黑澤明拍《虎·虎·虎》的陳純真先生指出,導演,特別是一位傑出的導演,一定要找到一個在思想——人生觀、世界觀能和自己引起共感的劇本作家。導演是將這些劇本中的主題、思想，加以映像化。因此，凡是著名的大導演，沒有不與一個或多個特定的電影劇本作家形成創作上的伙伴。「黑澤明的電影劇本寫作群，除了他本人，有小國英雄、橋本忍和菊島隆三這些劇作家，」陳純真先生說，「美國的伊力．卡山、義大利的費里尼．安東尼奥尼……也莫不如此。」因為，陳純真先生說，電影腳本之對於電影，就好比背脊骨之對於人一般的重要。電影導演，在腳本中認同了其中的主題、意識、思想和情感。因此，每一個導演的作品，呈現出思想、哲學、倫理和情感的一致性，而有獨自的風格。

恥部

電影，不但是技術上的整合體，也是藝術創作上一個整合體，它的「集體性」較之其他任何形式的藝術尤為突出。而黑澤明與他的「劇本班」——日本人戲稱為「黑澤明兵團」——間的集體創作的工作方式，不但在日本，即使全世界也找不到類似的例子。

據小國英雄說，黑澤明往往把他的創作家帶到僻靜的溫泉旅社，先大夥兒決定故事大綱，再把幾個情節定下來，再根據情節寫出分場的戲。然後按照各劇作家的專長，分配工作。甲寫某一段，乙寫某一段。每天寫完了以後，大家拿出來說，互相討論、辯難、修改，而後定稿。在電影圖書館講話的那一次，小國說，在討論過程中，大家爭論，吵架是常見的事。「但是，這種爭吵，絕不是為了衛護各自的創作主張，而是為了使作品更好。」小國老先生說，「也就在這忘我的爭論、苦思中，大家把全部的創造力和思想、情感傾吐出來，融匯成完成的作品。每一個參與的人真正感到那作品是自己嘔心瀝血的結晶。」

有一次，小國英雄對一位訪問者說了下面一段話，深刻地表現了集體創作中，藝術家與藝術家間那種深深地觸動靈魂的情況——

……（藝術家間的）合作，決不能互以對方的恥部為恥。這是最重要的一點。不能這樣想：如果這樣寫，一定會被人取笑。一定要把各人的恥部顯露出來，裸裎相見……。

靈魂

小國英雄對於黑澤明的電影，居於什麼分量，什麼地位呢？要回答這個問題，黑澤明自己的話，是最貼切不過了。黑澤明有一次這樣說——

……在我們集體創作上的分擔中，小國是我們的靈魂，橋本的貢獻則在劇本構成事的技巧。外面傳說，小國擔負腳本的技巧方面的工作，這就錯得離譜了。小國兄是武者小路實篤的弟子，是了不起的人道主義者(humanist)，因此，我們當小國是我們的靈魂。技巧方面，由我和橋本來負較大的責任。我和橋本比賽著寫，寫好了，讓小國看。小國是最後的裁判官兒。

黑澤的聲譽日隆，但在公開場合決不吝高舉小國在電影腳本上的功勞，使這老友感動得流淚。小國曾回憶他初次與黑澤合作寫《生之慾》時難忘的回憶——

……在一個隆冬之時，那個傢伙(黑澤)把我們(小國和橋本)帶到箱根的山裡去。……為什麼到這個鬼冷的地方來啊？我問他。他說，帶你到這麼遠的地方，你才不會亂開溜。那時真冷啊。泡過熱水澡，回到房間，就這麼一小段時間，手指頭便凍得像硬棒兒似的。但是，有一回我實在有事，告了假下山一、兩個晚上。等再回到山上，那班傢伙已寫好了七十張稿紙。喂，讀讀看，黑澤說。我讀了，對黑澤說，這不對頭啊。黑澤開罵了：你這傢伙，真渾球！所以不是叫你不要下山嘛！重來過吧，橋本，咱們從頭兒來！於是把寫好的七十張稿紙全揉成廢紙，扔了。這使我大吃一驚。

黑澤當時還不算是個大導演，可也不算小導演啊（原註：此時已是他的《羅生門》贏得威尼斯大獎之後了）。當時我想：這傢伙倒是個不拐彎兒的人……。

另有一次，美國導演艾德蒙．威廉斯（Edmond Williams）風聞「黑澤兵團」集體創作的工作方式，特地到黑澤的工作地方一睹真情。在說明他集體創作的過程時，黑澤對威廉斯說——

……我是導演兼劇本作家，但小國卻是我們的船長。每當我寫劇本一個勁兒被映像所誤導了，小國就會說：慢著，走錯啦！照這樣走向去，你不是往東走，而是偏向東南方了。我這「黑澤號」艇船不會走錯方向，全是我們小國船長之功哩！

但是，從小國的口中，黑澤明毫不含糊地是他每一個片子最初的大架構的塑造者。「其實，黑澤那傢伙來找我們電影劇本作家時，故事的大結構差不多已由他定好了。」小國在一次訪問稿中這樣說，「他老兄來了，對我們說，這一段是這樣子，那一段是那樣子，要我們分段去寫。寫好了大家碰頭兒，把各自所寫的朗讀出來，開始認真的討論——甚至爭吵，然後定稿……。」

生之慾

今年七十六歲了的小國英雄，前前後後寫了三百部電影劇本，是一個在世界範圍上來說，也是高產的電影劇本作家。一九五二年，小國從《生之慾》一片開始，正式開展了一直到近作《影武者》以迄於今的，與黑澤的著名的搭檔（combination）。單說他與黑澤間合作所產生的作品中，著名的有《生之慾》（一九五二）、《七武士》（一九五四）、《蜘蛛巢城》（一九五七）、《底層》（一九五七）、《隱岩三惡》（一九五八）、《惡人安枕》（一九六〇），《椿三十郎》（一九六二）、《天國與地獄》（一九六三）、《紅鬍子》（一九六五）、最近的《影武者》（一九八〇）。

小國先生這次來台，負責小國某些活動的招待和翻譯的陳純真先生曾問他：在他的心目中，世界上最好的導演是誰？

「黑澤。」

小國毫不遲疑地說。再問他寫述的電影劇本中，現在想來，哪一部自己最覺得喜愛。

「《生之慾》吧。」

老人說。

在日片還可以在台灣進出的時代，一九五二年的《生之慾》（生きる），是黑澤明極少數沒有來過台灣的片子。這部影片描寫一個在市公所工作了大半輩子的公務員，突然被醫生宣告患有胃癌，只有大約半年的餘生。他突然覺悟到，過去幾十年間，他從來沒有真正活過；此後的半年，他也不知道怎麼過活，到哪裡去尋找活著的理由。突然間，他受到一個生活中簡單的啟示，理解到生命的意義，是為了別人而生活。他於是盡其餘生，為市民的一項小小的請願——把臭水溝蓋起來，開闢一個小小的市內公園——奔波。公園竣工，他在一個下雪的夜晚，坐在他促其完成的公園裡的鞦韆上，一邊聽著鄰近人家屋裡傳來的兒歌，迎見了死神。

在這部片子裡，小國英雄和黑澤明認真、誠摯地反覆問著自己和觀眾下面幾個有關人的根本命題：人是什麼？活著，又是怎麼回事？愛，又是什麼？事實上，在小國和黑澤合作寫成的幾個劇本中，都以這些中心命題當作主題，深深地苦惱著、沉思著。而小國的人格、道德的力量，在於他善於把電影的娛樂、歡笑的性質，用眼淚，用愛、用人的溫馨，加以滋潤，成為令觀眾畢生難忘的、充滿了豐沛的生命和愛的力量的電影傑作。日本電影批評家梅原猛這樣說——

《生之慾》描寫了一個面臨死亡的人的存在。主角在意識到人是要死的這個命題以後，就想把他剩下來的短促的人生，變成為了愛而生活的人生。黑澤（連帶是小國——筆者）

的人道主義，存在於那個將死亡的自覺轉化為愛的行動這個關節上。這是存在的人道主義（existentialist humanism）。

紅鬍子

一九六五年，由小國英雄等人寫劇本，黑澤明完成了《紅鬍子》，立刻轟動了全世界，被看成歌讚人間之愛的偉大作品。除了在日本的榮譽，還獲得藍帶電影獎、威尼斯影展中的聖．裘爵獎、國際天主教電影獎、莫斯科電影展的金質獎，對於它的主題、技巧和高度的藝術成就，世界各地的佳評，洶湧而來。

《紅鬍子》描寫日本江戶時代末期，在江戶從事貧民醫療的名醫「紅鬍子」的故事。黑澤明喜歡描寫醫生的故事，因為他認為醫生是以愛為行動與實踐的職業。但是，「紅鬍子」的形象，與黑澤過去描寫過的醫生有很大的差別。在過去，黑澤的良醫，固然充滿了對人的愛和悲憫，但是也因此成為在現實社會中不切實際，與現實剝離的人物。「紅鬍子」則不然。「紅鬍子」被描寫成一個堂堂的生活中的人，行動中的人，充滿了對人的愛心的實踐家。

故事從江戶時代末葉江戶的一家貧民醫療所「小石川養生所」開始。

一個青年醫生保本登來到「小石川養生所」。他在長崎從荷蘭人學過西醫，充滿了精英秀才意識。穿著多少已經洋化的保本，被養生所的另一個年輕醫師引導入內。從這個年輕醫師的口中，保本知道了這裡是一所專以貧困民眾為對象的醫院，待遇極低，工作很重。而主持所務的，是一位「專斷獨行」的「紅鬍子」。

當保本最後見到「紅鬍子」時，紅鬍子告訴他：「以後，你就到這兒當見習醫生。」保本大吃一驚。原來他只知遵奉與「紅鬍子」有親密交誼的父親之命而來，卻不知這是二位長輩預先的安排。保本自以為前途似錦，一心想成為貴族王侯的少年御醫，卻不料被父親安排到這個貧困、黑暗的地方來。保本氣盛，雖然父命不可違，卻以不事診療、不穿養生所醫師制服，故意喝所內嚴禁的酒混日子。

有一天夜裡，保本在自己的房間喝悶酒。突然，有一絕色女子推門而入，向保本求救，道出自己飽受男人凌辱的秘辛。已有幾分醉意的保本，初則同情，繼而意亂，不知不覺抱住了女方。就在這時，美女突然以釵針刺向保本的頸項。千鈞一髮之際，「紅鬍子」突門而入，救了保本。原來女子是一個禁錮在養生所藥園中危險的精神病患。

保本傷頸，幸而並不嚴重。對於懷著羞愧之心臥病的保本，「紅鬍子」卻以溫婉的言詞舐慰。保本的眼睛，初次流出了素樸的熱淚。

從此，保本雖然還固辭診療工作，卻開始負擔醫療助手的工作。一日，保本與「紅鬍子」一同往診一位瀕死的老人。保本斷為胃癌，紅鬍子卻判斷是肝癌。保本對紅鬍子診察之精微，大吃一驚，也對「紅鬍子」醫療的哲學深為震撼。因為「紅鬍子」說——

「不只是這個病，幾乎對於所有的病，都還沒有什麼好的治療法。……所謂醫術，其實可憐啊……。醫生固然知道疾病的症狀和經過，對於生命力強的病人，醫生也許多少有點幫助。但是，所謂醫術，也不過如此而已。」

「目前，我們能做的，是對貧困與無知的鬥爭。只有這樣，才能補醫術之所短。」

當保本欲言又止，紅鬍子彷彿生氣似地繼續說道：

「你要說：『這是政治問題』吧。一般人也是這麼說，就擱在一邊了。但是，向來的政治可曾對貧困與無知做了什麼事沒有？政治可曾下過這樣一道命令：『不許將人落入貧困與無知之中』？」紅鬍子盛怒似地說：「只要貧困與無知的問題能解決，一大半疾病根本就不會發生！」接著，為了去照料另外的病人，紅鬍子對保本拋下這麼一句話：「在人的一生之中，沒有比他臨終的時刻更為莊嚴的了。你給我好好地看著這莊嚴的時刻吧！」於是走了。

保本被留下來注視著那因肝癌而瀕死的老人六助。但保本的眼睛絲毫看不見莊嚴的一面，卻滿眼是死亡的醜穢。

又一次，在幫助紅鬍子手術時，發現自己道心的脆弱。於是，在現實的衝擊之下，保本才深深體會到自己空有滿腔的驕傲虛浮，實則百無一用。他開始對自己可笑的精英秀才意識深感羞愧。

保本在小石川養生所中，逐漸地看見了貧困、渺小，而懷抱著美善之心的窮人們，在嚴酷的生活和社會的底層中呻吟、忍受、愛、掙扎的情景，作為人的保本的心靈的內層，開始了變化。他開始以全部的愛和忍耐，照料一個精神深受創傷的雛妓，終於打開了她錮鎖的心靈；他為了一個貧兒長次從死神懷中生還而歡喜落淚……保本在一群被侮辱、被殘害的善良的平民中，蛻變成一個能為愛而生活的人。

在片子的終了，保本對來訪的未婚妻說——

「聽說，這個三月，我就可以發表為御醫了。可是，現在，我一點兒也不想要那個東西。——我決定留在這個養生所了。這個地方，離開名望，離開金錢都很遠。日後，你也得忍受過困窘的日子，所以你也得好好考慮一下才好。」

最後一景也是片子開頭時的那個「小石川養生所」的大木門。紅鬍子滿肚子不高興。他反對保本那樣前程似錦的人，居然決定留在養生所。但保本說：「死了也要留在養生所。」二人走進木門。劇終。

人性的歌者

在現代人的心靈為了物質欲望滿足而奔波而逐次荒廢的時代，像《生之慾》、像《紅鬍子》這樣的電影，卻一再頑強地向著現代人逐漸僵硬、逐漸荒蕪的心靈呼喚。如果，一個傑出的導演一定要尋找一個思想、情感相通的劇作家，把寫成的劇本加以映像化，像現代日本的朵斯陀也夫斯基的黑澤明，與日本的從武者小路實篤以來的日本人道主義者小國英雄的結合，豈是偶然！

與小國先生有數日相隨之緣的陳純真先生，對於作為一個人的小國，有這看法——

「七十多歲的人啦，心還是那麼美，那麼善，那麼赤純，」陳純真喟然地說：「甚至叫我們擔心，他要怎樣生活在這個爾虞我詐的社會裡……。」

小國不識人間醜惡嗎？「不，絕不！」陳純真先生說，「一個像他那樣洞悉人的弱點，陰暗面的偉大的文學家，怎麼會不知人間的醜詐。」小國先生毋寧是在人的悲劇、罪惡、無知中，仍然堅信人性至善的藝術家。「本來，上了七十歲的人，無論如何，也會變得世故的。但是，在小國身上，我們看見的是赤子一般的純真、率直，直叫我們感動、羞愧、流淚……。跟他在一起，簡直是洗過一次澡，把成人以後心靈的汙垢通體洗過一般。」陳純真先生說。

在文化大學影劇科學生主編的《電影旬刊》第十三期上，刊載了小國先生在台視的講話紀錄中，曾說明為了保持一個劇作家的「純粹性」，他決定離開東京。而他，是在心中懷著久已想講，又為「好幾個老友」「阻擋不要說的話」離開了東京。他把他心中的塊壘，終於在台灣的影視文化工作者面前講了出來：

我現在要離開住了四十幾年的劇作家的房子，因為這個劇作家的房子，我覺得我沒有資格再住下去。本來這個房子是應該給寫得好的劇作家住的。我覺得我已經不夠資格了。因為我沒有學到盜取別人作品中文句的技術；也沒學到拍馬屁的技術。我不會應用我的政治背景；我也沒學會不知羞恥，臉皮還沒那麼厚。但我覺得住這房子的人必須具備這些本領。而我沒這些本領，所以我要離開。

小國秘而不宣於日本的這一段話，固然反應了今日日本劇作家圈子——不，整個影視圈中的腐敗和黑暗，但尤其強烈地反應了在人生浮沉了七十多年的小國英雄令人詫異，繼而令人敬畏的「純粹性」——對於人所當有的形象、人的本質、人的活法……的「純粹」的信念。但是，小國的「純粹性」，卻又絕不是個不切實際，脫離現實生活的人。在同一個講話中，他表示一個劇作家必須在投資人、票房、政治等因素下做出不得已的妥協，這是他完全可以理解的，而且「決不反對」。因為「你們的環境是需要妥協的，如果你們拒絕了，可能會被拒之門外，你們沒有了收入就沒辦法吃飯。」可是，小國一再告誡：

……你們可以妥協，但是要記住一個原則，就是……雖然你改了劇本，你自己卻不能肯定這件事。基於你的藝術觀，站在你的良心上，你的內心卻不可妥協。表面上你可以妥協，卻不能因為製片家或製作人的幾句讚美的話而得意，進而出賣了自己，（馴至）亂妥協一番、胡亂的改寫劇本而自認為無所謂，這會使我們墮落。

各種複雜、強大的力量固然不斷在干涉藝術家的工作原則，也同樣干涉各種學問、研究和職業原則。在這樣的現代世界中，人如何維持內心的獨立，從而維持人的本質，這已是嚴重而尠為人所注意的問題。黑澤明、小國英雄和他所謂的「黑澤兵團」所以能生產出一個又一個震撼人心，直接訴諸人類沉睡的良心和道德意識的偉大作品，我們終於在小國這樣敏於內省，堅定地持守人的「純粹性」的性格中，找到了答案。

初刊一九八一年八月《立達杏苑》第二卷第二期，未署名

1 本篇初刊《立達杏苑》時，隨文有黑澤明肖像及相關劇照，文末並有欄目文字：「陳純真／一九三五年生。／一九六一年入日本早稻田大學電影系。／一九六七年，早稻田電影研究所畢業。／翌年返國．目前任職台視導播。／本文資料依據陳純真先生惠借之都築政昭：《黑澤明——其作品之研究》，上、下二冊，日本Internal株式會社出版部；日本《電影旬報》，一九七四年四月及五月號；台灣《電影旬刊》第十三期，特此致謝。」

吳念真的機會和問題[1]

吳念真小說的機會點

吳念真小說的第一個機會點，是他對於心理葛藤的描述，具有社會解釋的基礎。弗洛依德揭開了人類心理最底層的流動之後，現代主義文學藝術深受其影響，而從事於描寫極端內在的心靈的混沌，至於不可辨識，晦澀、於是現代主義文學的世界，變成一片無意義的，渾噩的，夢魘和心靈最低層的暗流的流動。沒有時間、沒有地點，沒有了歷史，也沒有了社會和社會中的人的生活。

也許由於職業環境的原因，吳念真對於精神病的世界，有顯著的興味。但吳念真沒有孤立地去看人的精神的挫折和病變，他顯然地在人的精神病變中找到或試圖尋找社會生活的根源，從而精神病的症狀，成了窺視甚至批判使人的精神挫落的社會原因底手段。〈我達達的馬蹄〉是作者以心理的糾葛表現了生活在一個充滿問題的社會下一位青少年的心靈創傷。少年病得不輕。然而，讀完以後，人們會覺得病得更重的是這個社會。像一切以瘋人為題材的小說，結局的瘋子才是真正理智和良心都清白的人。對於人的內心的葛藤抱著興味和關切，而不論於內視地以描寫孤立的、謎題一般的心靈的流動，進而善於將人的心靈和它的社會生活連繫起來，是吳念真為一個更大、更有堅實內容、更能關心人類和世界的作家的重要機會。

吳念真的第二個機會點，在於他有鮮明的問題意識。《邊秋一雁聲》的問題，在於醫療服務的商品化，以及伴隨這商品化而來的醫院的營利機構化的問題。〈富貴村的喜劇〉，是對於不更世事的知識青年的嘲諷。〈還鄉前後〉、〈有魚的晚餐〉、〈我達達的馬蹄〉……乃至於除了〈怨女·狗與水仙花〉以外的每一篇，都想表現作者對於某一個或一些問題的看法。當然，我無意「排斥」一些以「純粹」為言的小說和藝術。任何偉大的小說，不以單純的語言、結構、人物描寫成其偉大，而是那透過精美的語言、結構、人物描寫所表現出來的，作者對於生命，對於人，對於社會，對於世界的愛，關懷，以及基於這愛和關切而來的悲忿、批評、狂喜……。更何況中國在目前，以及可以預見的一段長時期中，還有許多的困難，許多急切而有待解答的諸問題。則作為中國的作家，怕是難於像西方燁熟期商工社會的作家那樣，奢侈地，不負責任地以把玩自己方寸間的情緒、感受為己足的。當然，吳念真對於問題焦點的把握是否準確，描寫和表現是否已臻完美，是另一回事。然而，鮮明的問題感，以及表現問題的責任心，也是吳念真發展成更大、更具堅實內容，更能關心人類和世界的作家的重要機會。

吳念真最後、也是最明顯而基本的機會點，在於他語言使用，故事鋪陳，描敘等能力。和大多數台灣年輕一代的作家一樣，吳念真在語言、描寫、結構上的基本能力，大抵沒有很大的問題。在〈怨女・狗與水仙花〉中的一部分；在〈茶〉；在〈還鄉前後〉前半部生動、簡捷而極具描寫力的對話發展中；在〈我達達的馬蹄〉中，吳念真表現了不斷進步的、毫無疑義的可能性。

吳念真小說的問題點

至少就《邊秋一雁聲》這本集子看來，吳念真藝術的第一個問題點，是主題表現的概念化傾向。小說有它獨有的藝術表現規律。離開了這些規律，主題思想再好，不能使它成為好的小說。即以《邊秋一雁聲》而言，很快地令人想起電影《飛越杜鵑窩》來。當然，《飛越》的主題，集中在現代社會中人的解放的問題。但是，不論如何，它是以一序列有邏輯的，有發展的——在同一和衝突中更迭發展的事件中，顯現了主題。相形之下，同樣以精神病醫院為場景的《邊秋》，就顯得機械、概念化。這一個問題點，同樣地表現在〈富貴村的喜劇〉、〈豐饒的山林〉、

〈掌聲〉……等等。當我們把〈我達達的馬蹄〉和性質約略相似的〈豐饒的山林〉做一比較時，這問題點就更鮮明地表現出來。

吳念真小說的第二個問題點，是他還沒有為自己建築好一個比較統一的、對於人、社會和世界的觀點。在「具有鮮明的問題意識」的這個機會點上，說明了吳念真比較地具有某種對人生和世界的解釋。正是基於這解釋所依憑的價值體系上，吳念真選擇和表現他的題材。然而，正和台灣絕大多數作家一樣，他們對待人生、社會和世界的觀點比較鬆弛，不統一，也不清晰。醫療服務商品化和醫院的營利機械化的背後，有更深刻的社會原因；知識分子的不更事、的思想貧困之背後也有更複雜而深在的各種因素。對〈掌聲〉中的歌女，單純的大學生「山地服務」和單純的「母性」的發作，絕不是真正足以使她掙脫腐敗而悲慘生活的力量。〈豐饒的山林〉結尾時不可思議的欣快感，〈青月茶坊的夢魘〉中不可思議的鬧劇，恐怕是作者思想本身的不明確所帶來的結果。

機會和問題的關鍵

然而，吳念真畢竟還年輕得很。看得出他對小說事業的真誠、熱心和努力。當然，他的才華，大抵上是無庸置疑的。這些非但是吳念真自己的機會，在我，也是台灣新文學新生一代的機會。我於是懷著喜悅和希望注視吳念真和他的一代的希望。

在此，我願意和吳念真以及他的一代共同勉勵的是：小說，尤其是現代中國的小說家，有它極為嚴肅、沉重的責任。就小說藝術而言，在中國和世界無數巨匠的塑像之前，三十年來台灣新文學的成就，毋寧還只在起步的階段。沒有任何理由使一個真誠的文學工作者產生驕傲、自滿的情緒。正相反，大家應該在懷有自信的同時，懂得用越來越嚴肅、謙虛、勤奮、努力、甚至於戒慎恐懼的心情，面對稿紙，面對逐一寫下的字句……。

初刊一九八一年九月世界文物出版社《吳念真自選集》（吳念真著），署名許南村

1 本篇以〈吳念真的機會和問題（附錄二）〉為題收入《吳念真自選集》一書中。

中國的希望繫於國民的道德勇氣

讀劉青〈沮喪的回憶與瞻望〉後的一些隨想[1]

從古今中外的歷史去看，面對強大、冷酷、凶暴的權力時，一個手無寸鐵的反抗者、批判者和抗議者唯一的力量的來源，就是道德。中國幾千年的歷史中，許許多多敢於犯顏直諫、甘冒身家破滅的悲慘命運，為中國人民的苦難說話的知識分子；或是《舊約聖經》中敢於指謫權力的黑暗罪惡的「先知」們；或是向龐大、銳利無比的大英帝國殖民體制抗爭的甘地——一個瘦弱、貧苦、質樸的印度老人；或是在日本軍帝國主義最猖獗的時代，高聲祈求上天使日本在罪惡戰爭中失敗的矢內原忠雄……，這些人，在權力的刀鋸、鼎鑊之前，他們的身影雖是看來那樣的孤單、脆弱，但他們所斥責的不義的權力，不旋踵而崩頹無蹤。無數殘暴的帝王和他們的偵探、劊子手們，都在歷史最大的輕蔑中消亡，而在暴君的煉獄、刑場中瑟縮的原本孤單、脆弱的身影，卻終於成為擎天的巨人，在歷史上發散著永久的光芒。難道是他們有力拔山河的剛勇、鋒鏑不壞的筋骨？歷史的答案是：使組織性的暴力分崩離析的，不是抗議者的膂力，而是發乎他們深刻的道德力量。是道德——對人的尊嚴、愛正義、公平、自由與和平的真摯的信仰——激起抗議者的忿怒，視死如歸，敢於冒著生命的破局，說出或者寫出使不知以凌暴為恥的權力為之顫動的話語。

道德的憤怒

在台灣，讀著據說是「處理」過[2]、「過濾」過的劉賓雁、魏京生、王希哲的少數幾篇文章，也常常不能不為他們那種發乎道德的凜然的語言，為之正襟、為之危坐，為之肅然，為之深愧於心，更為之熱淚盈眶啊！

目前，每天清晨，從睡夢中睜開眼睛後的第一個思想是：看正在《時報．人間副刊》連載中的劉青的文章：〈沮喪的回顧與瞻望〉！記得在刊載的頭一天，劉青就這樣告訴中國人：

推進（真正的思想自由和言論自由），必須有人去做。倘若還是看見了不公平、不正確的事，卻沒有勇氣指出，而是閉上眼或背過身去，是談不上推進的。倘若整個民族都容忍不公平而沒有勇氣對之指責，那麼，這個民族是註定要被淘汰的，不值得憐憫和不配有更好的命運。中華民族不是這樣的民族。它在任何時候，哪怕是最黑暗、最專制的時期，也不缺乏捨身直言的兒子。

劉青又說：

> 中華民族的成員再也不能看著政治為了自己的需要，蹂躪法律，將法律改得面目全非了。中國人民必須有勇氣闖入任何神仙聖人宣布的禁區聖地，對任何事都要問一聲為什麼？絕不盲從和聽任自己的權利喪失。中國的希望就寄託在中國人民的這點勇氣上。

視某事為「不公平」、「不正確」（我們這裡的說法是「不對」或「不應該」——筆者），是出於一種道德上的判斷。抱持著勇氣去指摘「不公平」和「不正確」的事，是一種出乎道德的行為。容忍不公平和不正確的事，是一種背德的行為，因此，如果有這樣的民族，劉青說這個民族就「不值得憐憫、不配有更好的前途」——這也是出於道德的判斷。

劉青為什麼以為中國人民再也不能放任政治權利肆意歪扭和蹂躪法律；為什麼要中國人民不去盲從專制者而讓自己的權利喪失？答案顯然也是在於道德上的要求。

是的。劉青，和大陸上青年一代思想家如王希哲、魏京生一樣，也和文學家如巴金、劉賓雁、白樺、沙葉新、王若望一樣，在他們的內心之中，高高地燃燒著道德的火炬。他們相信：人，應該是自由的，應該是尊嚴的。言論、思想、信仰的自由，公平、正義、合理、互愛的生活，是中國人民，連帶地是一切被壓迫人民不可侵奪和壓服的權利！劉青，和中國近代史中一切愛國的知識分子——愛國的思想家、文學家、教授、青年、學生……一樣，一直不懈怠地追求著一種人的應有的形象，一種人所應該過的生活的方法和態度。當任何外來的強大的力量——黑暗的政治、帝國主義、貪得無厭的剝削、外來的消費文明——曲扭、破壞著他們心中的這人應有的形象、人所應該過的生活的態度和方法時，他們便往往是「莫謂書生空議論，頭顱擲處血斑斑」了。而追究起來，這所謂「人應有的形象」，所謂「人所應該過的生活的方法和態度」，即人應該怎麼活著這些問題，毫無疑問地，是一種道德上的規範。因之，劉青的憤怒，是出於他自己道德要求所不能忍而發；而劉青的勇氣，也來自道德要求的強大的迫力。孟子所說：「……自反而縮，雖千萬人吾往矣！」而劉青們之所以引起我們至深的欽敬，是因為他們為我們說出了我們的怯懦阻止我們說出的話；做出了我們的卑怯阻止我們想做的事。

對於法律的不可思議的信仰

讀劉青〈沮喪的回顧與瞻望〉，最令我覺得不可思議的，是劉青對於法的信念[3]。

一個民主主義者的各種信念之一，當然是對於法的信仰。但是，法之可信，在於它的客觀的權威與公正，獲有實際的、實踐上的證明。當你從自己和別人的經驗，或者從社會生活中親切地體驗到法律維護正義的具體、獨立而客觀的力量時，你才會深深地信賴著法律。

但是劉青所處的社會，在法律上，是一個極端落後的地方。刑法和刑事訴訟法，經過三十多年，尚未頒布。「依法辦事」，雖然似乎是當時的政治要求，但是，在實際上，當時是「依法辦事也不是一成不變，例外什麼時候都有。公安局的局長、北京市的市長、書記、黨委們直接下的命令，沒有手續，也得關起來」的世界，而且，一貫是這樣的一個以統治階級的是非為法律的世界。

在這樣一個法的荒廢的世界中，劉青應該成為一個對大陸的法律抱持嘲諷、不信態度的人；應該成為一個把信賴法律視作極大的愚蠢的人。

難道說，劉青對於法律的信賴和堅持，只是出於單純的鬥爭的手段嗎？劉青的文章還在連載之中，所以也無從斷言。但是，我想：劉青給了我們這樣的一個啟發：儘管法律，尤其在類似中國大陸那種政治情況下的社會，往往只是統治者壓迫的工具。但統治者任意蹂躪法律，固然是法的正義之喪失的一個要因，而一般人民在淫威之下，太早、太武斷地放棄了法律，都是使理論上應為天下之公器的法律，淪為單純的統治階級方便至極的統治和壓服工具的原因吧。對劉青而言，被壓服和統治的人民第一個責任，是敢於在統治者制訂的法律中尋找保衛自己權利的憑據；是敢於把統治者假冒偽善地要保護人民權益的法律詞句，落實起來，並依據這個法律，使法的蹂躪者，成為罪犯！

劉青毋寧是在這樣一個理念下，真誠地信賴了法律吧。這就不能不使平時只是方便地對法律表示犬儒式的嘲罵，而絕不肯專心、深入地研究法律條文的人們，感到愧怍。

統治的墮落

在劉青的筆下，大陸「專政機關」裡的人的荒廢，暴露無遺。

首先，我們看到在「林彪四人幫」時代得意過的警察，照樣在「林彪四人幫」垮臺之後，在「專政」的特務工作上負有領導責任，而且照樣對人咆哮、威嚇。從歷史上看來，不論古今中外，偵探的人物，為了他一身超絕的專門的「專政」工夫，儘管移朝易代，大都會受到重用，永遠保住那間擺滿了刑具的辦公室，也永遠向著各色各樣的道德的反抗者身上揮出鞭子。在中國大陸的情況正證明這一點。

法律，對於這些「專政機關」裡的人，是毫無意義的。在劉青頻頻責問他被拘留的法律依據時，「專政」人員的無知、傲慢和目無法律，表露無遺。幾十年來，大陸上「專政機關」這個「龐然大物」，大約從來沒有受過像劉青這樣緊迫不懈的質問和挑戰。但是，這個強制力量很大，根本不知道限制，手段一貫慘酷的「龐然大物」，在弱小的劉青的責問之下，為之語塞、為之色變、為之暴怒、為之訴諸於最赤裸的威嚇。在「劉青，這裡是專政機關，你來容易，走可不容易！」「你別自以為了不起，我們有的是辦法對付你一個小小的劉青！」「你知道這是什麼地方嗎？這是專政機關！你放老實一點，劉青！」這樣的咆哮和恫嚇聲中；在「你沒有犯法也不許不回答我的問題。我可以告訴你，我們對付你的方法是多種多樣的。我們可以向社會公布你是個什麼人，我們還可以根據以前的案例、內部掌握的政策沿用下來的不成文法，以及從前的習慣等等來處置你。我們也可以無限地關押你。刑法要等八〇年才施行。現在是七九年，我們還是根據以往的情況辦案的！」這樣一種令人不寒而慄，心目中完全沒有人權和法律的威嚇，看見那驕橫、龐大的「專政機關」和為它工作的特務人員在道德上的驚人的墮落。壓迫者在身體和生命上殘害著被壓迫者，卻在心靈中和道德上，使自己和整個壓迫機關，向著人以下的深淵迅速墮落。即殘害者因殘害了別人，而被殘害別人的過程本身，殘害了殘害者自己！歷史上許許多多膨脹的「專政機關」的敗滅，恐怕便是源於它內部的倫理的墮落吧！

我想著劉青一個人在猙獰、巨大的那些「專政機關」中孤零零的身影，在寂無人聲的靈魂的曠野中，聽著「你知道這是什麼地方嗎？這裡是專政機關！」「你不說，就永遠別想出去！」「我們對付你的辦法多得很，你沒什麼了不起，劉青！」這些咆哮、恫嚇、侮辱的聲音，使人感到一種令人寒心徹骨的恐怖，彷彿在夢魘的深處，我也曾經經歷過這一切的幻象，也彷彿我閱讀過的拷問的描寫，頓時浮到回憶的水面上來。劉青，你這敢於捨身直書的中華民族的好兒子，我多麼懂得你啊！

心靈的藍天

談劉青，最使我激動的是下面一段話：

……我十分想念我的母親。想到給她的晚年帶來的憂愁，我萬分痛心。

四月，我透過廁所的破窗戶，看見在這高牆的包圍中，一片嫩綠的鬼子姜的小葉子，從黑泥中鑽出。它是那麼的綠，直晃人眼。我感到一陣衝動，到藍天下去的強烈渴望。

劉青接著寫道——

一時間，弄不清是在無稽的記憶中，或是在荒謬的夢魘中，又或是在閱讀的經驗裡，我彷彿真切地會見了這一切。思念父母的錐心之痛，從窯洞一般的生活裡乍然看見自然的翠綠、看見一圈蔚藍的天空的那種無由形容的歡悅⋯⋯，在讀著、讀著劉青的時候，使我眼熱喉哽。

⋯⋯他們要求被迫害的人認罪，以證明他們違法的行為的合法和正確。我無法屈膝，因為我知道，我不能用我心靈的藍天去換大自然的藍天。

是啊，劉青。

如果一個人心靈的天空陰暗了，讓那方寸的天空充滿了怯懦、背叛、出賣、自私、貪婪⋯⋯這些濃密的烏雲，就是行走在大自然蔚藍的天空下，不也是一片漆黑嗎？

保持心靈的天空一片快晴，這便是劉青所深信不疑的人的形象，也是劉青對於人的道德的要求。想著在鐵窗的一隅，眺望著大自然的中國的藍天，又嘶喊著「我不能用我心靈的藍天去換大自然的藍天！」的劉青，對著一任自己心靈的藍天逐漸陰闇起來的自己，我不禁流淚了。

「謝謝你啊，劉青。」

我無語地說。

初刊一九八一年十月《中華雜誌》第十九卷總二一九期
收入一九八八年四月人間出版社《陳映真作品集8．鳶山》

1 大陸異議人士劉青（又名劉建偉）的〈沮喪的回顧與瞻望：我向社會法庭控告〉寫於「勞動教養」期間，後由同獄難友攜至香港，以《獄中手記》（百姓半月刊出版社，一九八一）為題出版，陸續在美、英、法等海外發表，台灣則於一九八一年《中國時報．人間副刊》進行連載，本文係陳映真對此文的回應。

2 「是『處理』過」，人間版為「是經過台灣有關機關『處理』過」。

3 「對於法的信念」，人間版為「對於法的正義所抱持的信念」。

醫師的人間像

記吳新榮醫師的世界

受苦的哲學

在戰火、在動亂的年代裡，渺小的個人，浮沉在洶湧世變之中，生命往往無由安定。於是，肉體的困苦，心靈的煎熬，使一個人的身心流離失所；無所依托個人的理想、熱情，乃至於一整個生命，亦都隨著時代的風浪，一點一滴的耗竭，成為不相連屬的片斷，甚或失去任何意義。而個人因於對整個環境無能為力，對一己的生活無由掌握、鋪排，竟轉化成為對命運無言的悲嘆。

然而，個人也有奮亢不屈的時刻。在面對不義的挑戰，和歷史、社會橫然加諸個人不平的待遇時；在面對眾多無謂的紛擾，和外在變異無常的情境時，個人起於對生命的執著，不顧一切地把整個生命投置在苦難當中，做艱難的抉擇，去謀求出路，在困苦中，去為生命開創意義。這種因著對生命的執愛而產生的抉擇和行動，使處於無常之中而日趨枯萎的生命得到有效的針藥，同時；它也等量富麗了人的一生。而在這種情況之下，這個自覺的生命，一方面參與時艱，一方面也同時為這個時代留下最真誠的紀錄。

古今往來，在人類世世代代遺留下來的文學傳承裡，我們可以看到最驚心動魄的場面；在戰火裡，人性的光明面發揮到最崇高的極致，而人性裡的自私貪鄙也往往表露無遺。這些，在在都使我們攬讀之餘，難禁掩卷浩嘆。但，無論崇高，抑或卑下，過分凸顯的人性述描，也往往不若一個尋常人生活中的點點滴滴要來得切近。我們或許會急於知曉，在一個驚天動地的場景裡，一切尋常可感的心靈，是以什麼樣的步調，去迎合，或者，去拮抗、去違逆這幅場景裡不盡合適的角色？當查此心靈縷縷不絕的生命線索時，或許，我們會因為從這些平凡的點滴之中，發現了與自己生命相切的情境，而從中獲得親切的感動吧？

醫師

台灣，就和全中國一樣，在近代史中，是一個悲愴的角色。自從西元一八九四年，隨著祖國的屈辱，陷入了異族統治的五十年漫長歲月。然後，在戰火中，在社會受到難以調適的衝擊時，許許多多淒楚心酸的故事，便填滿在歷史的扉頁中。

而在眾多這一段淒苦歲月的心靈表徵中，我們故事的主人翁——吳新榮醫師，可算是相當值得後人回想、追憶的一位。

吳新榮醫師，民國前五年十一月十二日，出生於台南縣將軍鄉，幼年時，入台南商業專校就讀；十九歲時，插班就讀於日本岡山市金川中學，明年，考入東京醫學，醫專畢業後，吳醫師自願投入為貧民而設的日本「山本宣治紀念醫院」服務。民國二十二年，他回到家鄉，於佳里鎮開業，也同時正式地開展了他多彩多姿的一生。

浪漫者

在吳新榮醫師所著《此時此地》一書中，吳醫師自述他的祖父和父親的性格時說道：（父親）穆堂是慷慨、樂天、圓滿的長者；（祖父）玉瓚是固執、嚴格、霸氣的老人。然而我們傳承了兩種不同性格的吳新榮醫師，卻是珠圓玉潤、曖曖含光的人物。

在台南商校的日子裡，少年吳新榮遇到了一位最初啟廸他文學心靈的老師——林茂生先生，林先生是日本當時的最高學府東京帝國大學文學部哲學科出身，是當時台灣人獲得日本文學士的第一人，時人以「北有杜聰明，南有林茂生」來稱頌這位青年俊彥。在台南商校的時期裡，林茂生先生擔任吳醫師的英語教師。然而，吳醫師在英文方面並沒有什麼獲益。相反的，對於林先生課堂所採用的教本，諸如卡萊爾的《法蘭西大革命史》，或是托爾斯泰的《幸福的家庭》等，透過林先生扣人心弦的講解，卻深深啟發了少年吳新榮稚嫩的人文之靈。

同時期裡，時局世變的浪濤也對吳醫師產生莫大的影響。一九一五年，正是第一次世界大戰和各種新興文化思潮激盪了整個世界的年代，自由主義、民族自決等理想在吳醫師的心中一一點燃了一盞盞思想的燈火，啟示了他日後一生的生涯。

第一步

台南商校的第二年，吳醫師正式踏出此後生涯的第一步。吳醫師的叔叔鵬程先生自日本學醫歸來，在故鄉開設「嘉理醫院」。至此，吳家的生活逐漸寬裕。有一日，叔叔鵬程醫師寫信給這位侄兒說：「你要自第二學期裡設法辦理退學，準備到日本留學。」於是，吳醫師就此展開他青年時期的第二階段——日本留學時期。

在日據的時代裡，日本帝國主義對台灣人，採取高壓、懷柔、恩威並濟的統治手段。他們在教育方面，不容許台灣人在文、法科方面有所發展。因而，在那個年代裡，台灣人知識分子多半以商科或醫科為發展的途徑。而今天，本省現代醫學的基礎，歸功於當年大量的台灣精英人才投入醫學行列固不待言。然而，當其時，離鄉背井的莘莘學子，遠渡重洋，背負著家、國沉重的負擔，其心情的落寞亦可想而知。

青年吳新榮就是在這種情境之下，來到了這東洋島國日本，展開他醫學生徒的異鄉之日。

異鄉風情

在日本留學的青年吳新榮是浪漫而富於理想主義色彩的，同時，民族主義的思想也在這個殖民的孩子的心中，近乎本能性地湧動起來。

民國十四年前後，日本金川、岡山地區的台灣留學生，組織了一個台灣同鄉會。青年吳新榮對中華祖國、對家園的懸念，於是有了實際的寄託。有這麼一天，吳新榮來到當地的中華會館，買下　國父孫中山先生的遺像三張，和一張中華民國全圖。他把地圖和遺像貼在寄宿的室內牆上，把一個殖民地台灣的兒子對中國祖國的熱情緊念，日日夜夜，傾瀉在肖像和地圖上。而在此時，他也知道了自己和　國父是同月同日生。他寫道：十一月十二日這一天，是一個「富於暗示和宿命的日子」，而發願終身追隨　國父的行跡，一生一世為祖國獨立與強盛而奮鬥。

在與祖國中國留日學生的接觸裡，青年吳新榮慢慢領受了整個大時代的洗禮。他首度表現出民族思想，是在金川中學時代。在與同志者接觸後，感激之餘，回到下宿裡，青年吳新榮寫了一篇論文，投稿校刊，內容是公開抗議日本的侵華政策。試想，以一個被統治者的身分，竟然公然向統治者挑戰，足見他少年的豪情和勇氣。然而，這篇論文，竟得到當時的校長，自由主義者服部純雄先生的賞識，特別予以刊登在校刊的卷首，青年吳新榮從中得到的巨大鼓舞可想而知。

在東京醫專的時期裡，吳新榮的才華漸漸展露頭角。他連續參加或主辦了《蒼海》、《南瀛》和《里門》等文藝性的雜誌。而他的詩歌、論文也時時出現其中。這個時候的吳新榮，也隨著捲入當代的社會時潮，走出學園，到街頭去接受這時代的洗禮。當時在東京的台灣人，有兩個團體：一是「東京台灣青年會」；一是「東京台灣社會科理研究會」。前者是同鄉會性的親睦機關；而後者是思想研究的學術組織。而「青年會」更是當時台灣一流人才諸如蔡培火、吳三連之輩的聚集和培養之所，吳新榮因為做過「東醫南瀛會」和「東京里門會」的組織者及負責人，他於是被選為「青年會」的幹事。然而他也因此受到日本警憲當局無情的打擊。

「青年會」是一個鼓吹民族意識和反日思想的愛國組織，這種傾向，便自然而然地為日本帝國主義者的鷹犬所忌，並加以無情的打擊。為了徹底消除一切反對日本帝國主義組織，日本軍閥促成了「三．一五」及「四．一六」兩大事件。台灣青年會受到「四．一六」事件的沉重打擊，被迫解散。而吳新榮也初次嚐到日本囹圄生活的滋味，經過二十九天，才釋放出來。青年吳新榮浪漫而理想主義者的熱情首次受到嚴肅的考驗與鍛鍊。

實習醫業

「四·一六事件」以後，日本當時反帝國主義的社會運動和學生運動漸漸消沉，而吳新榮現時也已是第五年的醫科學生了。擺在眼前的是醫師資格的考試，和未來出路的種種現實性的考慮。

在醫專畢業後，青年吳醫師所面對的第一個問題是：實習醫院。初到東京的一段期間裡，在吳新榮的印象中，並不是所有日本人都是台灣人的敵人。而假使同情台灣人的話，無論任何黨派都可以聯絡。而在眾多同情台灣人的人士中，最具盛名的便是早稻田大學的日人大山郁夫教授。青年吳新榮隨著當時社會中的一股新興的風氣，以青春的熱情，追隨著大山的行跡，傾聽他的演講，暗暗地崇拜著，景仰著這個偉大的人格。這位大山郁夫教授，有位同志山本宣治，是一位急進派的政治家，同時又是一位偉大的生物學者。當時在帝國議會被右翼暴徒刺殺，吳新榮也參加了這位革命者的告別式，流下悲忿的熱淚。

由於這個因緣，青年吳新榮醫師畢業後，就毫不遲疑地投入了為紀念山本宣治的「五反田工人病院」，為的是學習和服務。而在這裡，青年醫師得到人道主義醫學的強大啟示。

實習醫師的生活是辛勞的。青年吳新榮醫師在「五反田工人病院」裡，在設備缺乏，患者眾多的情況下，每天從一大早工作到下午十時前後，每個月只有十五元的小費，生活的清苦，自然可想而見。然而，帶著熱情在工作中實踐自己的理想，在面對無告的貧困病人時，他渡過了一生最充實、最難以忘懷的實習生活。

有時候，青年醫生奉命到朝鮮人的部落，檢查他們的健康情形；有時候，他在荒遠貧困的日本鄉村做巡迴診療。這些經驗，使得他看到朝鮮民族悲慘的苦情和堅忍苦鬥的精神，也使他看到當時日本農村的凋弊、破產和無數農民的淪落。這些，牽動了他長久以來的心事。他想起家鄉台灣殖民地的民族充滿政治和種族歧視和殘酷榨取下的台灣農村。就在此刻，家鄉的召喚應時而至，青年吳新榮醫師終於聽從故鄉的呼召回到一別經年的故園，從而展開另一段生命的新境界。

民國二十二年，吳新榮醫師回到台灣故園，在佳里開業，正式開始了醫業的生涯。

「青風會」

在日本統治者眼中，這位從日本歸鄉的青年醫師吳新榮，是一個必欲去之而後快的眼中釘。因此，吳醫師經常受到日警特務無緣由的騷擾，指控他不法設立病室，故意收容犯人等等的莫須有的罪名來干擾他的工作。吳醫師竟因而決意糾合同志，一起來向不義、向壓迫抗爭。他認為在當時高度帝國主義統治下的殖民地台灣，文化工作是唯一的出路。於是吳醫師呼籲東京《里門》出身的同志為中心，糾合了地方的進步青年，成立了「青風會」。「青風會」是以鼓勵文藝思想，交換社會智識，養成青年干涉現實的風氣，建設文化生活和嚮導智識分子為目的。然而，由於日本官憲懼怕它會成為反日政治活動的基礎，在短短不到兩個月的時間裡，這個文化運動的搖籃就被日特當局扼死了。

「鹽分地帶」

在日本軍閥統治的經濟圈裡，台灣一直是以一個殖民地工廠的角色被看待的。日本軍閥在經濟上，是榨取殖民地生產以富裕其本國的；在政治上，是不允許台灣人擁有任何政治權利的；而在文化上，日本人更加嚴厲地欲使台灣人和中華文化的傳統斷絕。台灣人在經濟、政治上的權利被剝削之餘，卻始終能固守著這文化的最後一道防線與統治者周旋，甚或以文化作為向統治者抗議的有力武器。

吳新榮醫師當時所組的「佳里青風會」，雖然在短短兩個月內，即遭夭折的惡運，但它卻開啟了台灣近代史上最重要的一個文學運動的時期。

「青風會」解散後，文友們或去或留，然亦有新血輪加入，除了原有「青風會」的成員如：郭千尺、徐聖潔、黃清澤等人之外，新加盟者又有林豐年，黃明建、曾隊哥、郭以章、黃火山等十五人。他們雖然沒有正式的組織，卻時常寫文章作詩，一暢胸中塊壘。他們顧念家鄉淒愴的光景，便自稱為「鹽分地帶」的同人。爾後，他們加入「台灣文藝聯盟」，而吳新榮、郭千尺、王定安三人都被聘為《台灣新文學》雜誌的編輯委員，這個「鹽分地帶」人們所造成的新傾向，影響所及，造成當時全台灣文化界的一番新風氣。

在吳新榮所著《震瀛隨想錄》中〈新詩與我〉的短文中，他描述這個時期的一般風貌時說道：「『鹽分地帶』時代的作風比較意氣揚揚，並對外公然宣稱我們愛好自由、鄉土及藝術，……對內就是糾合熱情的文化人，建設明朗的生活，把握健康的人生，而對立於阿諛強權之輩，和低趣味的黃色奴才。」

我們知道，一個人在困境裡，猶能保持生命的酣暢是尤其不易的事。而在這個異族統治的時代下，青年吳新榮卻仍能保持這樣的豪情：

這座和平而樸素的寒村，
是我祖先死守的一環；
那時候激戰的血潮，
現今還在我底身內循環！
回憶當年搖籃掛在槍架，
夢聽夢見慈悲的愛歌；
愛歌不是望你榮華和富貴，
愛歌只祈你氣豪而義高！

——〈故鄉的回憶〉

吳新榮醫師對鄉土，對傳承的感懷，和表現出崇高的志節詩句，充分發揮了台灣文人知識分子的民族骨氣。從楊逵老先生所說「放膽文章拚命酒」的豪放之氣，和在吳新榮醫師的詩文中表現出來的酣暢淋漓的生命之力中，我們看見了當時台灣愛國文學家們那種（hareyaka）（日語「晴水無邊」，即豪邁、爽朗、鷹揚之意）的時代。

吳醫師的文學作品

一個敏於世情的心靈，本於其對人類的執愛之情，他的關愛往往是多方面的。而一個繁複，多面的生活，也足以使一顆活潑的心，產生多方面的感應。

因此，我們必須在此認清，這篇故事的主角，並非一個單面的政治人物，除了他對時艱熱心的參與之外，吳新榮醫師豐潤暖人的精神層面，或許更值得玩味呢？

在年輕的時代裡，吳新榮是熱情的浪漫者；而在飽嚐人間的風霜之後，他成長為一位練達世情、充滿人情味的人道主義者。這些，我們可以從他的文學作品中見之一斑。

在〈亡妻記〉一篇裡，記述著青年吳新榮醫師在人生的困苦路上，驟失良伴的無邊寂寞與苦楚，對於夫妻間感情的描寫，流露出溫柔而深摯的鶼鰈之愛，力透紙背，是日據時代台灣文壇的隨筆作品中，無出其右者，致使當代台灣文壇以「台灣的浮生六記」之美譽歸於此文。而從他晚期的文學作品中，我們又看見珠圓玉潤的情感溫柔而且緩緩地瀰漫在字裡行間。單從一些隨筆的篇名，諸如：〈狗的故事〉、〈屁的故事〉、〈年齡語彙〉、〈情婦〉、〈養生秘術〉、〈大便〉、〈枕頭〉等，我們就可以想見，生活中的一些微不足道的小事，是如何地以輕鬆的幽默在被老年的吳新榮激賞著了。

「人生的活法有兩種，一是『細而長』，另一是『粗而短』，此為有吟味的必要。神仙佛道是主張『細而長』的，英雄豪傑是傾向『粗而短』的，可是我這樣平凡的人，只希求在此不長不短的人生中，得到一種諦觀，就是『活到死』為止。」他寫道。這種對生命的覺悟，對人生之種種欣然喜樂的心情，試問世上又有幾人如此？

另外，在他的一篇〈三十年來〉的短文裡，吳醫師如是宣布道：「三十年來，我一直是在迷津裡徨徬著，而現在已發現著新的貴族主義，且幸能夠在此軀殼裡，隱居而渡過晚年。」

他的所謂「新貴族主義」是：「不以壓制而以自由，是不以奴役而以平等，不以獨裁而以民主，不以權威而以進步；是希望人人都有豐富的三餐可吃，有美衣、有舒適的家屋可居，有高級的汽車可乘。而新的貴族主義，是為著高壓才不食油膩，而不是為要拜佛才素食；是為著探求人生才研究宗教，而不是為了要逃避人生才隱居精舍。」所謂「人情練達即文章」，在這裡，我們看見一個激昂踔厲的生命澄靜了下來，而一個平實、安穩、圓融的生命漸趨於完成。

鄉土與民俗

吳新榮醫師懷抱著一顆廣袤無邊的「關懷」的心靈。台灣光復後，他把大部分精力投注在台灣鄉土、民俗的考證工作上。民國四十一年，他出任台南文獻委員會委員兼編纂組長，並主編《南瀛文獻》、《台南縣志稿》。在文獻工作者吳新榮的《南台灣風土志》裡，我們可見他那鉅細靡遺的考證工作，和雋永可親的文筆。

文獻，是一地區人民生活史的表現，它把地域裡人民生活的軌跡，由資料的收集，到分析、研究，綜合而構成一時一地生活整體風貌。它除了有作為正式歷史的參考價值之外，更是活靈活現的人性史料。而文獻工作之第一步，也是最重要的一個步驟，便是資料的收集，普遍地深入各地採訪、調查、正確而逐一地記錄，是日後歷史學、社會學、民俗學分析、研究的基礎。這種「田野調查」的工作非得要有豐富的學識，對地方了解，具有熱忱的人莫辦。

作為文獻工作者的吳新榮在這方面的貢獻，在當時一代可說是無出其右的。在台南文獻委員會任內的十幾年間，吳新榮的足跡踏遍了台南縣境內，並且，除了台南一縣之外，還偶而追跡至高雄、嘉義等地。吳新榮和他的同道們深入鄉野，訪問地方耆宿，探幽尋古，採訪縣內各種風土人物，以作為《台南縣志稿》的準備工夫。在他的《南台灣風土志》裡的「採訪記」，就是一篇篇精彩的鄉野調查報告。

《南台灣風土志》裡，還錄有吳新榮有關地方文獻的著作、民間傳承、俚諺及雜考等，記有許多前人之所未記的古蹟軼事，尤其是他的〈金唐殿、善行寺沿革誌〉和〈南鯤鯓府代天府沿革誌〉等二篇，在全台的文獻工作上，樹立了新的方式，而受到各方面的推廣和重視。

醫人醫國

早年留學日本習醫的過程裡，在「山本宣治紀念醫院」實習服務的經驗，對於作為醫學者的吳新榮醫師，有重大的啟發。

在紀念醫院工作的時日中，他與貧苦的鄉野大眾接觸，使他深深體認到人與醫學的真實連鎖，在這裡，他又精研社會醫學、預防醫學、民族醫學、醫療制度等專題，為他日後的醫療生涯奠定了深厚的基礎，在今日看來，把醫學與廣泛人文科學連繫起來思考的吳新榮，在台灣醫學思想史上，尤見其見識之遠大，且有重大意義。並且，他也從而孕育了「醫人醫國」、「良醫良相」的信念，這，也可以解釋吳新榮醫師一生中各個階段、各個層面的統一性和一貫性。

從他所著的短文如：〈醫界兩三題〉、〈社會醫學短論〉、〈一個村醫的紀錄〉等文章中，我們可以看到一個敏銳的心智，深入各種問題的核心，提出他具體可行的辦法。在今日普遍把醫學視同冷漠的科學，在醫學中看不見「人」與「社會」的醫學虛無主義傾向中，吳新榮的思考，終有一天能發出對後世具有深刻啟示的教訓來。

做什麼像什麼

細數吳新榮醫師的一生，我們看到如璞玉般純然的少年吳新榮，和充滿浪漫的熱情、反抗人間不義的青年吳新榮，而在這同時，我們也可繼續看到珠圓玉潤、達觀自若的老年吳新榮醫師；無論是作為一個醫生，或是一位激情的社會改革者，或是一位卓越的文獻工作者，抑及，更重要的，作為一個溫暖、活生生的人，我們都可以從他的各種工作中，看見全幅生命的投入和展現。

吳新榮曾如是自況，描述他的一生是：「奴隸生活、奴隸事業」，然而，我們從他身後所遺留下來的諸多文字裡，我們卻會覺得，雖然生活在諸般不義之中，吳新榮的確是「盡其在我」地活過了。

是的，他是一個奴隸——正義、愛、和平、智慧和真理的最順從而勤勞的奴隸啊！

初刊一九八一年十二月《立達杏苑》第二卷第三期，未署名

陳映真看〈大橋下的海龜〉1

寫兩位退伍老士官相互間深摯的情感，有感人的力量。

對於老張，一個飽更變亂，並以狂亂的狎妓遺忘鄉愁的重壓和現實生活的挫折的人，似乎不應該對海龜之將被買去殺而取肉，感到那麼強的震驚。當然，童年的記憶是一個關鍵。但如果僅僅止於和父兄夜獵海龜的瑣憶，似乎不應引起老張折資贖龜那麼大的動機。總而言之，記憶和贖龜之間，似乎還缺少足夠的「動作」、發展，使這一個連串顯得更合理、更自然，從而也更為動人。

吳錦發的文字，有呼之欲出的、屬於他自己的風格。而且，如果發展得好，是頗為迷人的。但是目前，他似乎還應該更加專心地研磨他自己的語言。有不少的地方，他顯得草率、平庸、不自然。至於作為文字表達重要輔助的標點符號，作者則完全不熟悉，用法錯誤，幾乎連篇皆是。善用、正確使用標點符號，是使語言生動、生姿、生輝的法門之一。

一九八二年一月

有些對話是好的。但有些對話是平庸、不自然的。這對於寫過電影劇本的作者，是令人意外的。不過，寫過電影劇本的作者，在描寫上，常有優美的視覺效果。例如說到老張的夢，夢見兒時在海灘放紙鳶的情景。這一小段描寫，是生動、富於視覺的效果，從而充滿了情感。這是吳錦發創作上很大的一項資產吧。

作者創作上的才能，是可以肯定的。只不過，求全地說，我們希望他更加努力，更加用功，多讀世界性的名著，對人的形象有更深的認識。我們也希望年輕的作者能努力地生活，懷著謙虛、自信的心，不斷擴展他自己知識、靈魂的視野，努力工作下去。

初刊一九八二年一月《益世雜誌》第二卷第四期

1　吳錦發於一九八二年一月《益世雜誌》第二卷第四期發表小說〈大橋下的海龜〉，本篇為刊於小說後之短評，篇題為原刊編輯所擬。

關於中國文藝自由問題的幾些隨想[1]

一個人，總是依據他自己直接或間接的經驗去認識事物的。我因此也以我自己的體驗，去認識今天大陸批判體制的文學家的遭遇。

現在，大陸上批判的文學家受到壓力，說他們「反黨」、「反社會主義」，說他們寫作不考慮自己作品的「社會效果」，是要求資產階級的「絕對自由」……。

說反黨吧。我就不知道，一個把中國大陸搞成今天這個樣的「黨」，為什麼就不能反對，就不能批判。說反社會主義吧，我看劉賓雁的《人妖之間》，卻流露著一個吃盡了苦頭，卻不放棄「人是中心，人是目的」這個真誠的社會主義的人道主義最基本信念的精神。說到要作家考慮作品的社會效果，其實和另外一些人說別人的作品「挑撥階級矛盾」、「危害國家安全」。搞「統戰陰謀」根本是一個心態。那些要人們提防作品的「不良社會效果」的人，那些成天擔心文學作品會「危害國家安全」的人，偏不擔心社會上現實存在的諸問題的「社會效果」，和它的真正「危害國家安全」的性質，卻獨獨最不放心、最忌恨那些忠實、嚴肅反映了那社會上現實存在的問題的文學家。一個站在鏡子面前的醜惡的人，應該憎恨鏡子呢，還是應該責怪自己的臉孔啊！

幾十年來，在台灣，許多中國的近代文學家，被視若猛獸蛇蠍。人們把一切過去失敗的慘禍和責任，全部委給了他們。

幾十年以後，這些被我們咒罵的「左傾」作家，經歷了一場「浩劫」。有人墜樓自殺，有人投河自盡。有人屍骨不存，有人瘐死囹圄，有人在審訊室中被活活打死……。但是，這才是昨天的事啊，今天，就有許許多多年輕的，壯年的，老年的中國作家，起來反省，起來批評，起來大聲疾呼：要說真話，要自由，要民主，要把人當作一切的核心！

為人民的痛苦和幸福寫作

特別是像白樺，像劉賓雁這些中共黨員作家，開始勇猛地批判了既存中共體制下的諸問題時，歷史為近代中國作家洗雪了一項長久的誣蔑——說他們是政治的附從和婢僕；說他們是禍國殃民的罪魁。昨天，被這一方惡詈為「左翼文人」，今天，被那一方控告「反黨」、「反社會主義」。這不正好清澈地說明了：中國的近代作家，是為中國人民的疾苦和幸福而寫作的。如果，他們謳歌過哪一個黨，哪一個政權，那是因為他們相信過那個黨、那個政權是為了人民的幸福和解放而戰鬥。可一旦他知道他曾一度尊敬的黨和政權魚肉人民，他就毫不猶豫地用血肉之身，直刺那龐大而殘酷的權力！

特別是五四以後，中國新文學這種勇敢地干預現實生活，關心民生疾苦的傳統，是多麼富於啟發，多麼莊嚴而光榮，多麼令我們感到驕傲！這個傳統，甚至影響台灣先行代的文學家。

權威之下知識分子的屈辱

曾經有一個時期，中國真誠的文學家們，謙虛地檢查自己，努力向社會和民眾學習，嚴肅地改造自己的靈魂。他否認自己的思考，把自己完全無我地獻給他們深信不疑的信念和組織。他拒絕著深受舊時代影響過的自我，嘲笑過寫作上的自由。他真誠地堅持為信念、為人民、為革命的大目的寫作。於是他寫過許許多多揭發和攻擊使中國落入黑暗的生活和現實，謳歌過許許多多明日中國幸福的遠景。

但是，幾十年下來，那曾經為他真心擁護過的理想和寄託，從一個曾令他尊敬、愛戴的同志、戰友和指導者，逐漸變成驕傲、墮落、蠻橫、殘酷的領導、首長和統治者。那些曾經那樣富於啟發、那樣地更新著人的心靈的理念，逐漸變成了一堆空虛、偽善、欺罔甚至罪惡的語言，形成巨大、冷酷、驕橫、殘暴的框框和利刃，逼迫中國的作家說謊，逼迫中國的作家噤默不語，逼迫中國的作家橫死溝壑啊！

一個作家，按著自己真切的信念，約束自己，教育自己，則那約束著他的信念，就不是教條，不是框框，從而也說不上在文學表現上失去了自由。如果是在這種情況下，一個文學家，為了更好地把自己的奉獻給自己的祖國，獻給運動，而真誠地反省自己，檢查自己，批判自己，那也不是在文學表達上失去了自由。恰好相反，這樣做，對於一個信仰的作家，正好是使他自己更加自由——從過去的思想，認識和習慣中，獲得更大的心靈和精神上的自由。

但是，一旦運動和革命墮落了；一旦信念變成了愚昧的教條，約束著人民的思想和創造力；一旦同志和指導者成了官僚和長官，所謂「四個堅持」，所謂「反黨」、「反社會主義」，所謂「社會效果」論和「批評、自我批評」，同什麼「製造階級矛盾」、「工農兵文學」、「偏狹的地方主義」……一樣，成了醜惡、驕橫、愚昧的棍子和鐐銬。

就是當我細讀白樺最近的自我批評文章〈關於《苦戀》的通信——致《解放軍報》、《文藝報》編輯部〉時，感受到一個權威之下知識分子屈辱和委曲的悲哀的緣由。

知識分子和人民對政治的疏離

在台灣，我們讀過《苦戀》。大約是由於我的膚淺不學，我一向不喜歡屈原。總覺得何苦為了自己的意見不得帝王的聖聽，而哀哀號泣。讀《苦戀》，也有一點類似的感受。但是，我還是受了感動。有些地方，語言、形象的生動，是不必特意詞費的。它的感人，就我看，是那一股愛國的情感。這是情感方面。在認識上，我以為《苦戀》表現了大陸知識分子、人民對政治開始疏離的掙扎。在政治不良，而又肯定自己對之無能為力的時候，產生知識分子和人民對政治的疏離感：政治，成了「他們家的事」，對現實政治採取規避、冷漠、拒絕的態度，這是幾十年來十分熟悉的經驗。

不論如何，《苦戀》表現了今天中國大陸知識分子的一種心情——儘管也許白樺太把焦點放在個人的困惱、悲忿、懷疑和感傷，缺少像〈一個幽靈在中國大地上遊蕩〉、像《假如我是真的》那樣，著眼於整個國家生命和她的未來，是真實的。如果科學家都不免於在觀察和研究中犯觀察片面的錯，一個作家觀察和研究生活與社會，也不免有片面性這個錯誤。對於作家自己的錯誤，必須在一個自由、民主的條件下，才有真誠的反省，從而取得更大的進步和成長。如果白樺不寫〈通信〉，就沒有地方發表和出版作品；如果白樺不寫〈通信〉，生活就會受到威脅，甚至招來政治上的慘禍，那麼，白樺的「自我批評」，不論寫得多麼動人，都是一種壓伏，一種屈辱。

思想的自由！信仰的自由！

幾十年來，中國新文學作家，常常被例如《解放軍報》、《文藝報》去「分析」和「研究」，說這個作家「反黨」、「反社會主義」，說那個作家對社會造成不良「社會影響」，反對「四個堅持」；常常被一些「機關」裡專門負責對這個或那個作家做思想政治報告的「專家」，去「研究」、「分析」，把作品的「政治分析」報告，秘而不宣地在「機關」的檔案中積累起來。仔細回顧，對於一個手無寸鐵，生活很沒有保障的中國的文藝作家，中國的政權一直花費巨資，動員無數的人，對他的思想、信仰和藝術創作家的自由，進行野蠻的干涉，對作家的人格和名譽，進行組織性的破壞，甚至對作家的生命和身體，進行殘酷的迫害。

付出巨大的代價，歷史教會我們一個十分淺顯，卻同時非常嚴肅的功課：在一切以先，目前中國最迫切需要的，是在廣大祖國的範圍內，在客觀的法制保障下，實踐民主和自由。思想的自由！信仰的自由！以及實踐這兩項自由的言論、出版、集會、結社這些在中國幾部憲法中明確記載，卻從來受到最粗魯的輕蔑的公民的基本自由！讓每一個中國人民，都在心中真誠地紀念和呼喚這些自由啊！沒有這些民主和自由，整個民族的智慧會枯萎，整個民族的創造力會窒息，整個民族的靈魂會受到最深的創折。經歷了這麼悲慘的挫折的中國，也獨獨在真實的民主和自由中，才能治療政治壓抑、思想和創造力的斲傷、同胞間相互殘殺所留給我們民族的烙印和傷痕，才能獲至最真實的民族內部的和平與團結。

屬於人民的中國作家

中國的作家，在兩個不同的地方受到批評和抑壓的時刻開始，彰現了他們的一體性：他們屬於中國的人民，而不屬於任何權力。這便是台灣的文學家支援、聲援大陸上的中國作家兄弟、同胞和同人的基石。

在《中華雜誌》的資料袋中，我讀到一篇訪問老作家巴金的文章。巴金有個提法，叫人敬愛。首先，他說，十年浩劫，每一個人都有責任，他自己也不例外。為什麼？巴金說，因為我們在橫暴者發出淫威的時候，沒有盡到抗議和批判的責任，把獨立思考的能力鎖起來不用，一味馴良地任憑橫暴的權力的指揮棒對自己呼來喝去。

被鞭打的人，如果把鞭打視作罪惡，就要負起任鞭打者施暴、使鞭打的罪惡隨意發生這樣一個道德的責任！從而巴金便把獨立思考這個態度，提升到道德的層次上去。

是啊！讓我們為海峽兩岸的這樣、那樣，由歷史、由糾結不清的政治造成的傷痕和烙印——那令人心碎、令人流淚的，留在民族最敏銳的心靈上的鞭痕，負起自己一份責任。只有存著這負罪、負疚的心，才是療傷止痛，增進民族和平和民族團結的途徑。

誠摯的憂傷與懷念

讓我們在這一刻，懷著最誠摯的憂傷與關懷，紀念這些正在受苦難的試煉的中國的作家同人的名字——

劉賓雁、白樺、王若望、王靖、李克威、孫靜軒，以及更多勇敢、正直、熱愛著中國和她的人民的作家們。

我們也紀念這些勇敢嚴肅的青年民主思想家！——

王希哲、魏京生、陳爾晉、劉青、徐文立、楊靖、傅申奇、何求、鄭玉林、王榮清、葉宗武、鍾粵秋、楊再行、秦曉春、彭光忠、孫豐、邢大崑、劉二安、張京生、劉力平、朱建斌、秦永敏、王潭源、陶森、徐永良……。

最後，我們更加地懷念著我們親愛的朋友：王拓和楊青矗。

初刊一九八二年二月《中華雜誌》第二十卷總二二三期

收入一九八八年四月人間出版社《陳映真作品集8·鳶山》

1 本篇為《中華雜誌》「文藝自由問題」專題文章。

〔訪談〕論強權、人民和輕重[1]

〔《大地》月刊〕編者按：

本文原載於香港《亞洲周刊》[2]。三月號的《暖流》與《明報月刊》均曾譯載。對於原文，陳映真先生發現至少有一個地方是他沒有說過的話。在陳映真本人去函《亞洲周刊》更正的同時，我們決定將原文和去函全文刊登，以便讓國內的讀者對這篇文章有更清楚的了解。

在他四十四歲的生涯中，作家陳映真對於台灣生活的諸面的體驗，要比絕大多數其他的人所體驗的還要多得多。他當過教員、當過多國籍公司裡職員，也曾經是被控叛亂，在牢裡關了七年的政治犯，陳映真不僅是他周遭世界的一個敏銳的觀察者，也是他周遭世界各種事物的參與者。這一點，在他細緻地寫經濟繁榮的光亮表面下的疏隔和不安的許多短篇小說中，尤為明顯。這就是他目前正在寫的一本書《華盛頓大樓》的主題。**《華盛頓大樓》**

是一本小說集，處理台灣大企業結構中人的內面的生活[3]。陳映真強調；傳統文化和現代化之間的矛盾，是整個第三世界人民面臨的共同問題。他並且呼籲全亞洲國家中感時憫人的藝術工作者和「有良知的西方人」，應增進相互間的溝通。下面是本社駐台記者琳達·傑文（Linda Jaivin）與陳映真談話的摘要：

亞洲傳統與西方物質主義

問（《亞洲周刊》）：你寫《華盛頓大樓》的動機是什麼？

答（陳映真）：對於亞洲人來說，在一個多國籍公司工作，是個極為特殊的體驗。多國籍企業在亞洲的存在，不僅僅影響了這個地區的經濟，也深刻影響著這個地區的社會。當外國人在這個地區投資的時候，他們所帶來的是一整套價值、經濟和文化的觀點。許多亞洲優秀的青年被組織到這些國際經濟，也深刻影響著這個地區的社會。當外國人在這個地區工作中，直接與倫敦、紐約、東京聯絡的滿足感和興奮感，給予他們一種成就之樂。這些青年人如果生在別的國家，可能會去參與政治。但第三世界的政治空氣使得青年人在政治上找出路這件事成為困難而不便的選擇。但是，當這些外國企業為當地較具進取心的青年提供出路時，它們同時也成為滅絕當地文化的威脅。

問：你以為多國公司蓄意毀滅當地傳統文化到什麼程度？

答：「行銷」（Marketing）已經成為越來越具威力的科學了。它志在將一套特殊的消費文明強加於人，並且經由廣告、電視劇和群眾性的行銷計畫、行銷的管理，使每一樣產品變得無法抗拒，使人民心甘情願地捨棄他們原有的生活方式——以及價值體系——來獲取商品。這是現代化的自然結果。這樣說，並不意味著「行銷」是一種不軌的惡行。然而，亞洲地帶傳統的文明和價值對於西方行銷活動的挑戰，是毫無防阻之力，是一個事實。當然，我也認為不是傳統文化中每一樣東西全是好的，但其中的確有一部分是彌足珍貴的。我們絕不能以亞洲傳統之價值去換取西方的物質主義，不論它看起來多麼甜美，也不論西方的生活看來多麼舒適。

問：那麼，你以為要怎樣去保持傳統文化中好的東西呢？

答：在過去，認出外國壓迫，不是一件難事：他們身上帶著槍桿子。但是就台灣而論，舉例說，雖然日本人已不再占領台灣，他們依然在台灣有支配力量（美國也一樣）。古典的殖民主義有一張較易辨別的嘴臉。今天我們面對的，已經不是作為強權的壓迫。第三世界的知識分子，負有批判地評估自己的傳統文化，對傳統文化進行再認識的責任。

回到人民中去

問：那麼他們該怎麼做呢？

答：第三世界的知識分子應該回到人民中去，成為他們的一員。瑪哈答瑪・甘地理解到這個問題。當他在西方的時候（在印度本土也一樣），他看見印度知識分子（學英國人）喝午茶、穿西服，等等。他們的眼睛，被訓練成只會翹首西望，但甘地卻注目於他自己的人民。當然，認識並擷取西方文化的精華，也是我們的任務。**對於托爾斯泰、陀斯朵也夫斯基這樣偉大文學的心，我們可以全然加以崇敬。但當我們實際上寫作的時候，我們應當寫我們身邊的世界：寫我們身邊的人民所想的、所做的和他們所需要的事物。我們應該同他們認同起來。**

我們也應該去認識其他第三世界國家的作家，同他們交流彼此的見解和體驗。在西方，許多作家耽溺在寫人的內在的、心理學的諸問題，人與人的關係、性……等等——即富裕社會中人的孤獨感。但是，我們第三世界裡的作家，另有我們要關切的問題。我這樣說，並不是我們第三世界的作家比較道學、神聖。不是的，我們也是人啊。我們也愛，也感傷，等等，但這些不能成為我們寫作的焦點。我們最關切的是這些迫人而來的問題：國家的獨立、政治的改革和人的解放。我因此特別崇敬目前中國大陸上批判體制的作家們。他們的筆下，寫的莫不是切關中國民生大事。如果有人從技巧觀點說他們的作品不夠好，那又怎樣？重要的是他們寫的內容、思想啊！技巧的問題，一下子就可以趕上了。

問：你以為描寫鄉村和小人物的「鄉土文學」合乎你所說的文學的目標嗎？

答：從開始到現在，「鄉土文學」一詞便帶有強烈的政治氣味，因此我們無法拋開它的政治性，而對問題進行誠實的討論。因此，很不幸地，對「鄉土文學」問題的許多反應，是政治性的。「鄉土文學」的第二個問題，是它竟然逐漸成為一種寫作上的流行，失去了它原有的活力。不論有沒有那個感情，很多人想要寫「鄉土文學」。於是他們去讀黃春明的小說（參閱《亞洲周刊》，一九八〇年十二月十二日當期），收集一些鄉村生活的材料，為故事中的主人翁，並且起個例如「阿財伯」這一類的名字。這樣的「鄉土文學」，是淺薄的。這些小說比起福克納的成績，就不如了。福克納有關美國南方的小說，一方面有地區鄉土的風土，一方面又表現了人類普遍性的重要問題。坦白的說，「鄉土文學」確是有很好的發展前途，但是（對自己求全地說），到目前，我們自以為還沒有寫出堪稱為「偉大」的傑作。

問：台灣「鄉土文學」的根源在於對日本統治的抵抗。為什麼竟遭到國民黨的嫉視呢？

答：坦白的說，對於「鄉土文學」家，國民黨所做的反應不免太匆促、草率，太狐疑了。為什麼？有道是：「一朝被蛇咬，見了草繩也驚叫」。由於國民黨過去與共產黨相處的經驗，「鄉土文學」和台灣獨立運動（以及左派運動）連繫起來。當然，這樣一來，也使一般人民產生一種過度反應。他們認為：國民黨不喜歡的「鄉土文學」，一定是好的文學。這也造成對於「鄉土文學」較為膚淺的理解。

和第三世界認同起來

問：你對台灣文學的一般，有什麼看法？

答：三十年來，在台灣，文學的研究並不理想。出於政治上的顧慮，台灣完全禁絕了三〇年代的中國新文學。許多台灣的青年不知道魯迅是誰。這就如同一個美國知識分子不認識海明威之類的名字一樣荒唐！尤其甚者，台灣對外國尤其是美國文學反而是耳熟能詳。外文系的學生對美國作家的名字或者他們的作品題目很熟悉，因為學校要考嘛！可是，這些文學青年對他們近鄰各國的文學知道多少呢？一無所知啊！我們真應該介紹南韓、菲律賓、泰國的作品。因為我們同他們面對著同樣的情境，（通過彼此的文學作品）我們可以相互學習。

問：台灣文學有沒有它獨到的特點？

答：我想是沒有的。我對於懷著台灣意識的〔正直的〕人們，抱著尊敬和同情的態度。我自己就是台灣人，但不同意那想法。**例如：他們強調中國文學與台灣文學的不同。台灣〔文學〕和中國〔文學〕並不像英國〔文學〕和愛爾蘭〔文學〕那樣存在著醒目的不同。**愛爾蘭有他的異族傳統，歷史發展也迥異於英國。英、愛的文化，各自獨立發展了幾百年。這種情況，和我們就絕不一樣。

在世界文學的全局中，台灣應該和第三世界認同起來。〔從某一方面說〕台灣的「鄉土文學」，從作品的力量和內容上說，比不上菲律賓、南韓和泰國的〔某些批判意識強烈的〕作品。他們這些作家看來真正懂得自己在寫什麼。老實說，我們台灣作家有那種理念水平的，並不多見。我們這兒有不少作家，可能都是好作家，人也很好，但卻不一定都是敏銳的思想家。但是你不能責備他們。因為，好幾十年來，台灣一直缺少自由的思考。台灣的作家決不是二流的。只要條件改善，他們會寫出越來越好的作品。實際上，有一些年輕作家正在往這條路上走，他們開始投眼於現實，一旦發現問題，他們就抗議。

問：這若干年來，你的看法有什麼改變？

答：十多〔二十〕年前，我是個激進派。當時，我從中國大陸的各種發展中去尋找各種問題的答案。現在，我知道這是荒唐的。舉例說吧，關於外國人的投資，我曾以為中共會處理得很得當。可是你瞧他們現在抱著洋人的腿的樣子。對於窮困的國家，對於第三世界的國家，選擇是一件難事。人們要一排冒煙的煙囪，告訴他們環境汙染云云，他們卻充耳不聞。長久看來，對於台灣，我是樂觀的。這就像賭局一樣。我現在押上國民黨了。我相信他們會贏的（?!）。

其他第三世界也有相同的情形。人民較多認同於自己的傳統、歷史和文化，而不是認同於一個政權。一個政權對那文化（和人民）是好的，那政權就要受到擁護。但如果一個政權離開了人民，只有使人民更疏遠它，更失望於它。

陳映真來函

（前略）

寄來的譯稿收到了。我以為這訪問無關重要，實在不必在貴刊上占去寶貴的篇幅。然而既有刊出的計畫，我也遵囑比照原文修改和訂正。由於我是被訪問的當事人，就記憶所及，也做了一些修訂。凡〔 〕的部分。便屬於此。

文中最令我詫異的是訪問者在文章最後一段，逕自加上了一段我沒說過、也不可能說的一段話：「……長久看來，對於台灣，我是樂觀的。這就像賭局一樣。我現在押上國民黨了，我相信他們會贏的」(In the long run I'm optimistic for Taiwan. It's like a gambling game, and I'm now betting on the KMT. I'm sure they will win.)

訪問者Miss Linda Jaivin用了錄音機做了訪問。事實俱在，不容曲筆。我記得在我談到我對中共的失望時，以這樣一個我的朋友都熟悉的比喻來說明我的幻滅：「本以為中共這個注一定是好牌，哪知道翻開來，竟是一張爛牌。相形之下，原以為壞牌的，就顯得不那麼糟……。真是諷刺。」這種自我嘲諷，以不同的形式，相信在一度「左傾」過的我這一代中國知識分子中，是十分普通的。但這與我對哪個黨下注，相信哪個黨會贏，是毫不相干的。訪問者的曲筆，說得好些，是出於對中國語文和這種具有時代性的嘲諷的認識不足，說不好，就是強把他自己的感情和立場，強加於人了。

Linda Jaivin並且使我處於一個困難的處境。如果我不出來要求更正，我必須背負沉重的誤解。如果我出面指正，在現實環境下，我將被迫站在「對台灣悲觀、沒有在國民黨身上下注，不相信國民黨會贏」這樣一個立場上。但是，我仍然寫了一封指出報導不實的更正信，到《亞洲周刊》在香港的本社去，並且要求登出我的函件。我側重指出：記者Jaivin小妲寫出我絕對沒有說過或者即連暗示也沒有過的話。她捏造出來的號稱引用我的談話的文字，不僅傷害了一個作為思考的作家的名字，也傷害了報導的原則：即尊重真實和真理的原則。

在那封更正信中，我也簡要敘述了我的立場：「以苦痛而昂貴的代價，我已經學習到：一個獨立的、批判的作家，應該認同於自己的人民、文化和歷史，而不是認同於哪一個個別的政黨或政權。」信是在這個二月十三日寄出去的，我希望他們會順利收到，並且刊出。

這幾天，我從多方面了解到 Miss Linda Jaivin 基本上是一位對中華民國熱情、友好的人士。她寫過一系列態度友好的有關台灣的報導。有這樣一位對我們台灣友好的人，特別是記者，我以為是好事。因為，我覺得政府很需要信心。如果台灣有做對、做好的事，當然應該鼓掌。如果掌聲來自國外新聞界，對建立政府的自信會更有幫助。但是，特別就新聞報導而言，在對我的訪問稿上，真實、客觀是不可以任何私人的情感或恩怨去換取的。尤其不能以別人的名義說出別人根本沒有說過的話。捏造不只違反了新聞原則，也違反了道德。

和 Miss Linda Jaivin 聊天，記得她是一位和善、明敏、誠實的人。她為什麼這樣做，我至今不可索解。如果可能，我很希望她能給我一個解釋。

既決定刊出訪問的譯稿，我也請求你考慮刊出這封信。

耑此即祝

編安

弟　陳映真　六月十五日[4]

初刊一九八二年二月五日《ASIAWEEK》（香港）第八卷第五期
另載一九八二年三月《明報月刊》，一九八二年三月《暖流》第一卷第三期，一九八二年四月《大地生活》第一卷第六期
收入一九八四年九月遠景出版社《山路》，一九八八年四月人間出版社《陳映真作品集6．思想的貧困》
本文按《大地生活》版校訂

1　本篇為在台北接受記者琳達．傑文（Linda Jaivin）的訪談內容，英文初刊篇題為〈On Power, People & Priorities〉載於一九八二年二月五日香港《ASIAWEEK》（亞洲周刊）第八卷第五期，頁四二－四三。中譯於一九八二年三月在香港《明報月

刊》發表，同月以〈論權利與人民——訪問陳映真〉（魏如風譯）為題另載於《暖流》雜誌第一卷第三期。一九八二年四月《大地生活》以〈論強權、人民和輕重〉（禾心譯）為題，刊載訪談全文及陳映真對於《ASIAWEEK》原刊的更正和修訂說明函（此版本收入一九九八年人間版時，文末誤植發表時間為一九八二年八月《大地》第十期），故本文據《大地生活》版校訂。

2 《ASIAWEEK》為香港英文刊物，本文均作《亞洲周刊》，慣譯《亞洲新聞》，以區別同屬美國時代華納集團於一九八七年發行的另份中文刊物《亞洲週刊》（Yazhou Zhoukan）。

3 記者Linda Jaivin所述的《華盛頓大樓》小說集即一九八三年二月遠景出版的陳映真小說集《雲》。

4 此函所署寫作時間（六月十五日）在《大地生活》第六期出刊日（一九八二年四月）之後。

今年該寫了[1]

去年的一年，終於沒有寫出一篇小說。為著糊口，生活忙碌，當然也是一個理由。不過，似乎應該還有別的理由吧。否則，這樣地忙下去，怕是永遠沒有時間寫出來了。

生活的忙碌和想寫的欲望之間的衝突，形成一種慢性的焦慮，盤據在心中，特別是以自己出來和兩個弟弟一塊做生意以後的兩年間為然。如果能有餘裕，好好地讀些書——至少先把早已買來，擺在書架上，準備有一天要讀完的書讀完，好好地做完計畫中的幾篇小說……這樣的願望，時常會在四十五歲了的，疲倦的心中湧起。然而，日子卻是那樣兀自匆促地過去，以至於驀然回首，竟是歲暮了。

前幾天，和長友黃春明兄，喁喁地談起一個方才放洋回來的年青作家。

——文學觀點或者文學立場，是個人的事。可是，如果他的心靈忽而狹小化到那樣的地步，怎麼寫出磅礡的作品來？

——可是，那樣沒有辦法的啊。

——可總是覺得可惜……。不論如何，他是個有才氣的青年。對他，——其實，這樣也好。把問題發出來——像發酵一樣。有些人，注定要成為一個錯誤的榜樣，以便使整個時代受到教育。

——啊啊。

——有才氣，也沒有辦法。還是歷史發展嘛。仔細地想，這並不是他一個人的事，不是他一個人的問題。他只是一整個時代問題的反映。任他去吧。

他的話，時常叫我心服。可是，我們還是寂寞地，喁喁地這樣談了不少時間。

——我們也應該寫了。

他終於簡潔地，平靜地說。

沒有比那個時刻更使我沸湧著好好地寫小說的悲願。是啊。在創作中反省自己批判自己；在創作中尋求愛和生活的力量；也在創作中學習容納別人的器量；在創作中一點一滴栽培民族和平與民族團結的種籽……。

懷著這樣的心情，迎接了這個歲暮。望著窗外的春雨，不自覺地對自己說：

——不錯，今年，該寫了。

初刊一九八二年二月八日《自立晚報》第十版

1 本篇刊於「讀春」欄目，策畫：李初；圖：徐秀美。在欄目「讀春」之後引述梭羅：「春天，她出現了，我們再度成為孩童；我們再從頭過新的一年。」

《劇場》時代[1]

電影與文學有個共同的地方
它們都涉及到思想
對人的評價、看法
以及人的信仰

在六〇年代的電影思潮中，我曾經參與了《劇場》雜誌的編務，並且寫過也翻譯過一些電影文章。可是嚴格地說，我對電影的認識恐怕不如在座的朋友多或者深刻，只是藉這個機會提出作為一個回顧，或者作為親身參與過那時差不多是台灣第一次知識分子關心電影活動的一個體驗的報告。

首先，我必須指出的是：六〇年代是整個台灣思想、文化、學術都非常西化的時代。在當時文學上有各式各樣的現代主義，繪畫上的「抽象派」，音樂上的「現代音樂」，都同樣受到知識分子的注意。在這樣的背景下，當時我們的《劇場》主要的還是一個無條件地向西方去取經的態度。這個心態到了我又辦了《文學季刊》之後，開始有一些反省，特別是關心我們自己的國片，曾經對李行做了一個「一位中國電影的導演的剖白」的討論會，現在回想起來，雖然有一點個人的思想歷程的意義，就是在向西方看之餘，仍有自己的一些反省、檢討，但仍然不夠深刻。

《劇場》誕生主要的原因，來自於我的朋友邱剛健。當年他從藝專畢業後，到夏威夷東西文化中心待了一段時間，回來時，帶了一大堆談電影、戲劇或文學方面的洋文書給我們看，那時候是我們幾位朋友第一次間接接觸到西方比較深刻的、也比較屬於知識性的電影的一個開端。後來陳耀圻從美國學電影回來，他給我們看了他拍的《劉必稼》，引起了當時台灣文學界非常大的震撼，第一個震撼：我們從來沒有想到電影——更從來沒有想到所謂「紀錄電影」具有如此強烈的說服力，以前認為「紀錄電影」就像新聞片那種東西，可是《劉必稼》讓我們看到一位榮民，他的故鄉在大陸，偶然談起這樣的鄉愁，那麼誠實，那麼憨厚，那麼樸實的一個老兵形象，帶給我們很大的震撼，特別是那些所謂現代派的小說家。第二個震撼：陳耀圻代表一種美國的教育。他在台灣拍《劉必稼》的過程，讓我們看到了電影是實踐的東西，他如何把一些拍片的瑣碎事情組織起來，如何有計畫有步驟地把他想要做的事情做出來，這在我們當時大部分只是喝咖啡聊聊天的文學界來說，算是一個震撼。它讓我們知道文學的問題、文化的問題、思想的問題，不應該只是談論，而是應該做好計畫，更進一步實際地去做。

因此，我們開始第一步，就是創辦了一本電影、劇場雜誌——《劇場》。那時候，邱剛健、陳耀圻都提供了許多資料，裡面登了許多劇本、評論級大師導演的訪問錄，談的電影我們沒看過，也不知道怎麼回事，可是主編用分發的方式，懂洋文的每人分配翻譯一些，我就拿回去拼命地啃。在這樣的過程之中，我發現到電影跟文學有個共同的地方，尤其是那些知識性的電影與比較深刻的文學作品更有相似之處，它涉及到思想的問題，涉及到對人的評價、看法，人的信仰，或者對人與人之間這基本問題的探討，引起我們很大的興趣。然而，它跟文學不一樣的地方，就是它有畫面，那些劇照非常令人著迷。而且，大師導演的訪問錄都很有深度，講話又深奧又俏皮，翻譯起來也很過癮。就這樣，我們翻譯了一大堆台灣沒放映過的電影劇本，也翻譯了一大堆台灣根本不認識的導演訪問錄，當時只是視為一個獨立的東西去喜歡，這種感情與以後真正地看到那些電影的感受是不一樣的，譬如：有一部法國電影《去年在馬倫巴》，當初《劇場》翻譯介紹的時候，劇本也看過，劇照也看過，我們都覺得神的不得了，可是最近在電影圖書館看過一次，覺得也沒什麼（眾笑）。無論如何，從歷史的觀點來看，台灣的知識分子真正地理解到，電影跟文學一樣具有可以討論的深刻的內容，大概就是從《劇場》開始的。

但是，《劇場》帶來的負面影響也不少。就是使大家一個勁地往西方看，愈讀那些洋文雜誌，愈看我們的國片就愈不起眼，愈不過癮，一味地崇拜自己沒看過的電影，一味地嚮往著自己似懂非懂的導演，一味地從別人的評論裡去了解那個導演，而不是真正地從他的作品去了解他的作品，這就有點像當年讀文學史一樣。

初刊一九八二年四月《大地生活》第一卷第六期

1 本文僅摘錄陳映真參與《大地生活》雜誌「知識分子與電影」論壇「第一部分：歷史的回顧」的發言內容。論壇時間：一九八二年二月十日下午六時半；地點：台北紫藤廬；策畫：王墨林（《大地生活》「電影論壇」專欄策畫人）；主持：汪立峽（《大地生活》總編輯）；出席：陳映真（前《劇場》雜誌編輯）、黃建業（前《影響》雜誌編輯）、林銳（前《電影通訊》編輯）、蔣勳（前《雄獅美術》編輯）、王墨林（影評人，《大地生活》專欄策畫）、焦雄屏（《聯合報》「電影廣場」專欄影評人）、吳念真（小說家，電影劇作家）、卓明（影評人，「蘭陵劇場」編導）。該論壇分為「第一部分：歷史的回顧」和「第二部分：小說家看電影」，並有編按：「六〇年代知識分子的電影意識偏向『翹首西望』，以《劇場》為代表。七〇年代的知識分子則轉而回顧斯土，他們或以西方的理論抨擊爛片（如《影響》及《電影通訊》），或以東方的藝術傳統來省析中國電影（如《雄獅美術》）這些，莫不是見證著知識分子對電影藝術的熱愛與反省。迄於八〇年代的知識分子更以其道德勇氣，強烈抨擊『好萊塢』帝國主義式的文化侵略。／我們深盼透過歷史的回顧，能夠讓未來的中國電影走得更為沉穩，更為深刻。」

電影的危機 1

離開台灣一段時間，可是我發覺到一個事實，年輕人對電影的著迷及對電影的熱愛真是有增無已，而且人數比我們那時候多的很多，據說我們的《劇場》也在舊書攤被挖出來，有影印或手抄這樣的事情發生，後來我也看到像《影響》那樣的電影雜誌，我覺得這是很奇怪的現象，一味地討論沒見過的電影或者沒看過他們作品的導演，譬如說《大地》這一期波蘭電影專題，我一字一字地把它讀完，這是因為我對波蘭的關懷很深刻，可是老實說，讀完了還是不懂得它，哪怕翻譯的人都不懂得它，其實不懂，我們不懂也是硬翻，這並不是不好，但從長遠來看，不應該只是這樣，這是一點。第二個問題，我覺得今天電影青年最重大的問題是思想上或對於電影看得不多的一個問題，這是比較嚴重的。像文學總比較好一點，雖然三十年代中國文學讀不到，至少西方一些作品我們可以自己去讀，自己從書裡得到一些啟發、感動，或者得到些教育，知道小說應該怎麼寫，寫些什麼。電影就不一樣，因為我們的國情比較特殊，有很多好的電影，特別是知識性的電影，討論到思想問題、人的問題的電影是進不來的。在此種情況下，年輕人只好在電影雜誌裡看別人看過、消化過的東西，重新再去理解那些電影，這也不能怪年輕人，可是電影最大的危機第一個就是看不到好的電影，我們看到的盡是好萊塢，或者二、三流打打鬧鬧商業性的電影，真正嚴肅的討論到知識、文化、思想的電影我們看不到，這是今天電影文化較大的危機。

電影跟寫小說、寫詩不一樣，它的成本非常高，我們再窮，省兩包香菸買些稿紙就幹起來了。而電影，從攝影機一直到膠片都是很貴的，所以很難有一個年輕人買個機子去拍，或實地組成個集團去拍、去討論。吳念真，或有些朋友對實務經驗比較多，就了解到這個問題，這恐怕也會影響到電影青年的成長。第三點，不知道該不該說，但我覺得是個很嚴重的問題，因為我碰到的幾個喜歡電影的年輕人，我不反對他們學電影，可是要做更長遠的打算。可能以後，中國尺度比較鬆，比較民主、自由的時候，是你們發揮的時候，現在是學習鍛鍊的時機，所以到外國學也好，或跟那些導演也好，這是值得的，可是年輕人在這樣的風氣底下，真正要拍自己的電影、表達自己的思想恐怕是很困難，因為檢查制度，也許我們不反對檢查制度，可是檢查的人的水平的問題，畫面上天色暗一點也不行或其他限制也很大，所以這恐怕是一個很難克服的問題。

初刊一九八二年四月《大地生活》第一卷第六期

1 本文僅摘錄陳映真參與《大地生活》雜誌「知識分子與電影」論壇「第二部分：小說家看電影」的發言內容。論壇資訊請參見前篇〈《劇場》時代〉的註1。

台灣文學往哪裡走？[1]

台灣文學分南北兩派？

我聽說分派也差不多很久了，我並沒什麼特別想法，有一次我與春明兄喝酒，彼此提到不要亂聽謠言，應該誠心下來與中南部朋友聚聚，結果那次一路下來雖然拜訪了很多朋友，碰到李喬兄及葉石濤先生，彼此都很高興，那時葉石濤先生也提到這個問題，說可能是大家不太聚會，就如春明兄剛剛說的。

春明兄計畫這月底辭去現職，以後可有較多時間寫作，在此之前，我們兩人均陷入生活的深坑中，而且我們兩人也不擅於社交，除此之外，我願相信，我們並不認為南北作家有分派的事實。

另外我很同意鍾肇政先生所言，文學與政治不同的是：不喊口號，政治在競選時可喊口號助其聲勢，但文學唯一憑恃的是其創作本身的品質。我們台灣文學工作者如能謙卑、用心地團結起來，相信很快可以產生很好、很偉大的創作。

台灣文學應向第三世界學習？

剛剛我們提及台灣是第三世界的「頭」或「尾」，春明兄也闡述的很好，第三世界就是第三世界，沒有所謂的首或尾。我與春明兄均曾陷入於商場中，深深知道今天的商場與我們祖父時代大不相同，今天的商場，套句術語，Market 包括行銷、市場，範圍廣大。

譬如真正我們所愛的台灣傳統文化，每天在這商業社會中是一點一滴地崩陷下去？因此我剛剛聽吳錦發兄唱那首美濃歌曲時，我有很深的感動，那才是台灣的東西。但是這真正屬於台灣的東西在現代工商社會中正慢慢褪色，已由平原退到窮鄉的美濃，將來也會退到最偏僻落後的地方。又如山地文化，山地同胞擁有那麼美的歌聲，但山地青年卻以此歌聲為恥，也隨著別人唱什麼「浪花的手」、「破碎的臉」這類歌曲，我們如關心台灣，應該知道在全世界經濟下，台灣的地位是處於何地？在這種認識上，我們才能真正去疼、去愛台灣。

第二點是，我們對「第三世界」所知太有限，卅年來，台灣的文學教育在一定的國際政治，或島內的經濟政治、文化也好，幾乎全部是向西方文化一面倒，反而對與我們生活環境相同、面對問題相同、在國際上處境相同、對左鄰右舍穿破舊衣裳的原鄉同胞，顯得疏遠。我們可以背誦出許多的英、美文學的書名與作者，卻對我們「厝邊」的同胞十分生疏。

我無意於蔑視台灣的文學，卅年來，由於各種禁忌，我們所唸的書、所讀的文學作品，無可諱言，實在是十分有限。在此期間，在座的葉石濤兄所讀的文學可能是最多的、智識也較廣，我們一般人，包括我本人在內，目前才致力研讀日文翻譯的菲律賓、泰國、韓國小說。

譬如我最近在讀南韓的作品，我想在座可能沒有人知道他們有一種「介入文學」，在南韓曾經歷了一段艱苦的經濟發展，這當中也產生了不少問題，他們深入社區變化中去生活，去描寫在經濟發展中人可能面臨的種種問題，這些作品帶給我很大的感動，任何有謙卑心胸的人看到這些作品都會被感動。

初刊一九八二年三月二十八日《臺灣時報》第十二版

1

「台灣文學往哪裡走？」南北作家座談會，時間：一九八二年三月二十日；地點：高雄市華王大飯店十五樓；與會作家：葉石濤、彭瑞金、鍾肇政、高天生、鍾鐵民、洪銘水、林素芬、廖仁義、陳坤崙、鄭泰安、楊文彬、鄭炯明、宋澤萊、吳福成、潘榮禮、黃春明、潘立夫、陳映真；列席：吳基福（《臺灣時報》發行人兼董事長）、陳陽德（《臺灣時報》社長）、陳若曦（《遠東時報》總編輯）、陌上桑（《臺灣時報》副刊室主任）、吳錦發（《臺灣時報》副刊編輯）；整理：林清強、蔡翠英。本文僅摘錄陳映真的發言內容。

無盡的哀思

悼念徐復觀先生[1]

在今天這樣一個聚集了許多徐復觀先生的門生、故舊，和許多熟悉徐先生的道德、學問的前輩和青年面前，我應該是最沒有資格站立在這兒說話的人。因此，僭越的地方，還要請大家原諒。

剛才，台灣文學早一代傑出的文學家楊逵先生，說起他和徐復觀先生之間那種感人至深的友情。對於楊老先生那種淡泊、堅毅、勤勞的生活；對於楊老先生那種對理想的執著和熱情，徐復觀先生曾經給予高度的評價。

實際上，徐復觀先生在台中執教的時期，還跟許多早期台灣愛國的知識分子，建立了真摯、溫暖的友情。

台中中央書局的莊垂勝先生，就是徐先生的老朋友。在日據時代，台中中央書局，是台灣文化協會的一個中樞機關。當時圍繞在林獻堂先生周圍的台灣抗日知識分子，便是經常在台中中央書局出入。在莊垂勝先生主持下，中央書局對台灣民眾文化性抗日啟蒙工作，有過十分重要的貢獻。

徐復觀先生的另外一個朋友，是葉榮鐘先生。葉先生是林獻堂先生領導台灣文化協會時的秘書。為了愛國、抗日，吃盡苦頭。《自立晚報》早年出版的《台灣民族運動史》，就是出於葉先生的手筆。葉先生也是一個活躍的文學家。他在文學評論、隨筆和歷史論文上，有不可磨滅的成績。

早期另一位台灣的小說家張深切，也是徐復觀先生的好朋友。張先生也是一位著名的抗日、愛國的文化人，他曾經因為在台灣從事實際抗日活動而被日政當局逮捕、監禁。

至於楊逵先生，更是一位在日據時代從不知妥協的愛國、抗日的文學家。他是少數幾個在日本帝國主義下，永不妥協、堅持鬥爭的文學工作者之一，並且為此付出了十分沉重的代價。

徐復觀先生的這些親密的朋友們，都曾為了國家的獨立、民族的自由，在日據時代，投身於愛國反日的政治運動，付出慘重的代價，而不稍悔惜。他們的工作和精神，已經成為台灣民眾愛國主義歷史傳統的一個部分。

但是，不幸得很，光復以後，由於中國從歷史的前近代向歷史的近代飛躍的複雜過程，這些早期台灣的愛國知識分子，很受到一些摧折、一些委屈……。從此，在漫長的三十年中，他們退隱了，他們沉默了。隨著無情的歲月，這些徐先生的老朋友，也終於在徐先生之前寂寞地去世，留下許多等待我們去重新評估的歷史性問題。

其實，特別是在這百年來的中國歷史中，中國的知識分子，由於國族面對的危難；由於都深深相信：像中國這樣一個優秀的民族，理當有一個和平、合理、光明的前途，因而，他們都毫不顧惜地為了自己的民族，獻出了一切。這便是包括了台灣知識分子在內的，中國知識分子愛國主義傳統的一個根源。

然而，在交織著革命與反革命，侵略與反侵略的歷史的運動中，中國的愛國的知識分子，總是受到形式和程度不同的挫傷、委曲和侮辱。一直到最近，以大陸文革時代，對愛國知識分子的摧殘，到了極點。徐復觀先生的一生，和他的台灣朋友們的一生，和一切近代中國的愛國知識分子的一生，便有相同的歷史命運。正就是這相同的命運，使徐復觀先生和他在台中流轉於山林的朋友，結成了真切的友情。

徐復觀先生與他在台中的老朋友間的友情，也許有出於中國知識分子「斯文相惜」的傳統——特別是對於被貶而流落山林的士知識分子的禮敬的傳統。徐復觀先生和他們之間超出畛域、偏見的友情，也許是出於中國知識分子總是要在世俗權力之外，追求「天下為公」的理想和出路，這樣一個被徐先生稱為「民族的鄉愁」的傳統。但是，不論如何，徐先生那種中國知識分子寬闊、真摯的「民間士人」的人間性格，尤其在當前的歷史時代，有重大的意義。

因歷史的轉折而飽經挫折、幻滅的先行代台灣愛國知識分子，如果終於產生像吳濁流先生所說的「孤兒」的悲哀和「庶子」的悲歎；如果終於有鍾理和先生所描寫的民族認同的迷惘，那絕不是奇怪的事。

但是，在懷念著徐復觀先生的此時，我們不禁想：莊垂勝、葉榮鐘、張深切這些可敬的鄉先輩，在和徐復觀先生相濡以沫的真切友情中，應該得到一定的安慰吧。

我也常常想：如果吳濁流先生、鍾理和先生，在九泉之下，還能知道徐復觀先生和胡秋原先生曾在那個人人憂忿，卻人人噤若寒蟬的時刻，用堅定、嚴肅的聲音，及時支持了鄉土文學，在黃泉之下，他們也應該有一份安慰吧。

徐復觀先生，出於他那自然的「民間士人」的人間性格，對於民族內部真誠的團結與和平，在他與他的台中朋友間的友誼中，設立了富於啟發意義的典型。長年以來，中國知識分子曾向著不同的口號、黨派和集團狂奔、扭曲，並且使中國知識分子失去了團結，互相分裂，互相廝殺。但國族所面臨的問題卻依舊或者更為深重。於是，在既有的權力之外，另求出路；在中國的民眾、歷史和文化中，找尋民族認同的主體的這麼一個「民族的鄉愁」中，徐復觀先生和他的台灣在野知識分子間，產生了手足、同胞的真實情感。剛才，楊逵老先生動人的追憶，比什麼都生動地說明了某些人的思考所不能理解的，中國民眾間深厚、不可挑撥的民族團結。

徐復觀先生的「民間士人」的人間性，還表現在他嚴肅地遵從心性良知的聲音，以他的健筆，干涉實際生活，勇敢評論時政的工作上。徐先生的政論文章，據徐先生自己說，是出於「良心的壓迫」、「不能不寫」的。他也說過，他的一些「雜文，都是在拿起筆時，忘了自己身家吉凶禍福的情形下寫出來的。」

徐先生深刻理解到中國知識分子在現實權力之前掙扎、曲扭，以便維護士知識分子在權力隙縫中的獨立性與批判性，並且時而勝利，時而失敗的歷史。因此，徐先生便以他自己的實踐，努力要重建中國知識分子在權力之前，堅持良知、真理，為民請命，條刻時政的傳統精神。正是秉持這樣一個傳統精神，徐復觀先生痛烈地批評了時政，對中國的自由、民主和人權，高舉著不可妥協的信念，並在中國的傳統思想中豐收地淘鍊出人道主義的寶藏。

徐復觀先生走了。

在多難的中國，還需要像他這樣的老人，苦口婆心，以他那「不容自己」的良知，多說些話的時刻，他走了。走得那麼憂傷、那麼寂寞。但是百多年來，一代又一代，凡是愛國的中國知識分子，又有哪一個能在臨終的床上，能夠不抱著對國族前途深刻的憂傷，能夠不因未能及身而見國族的復興，而抱著永恆的悔恨與寂寞離開人世？

徐復觀先生走了。

雖然總在意料之中，但是他的身後，卻出奇的寂寞。事實上，從他簡短的遺言中，我們知道徐先生早已經悟到：像他那樣不向權力俯首，卻一心想在中國的民眾、歷史和文化中找思想的出路，找心靈的故鄉的人，身後的寂寞，是必然的。

但是，恰恰是徐先生身後異常的寂寞，突出地顯明了徐復觀先生在這個歷史時期中突出的、獨立的、崇高的格調。

今天，我們可以因著不同的理由，聚集在這兒懷念他。但是，如果我們還有一個共同的理由，使我們來到這兒相聚，仔細地想想，說不定正好是徐先生身後異常的寂寞，在我們的內心，迴響起一片震耳欲聾的喧嘩！

徐先生走了。

對於中國知識分子，他所遺留的，與其說是一個學派，不如說是這些精神：嚴謹地聽從心性良知的聲音，堅持真理，為億萬百姓的疾苦說話的精神；對中國民主、自由和人權的前途，永不喪失信心的精神；在權力和比附於權力的時流之前，堅持真理與良知的自由的精神；以及在世俗的權力之外，直接從中國偉大的民眾、歷史和文化中求取出路的精神。看來，中國的前途，一時還很崎嶇，路子還很遙遠。像徐先生這樣的中國知識分子，還要受些委曲，吃些苦頭。並且，他們的身後，也還要面對那巨大的寒冷與寂寞。

但是，徐復觀先生的一生所代表的精神，照徐先生自己的話說，一時還薄弱，甚至一時還是絕望多於希望。但是長遠看來，恐怕還是這絕望中唯一的希望！

初刊一九八二年五月《中華雜誌》第二十卷總二三六期
收入一九八八年四月人間出版社《陳映真作品集8．鳶山》

---

1 本篇為《中華雜誌》「悼念徐復觀先生演講會」專題文章。「悼念徐復觀先生演講會」，時間：一九八二年四月十八日；地點：耕莘文教院；主辦：中華雜誌社同人、徐復觀教授門生。

從中國的智慧中去尋找生態環境保護工作的啟示[1]

工業革命以後，出於生產工具的驚人進步，人類的經濟和社會生活，產生了空前的變化。這個變化，在人所居住的自然環境上，也有十分深遠的影響。永遠不知饜足地對於利潤的貪欲，使現代科技、工業和商業，肆無忌憚地向一切可以滋生利潤的地方伸出貪婪的利爪，真是無遠不屆，無堅不摧。琳瑯滿目的商品像洪水一般氾濫。輝煌的現代城市不斷地興起。現代鐵路、公路像細密的網一般伸向古老大海的每一個角落。煙囪像一種新奇、怪異的植物，快速在工業地帶滋生。各種鐵橋、陸橋橫跨著大河，凌越在城市和原野之上。深深地埋藏在地奧的各種礦物被人們一車車採掘出來。各種化學製劑灑遍農業大地，創造了空前未有的豐收。

就在這令人目眩神迷的工業文明不斷發展的同時，我們的空氣快速地積累了有害的毒物，超出了大氣自然淨化的範圍。河水、海水和地下水中，充滿了有害、有毒的物質，也超出海和自然淨化的能力，使水中各級生物死亡、中毒，並且因著生物鏈鎖，擴大了毒質的危害。為人類提供幾千年糧食的大地，一寸寸地死亡，變成不毛的砂礫之地，必須等待另外的數千年，才恢復她的生產力。許許多多和人類、和自然共同生存幾千年的動物和植物，因為「文明」的侵凌，破壞了它們生存的條件，正在迅速地絕滅，並且不斷地有另外的動植物迅速地列入瀕於絕滅的危機。而這些動植物的滅絕，將永永遠遠無再生，並且使自然的平衡收到最嚴重的破壞，終於會有一天使整個地球上凡有生命之物，都受到滅絕的危險。整個地球將成為一塊沒有任何生命，荒漠不毛的地方——這已經不只是科幻小說中的幻想，而是確確實實可能發生，正在發生的事。

曾經創造了偉大的文明的人類，正用自己的雙手進行著無可匹敵的大毀滅。是什麼阻止人們去認識人類自己這至大的愚昧呢？

最為主要的原因，我想，是整個以追求不知飽足的利潤為動力的現代工商業體制。利之所在，不惜大量砍伐森林植物，「開闢」草萊；不惜大舉捕殺空中之飛鳥，地上的走獸，水中的魚貝；不惜把劇毒向空中排放，向水中傾瀉，不惜把肥沃了數千年的大地窒息，成為不毛的沙漠；不惜使用各種飼料添加物塞入食用禽畜的胃中和肉中；不惜使藥物氾濫，使耐性菌不斷滋生……。

這個斂聚了史無前例的巨額利潤的工商企業體制，挾著巨大的財力，壟斷了各種科技智識。它一手交給我們各種商品，一手遮蓋了事物的真相。許多科學家用虛假的報告、論文，透過大眾傳播媒介，掩蓋企業蹂躪著我們環境的真相，剝奪了我們對真相的知識，在消費文明的甜美幻影中，任它荼毒。

於是「繁榮」、「成長」、「現代化」、「工業」、「科技」，成了普世的宗教。正是藉著這個宗教，先進國家的資本和商品，向廣大的南方國家傾瀉而至。貧困的國家依然或者更加貧困，然而環境汙染、公害、土地的死亡、自然生態的破壞，使原本雖然貧窮卻是美麗、潔淨、自足的國家，變成荒廢、充滿汙染，卻依然或者更為貧困的國家。

永無止境的對於利潤的貪欲，使資本超越了國境，也從而使對地球的戕害超越了國境。

人類當中最偉大的智慧，不論在古代的希臘，或者遠古的東方，都教訓人們對欲望加以適切的限制。這些偉大的智慧，也教訓人們去尊崇自然偉大的規律，去維持人與自然之間完善的諧和。但這些智慧卻在今天受到最大的藐視。在第三世界「落後國家」中，那些古老的、教育人們禮敬自然，教育人們去維持人與天(自然)、人與人之間合理關係的智慧，受到崇拜「現代化」、「成長」、「繁榮」、「西方化」的不肖的子孫最惡毒的攻訐和誣衊。

今天，從西方開始，發展了一股反省的運動。環境、公害、生活品質這些問題被提出來了。這些人開始在東方的自然哲學中尋求重大的啟示。但是，「完全就業」、「無限成長」卻依舊是貧困國家為之狂奔的目標。

難道在東方，也一定要經過工業的殘害之後才有新的反省嗎？不錯，有些功課，總是在「亡羊」而後才知道「補牢」。但對於環境的破壞，有一些卻永遠沒有補救的機會。

兩年前，我認識了馬以工、韓韓、心岱這些朋友。她們以不可置信的熱情和勇氣，為台灣生態環境的保育，做著不知疲倦的工作。後來，我也經由他們認識了徐國士博士、呂光洋教授、謝孝同先生等一些植物學家和生物學家。他們認識台灣的一草一木，熟悉台灣動物的一種一屬，也認識整個台灣自然的結構為它們編籍，做調查，搞研究，並且為台灣生態的維護做著極為實質性的，卻少為人知的貢獻。

他／她們是那樣不同於一些時常在傳播媒體中作秀的文化明星。他／她們沒有漂亮、激越的語言，卻對台灣的自然、台灣的人民、台灣的生活付出最深、最真實的愛心，並且身體力行，不求聞遠。

我由衷地尊敬這些朋友，並從他／她們得到好的、有益的教育。

對生態、自然環境的關切，對人類生活品質的反省，我深切地希望，不應只是「外來」的觀念。怎樣在我們自己傳統文化的智慧中，尋找啟示，使這些工作從本質上成為我們自己的東西，進而為全世界保衛生態環境，提高人類生活品質的國民運動，做出中國人的貢獻，這恐怕是今後我們共同的功課吧。

初刊一九八二年四月二十一日《自立晚報》第十版

1　本篇為《自立晚報》「勇往新世界——生態環境保護週專輯5」欄目文章。

消費文化・第三世界・文學

同學們：

有機會到輔仁來和同學們相聚，覺得很高興。不過，從商以來，自己讀書的時間很少，知識上和心靈上，都沒什麼長進。站在以知識的授受為目的的這個講堂裡，實在心虛。今天，姑且就以我從商數年的體驗，同大家一塊兒來研究一個題目「消費文化・第三世界和文學」。有些想法，還不成熟，就算是提出個問題，有待各位同學研究治學時，能進一步加以批評和闡明。

商品的社會和商品的生產

工商社會最大的一個特點，在於它是由無數量的商品建築起來的社會。日常用品，我們眼睛可以看見的絕大多數的東西，都是供人消費的商品。以同學們來說，身上穿的衣服，課室裡用的文具、課本，臉上的眼鏡，腳下穿的鞋子，沒有一樣不是可以用錢去買到的商品，一個工商社會，經濟越是發達，商品化的程度就越廣泛而深入。在我父親的那一代，家家戶戶都會自己做豆腐乳、醃菜、蘿蔔干……，今天，這些全用小罐兒、小塑膠袋裝起來賣了。在鄉下，過去自己搓繩子，自己編竹器。在山地社會，自己做出來的日用品更多了。今天，不但日用品不再自己編製，連三餐飯都有許許多多便當公司，自助餐店來供應離開家庭、蝟居城市的學生和工人、職員。走進超級市場，更有把豬肺、酸菜、辣椒全切好，用塑膠袋包好的商品。更不必說，在美日各國，速食的既成食品更多了。

這麼多的商品，目的是為了滿足我們日常生活上的各種需要。我們用金錢去購買這些商品，使生產和販賣這商品的人獲得利益。簡單地說，在獲利、賺錢的動機下，無數量的商品，氾濫在我們的周遭，等待人們去購買。

生產者如何去賺取利潤的問題，不是今天的話題。不過，整個社會生產的過程，可以用這樣的程式去表達：

M（金錢）……G（商品）……P（生產）……G'（商品）……M'（金錢）

有一個老闆，拿出一筆錢來做資本（M），用這個資本買原料、機器等等（商品），也用這資金請職工（商品）來從事生產（P）。結果生產出新的產品（G'），把這新的產品再拿去賣錢，得到金錢（M'）。這M'的價值和量大於原初投資的M，才使老闆賺錢。這也是他投資的目的。

今天，我們單獨只談談G'……M'的生產過程，就是把商品推銷出去，換成金錢M'這個過程。

在過去手工生產的時代，一匹布要織一個月。今天，一天可以織出好幾十匹布來。無數量的商品，在每日的每一刻時光中不斷地生產出來。這麼龐大的商品，如果堆積在倉庫中，老闆不但沒有錢賺，而且還要負擔利息的壓力。這些商品，愈是快速、多量地賣出去，被人們消費了，老闆愈是賺錢。只有在市場上賣出去的商品，才能變成金錢M'。這樣，老闆的錢才會多起來，才能拿賺到的錢再去投資；買更多的原料，請更多的工人，從事更有效而快速的生產，生產出更多更多的商品給人們去消費。而購買原料的金錢，一部分用來成為那原料生產者的資金，流到另一個生產行銷；以工資形式買勞動力的錢，由工人職員去買其他生產行程中生產出來的商品，以維持生命、生活。這樣層層牽連，步步擴展，形成我們繁忙、有活力的工商社會。

商品的行銷和促銷

商品的生產，不是目的。最後，還必須把商品賣出去，換成金錢，才能在整個生產行程中，把增加出來的價值實現出來，因此，怎樣去賣掉商品，成為今天這個商品社會中一個極為重要的活動。

工商業還不發達的社會，例如山地，商品總類少，數量不多，而且交易的地理範圍很小。他們以物物交換，或者素樸的交易，來滿足需要。今天，不一樣了。我們生產速度快，生產量又多得怕人。杯子一生產就是幾千打。而且商品的種類林林總總，多得很，不同類的商品固多，同類的也不少。

用各種方法，把商品銷出去，是古已有之的活動。例如沿街叫賣，商號、店號的名聲、誠信的買賣作風……。但是，由於這種活動的範圍小，產品少，生產少而且慢，這種販賣活動，對人類社會的影響，是十分有限的。

但是隨著工業的發展，生產技術日新月異，人類以前所未有的巨大數量從事於多種產品的生產，所生產出來的貨物，遠遠超過了人類單純地為了生存所需要的數量。再加上現代大眾傳播的強大效力、快捷的速度不斷發展，使今日的行銷（marketing）活動，快速地成為廣泛而深刻影響著今日世界，人類物質和精神生活的一項重大活動。

所謂行銷的最終目的，是要把大量生產出來的商品設法銷售給廣大的市場去消費。由於絕大多數的現代商品，並不是人類最基本生存所絕對必需的——例如各種主食以外的食品、飲料、洗潔劑、家電用品、日用品、手錶、文具……甚至汽車、洋房、香水、服飾，——各種促銷（promotion）計畫和實踐，便成為行銷的一個重點。

行銷計畫，包括對一個市場的調查、研究、和分析，把某商品的市場大小（用金錢來表示）、成長的比率、同行競爭者的市場占有率搞清楚。然後，以某商品為中心，分析這個市場有利和不利的因素；也分析某商品本身與競爭商品相形下有利不利的因素。行銷計畫也要提出企業的目的，即總銷售預估，市場占有率預估，並且依據這一切分析和預計目標，訂立各種銷售和推廣策略，再依既定策略立下行動計畫和時間表。在促銷方面，行銷工作包括銷售目標（即消費者）的研究。例如性別、經濟收入、價值觀念、年齡、婚姻狀況等等，並且把這些資料與某商品連繫起來，製定廣告、推廣的策略。在廣告中，透過強力的媒體，要傳布什麼樣的意念、主題、價值觀念……，來促使消費者不但知道你的產品的存在，也知道你的產品的特質，引起需求之心，做出購買的行動，達到銷售的目的。

商品行銷和消費文化

說這些話，彷彿是商學系的一個課程，枯燥無味。但是，要理解所謂消費文化，便必須先理解所謂行銷這樣一種過程不可。

每一個特定的時代的文明，是那個特定時代的社會生活的反映。基本上，以前近代農業為社會主要經濟體制的時代，相較於以宗族為單位，以特定農業地區為生產單位範圍的時代，宗法主義的家庭、社會、政治、法律、文學……，構成了宗法社會的文化：一個由君臣、父子、兄弟秩序發展的文化。

在今天這樣一個由無數系列的現代工商生產行程組成的社會，自然地也有相應於這個新而繁榮的社會的文化。不過，我想說的是，這個新的文化——即所謂消費文化——和行銷活動的關係。以下，我想由幾個特點來說明什麼是消費文化，以及消費文化和行銷活動的關聯。

商品性

消費文化的第一個特質，是它的商品性格。

首先，它是可以用金錢來交易的。舉凡醫療服務、知識、技術、藝術作品，都以商品的形式在市場中交易。按著不同的品質，以不同的標價，在市場中進行買賣。以醫療服務來說，超級綜合醫院的頭等病房中所用的設備、器材、儀器、藥品、醫療、護理服務，和衛生所、收容所都有品質和價格的巨大差別。知識照樣有市場。熱門知識，有更高的價錢。教授、技術專家，像商品和其他原料一樣被收購，放在企業的研究發展部門或其他營管部門，從事生產，藝術看來似乎是最崇高的、不可交易的東西。其實，一本小說的出版、上市，一齣戲劇的排練、上演，一切的過程，都涉入成本計算，行銷計畫、銷售活動、利潤計算這些精細的打算。即使是宗教，也成為一種企業(industry)。至於青年們最喜愛的電影、音樂，也無不是一種企業，依照工商社會的既有規律辦事。因此，從醫院、大學、出版社、藝術表演服務業(Art performance service)，甚至教會，都有一套管理(management)的方法和技術。醫院有醫院管理，大學照樣有管理。其他就更不必說了。而管理的終極目的，在於營利，即一企業的經濟目的。現代工商業經濟，把一切的一切，包括乍看是最為清高，最不講功利和利潤的精神方面的東西，都變成可以圖利，可以交易的，與金錢有關的。

其次，它是因利潤、市場因素而流行的。

商品貴在推陳出新。因為，推陳出新，可以創造需求，刺激需求。自從現代的大量生產出現之後，貨物之豐裕，超出了人單純為了生存的基本生物需要。這多出來的貨品，就要靠各種各樣的促銷、廣告，來引起消費者的欲望，採取購買的行動，而企業便達成了銷貨賺錢的目的。新產品的推出，便是現代企業達成企業的利潤目標的重要手段之一。於是服飾四季不同，年年有異，其他轎車、建築裝潢、鞋襪，也莫不有瞬息萬變的流行變化。即如科技也不例外。光復後，美國的醫學思想、文化，行政組織，支配了台灣和第三世界。在治病上，某種治療觀念，用藥取向，時有改變。鄉土文學也曾在某種程度上成為一時的流行。至於藝術品流派的變化之速，繪畫市場中畫商的操縱問題，早已有人論及。前不久，台灣的佛教上了電視，畫面上用盡了一切攝影上的世俗技術，例如大量使用乾冰，使一個人間法會直如天上的樂土。台灣許多職業教育界為配合目前重視資訊科學的風氣，用巨大金錢購買資訊器材，但卻備而不用或不會用，徒以作為招生的號召。在學術市場上，流行的起落，是依據社會、政治、經濟的條件而明顯起落。在美俄發展太空科學的時代，相關科學之價碼大增。在台灣展開貿易的五十年代和六十年代初，外文系學生吃香，外文系也成熱門科系。醫學因為它的高收入，一直是台灣最吃香的科系。在戰後，美國國防武力迅速發展的時代，理工科學不但是美國的熱門科，影響所及，和美國有密切關聯的國家，例如台灣，理工科知識的社會價值一直居高不下。

現代消費文化的流行性格，由於具有強烈的利潤動機，在追求「時新」、「時尚」風氣下，在一國之內，古老的、傳統的價值讓位給「現代的」、「流行的」和「時尚」的價值。傳統的民歌節節退縮到窮山惡水的偏僻地帶，大量都市、外來的歌謠向每一個城鎮浸透。在死亡率依然高的落後國家，避孕藥帶來了深刻的社會、醫學、道德方面複雜的問題。在沒有相關科學技術環境的國家中，先進國家的理工熱吸收了大量第三世界知識分子，學成之後，處於無法為祖國所用，不能不長期滯留外國，知識、人才外流的情況。經過西方教育改造成精神上西化的第三世界知識分子，對自己祖國的蔑視、嫌惡，也帶來深遠的爭論。

在現代工商社會中，文化失去了永恆、崇高、神聖的性質，而成為隨著時潮迅速變化，隨著利潤、市場因素而變動的東西。

行銷的文化

再次，它具有行銷性（marketability）。

為了推銷一種口香糖，在它的宣傳廣告上，推廣一種歐美青年文化的皮相：節拍快速、肉感的音樂，宣洩青年過剩精力的狄斯可舞，以及無時無刻不在咀嚼口香糖的嘴巴。換句話說，口香糖的推銷，是一整套西式「青年文化」的推銷：長髮、牛仔褲、狄斯可音樂，無所事事，只圖感官的享樂，快速的節拍，沒有傳統和成人的拘束，對世界和人毫不關心……。

為了推銷兒童食品，縱容小孩，無條件滿足小孩吃零食的需要的育兒思想，被不知不覺地傳播著。為了刺激小孩要求大人購買的目的，一些神怪的、黷武的，不知自我抑制，貪求無厭的思想，在小兒食品廣告中，強有力地灌輸到我們小朋友的心中。

為了推銷一整套家電用品，特別是在第三世界裡，把生活的安逸、富有視為人生最大的目標和成就，鄙視勤儉和勞動，對富裕的物質生活、舒適和享樂，懷抱著無限嚮往的文化，藉著廣播電視，日以作夜地灌輸到人民的心中，造成與實際國民所得不相襯的消費、浪費的生活態度和價值感。

為了推銷某種先進國原裝進口的商品，推銷計畫中刻意宣傳對外國商品、技術的崇拜。外國人「高尚」、「進步」的形象，甚至外國的旗幟，不斷地出現在那商品的廣告畫面中。

在工商社會中，文化的一個絕大部分，是在行銷過程中塑造出來的。許多我們以為理所當然的思想、意識、價值，知識、情感，育兒的方式、婚姻生活、對於所謂「進步」、「現代化」、「幸福」、「健康」、乃至於藝術、文學的好惡，差不多沒有一樣不是商品行銷過程中，經由一些人刻意設計、以甜美的包裝，經由強大無比的大眾傳播媒介，行銷到我們的生活中，成為今日消費文化的一個主要部分。

消費文化的第二個特點，是它的庸俗性（mediocrity）。這又可以分成四個方面來說——

利潤掛帥的文化

首先是利潤動機、金錢掛帥。如上所述，消費文化，是在商品的龐大消費行程中創造出來的。消費，從生產者的一方看來，是把商品銷售出去，把商品當中隱含的、在生產行程中增值的剩餘價值實現出來，取得經由貨幣翻譯出來的利潤的重要階級，也是每一個企業的終極目標，即利潤的獲得的一個重要環節。

利潤，固然有中程和長程的規畫，但是，整體說來是一個原則：利潤的獲取，越快越好。

即從投資到報酬的取得的整個過程，在時間上越短越好。在這樣一個根本原則下，消費文化就沒有長遠的、深刻的思考。對於美、善、道德、正義這些比較恆久的、原則的信仰，消費文化無暇計及。正相反，在唯利潤觀點下，醫學研究在企業利益與醫學倫理的兩個要求中，毋寧偏向於企業的利益。許多自古以來賢聖睿智所堅持的原則，在企業利益的強大威力下退縮。科學和技術在不斷快速發展的同時，失去了以人為本位的展望和思考，徒然使企業神速地膨脹，形成博學，具有驚人效率卻只知利益貪取的一個巨大的怪物，也使整個文明化約為單純的金錢的關係中。

享樂主義的文化

其次，消費文化，是一種享樂主義的文化。自古以來，不論是東方或西方的文明，都有這樣的啟示：人，應該知所節制。有些欲望，即使不必壓抑，至少是應該節制，才能尋求到精神、心靈一面的豐富。

在消費主義的時代，為了大量消費大量生產出來的商品，一切古來中外聖賢所主張應予節制的欲望，被鼓勵大大地加以放縱。為了廣告一種飲料，把這飲料和女性的胴體連繫起來推廣；為了廣告某種衣飾、內衣、香水，大量的性的暗示被精巧地使用到促銷工具和活動中。市場的需求甚至成為官能派文學的動力，在日本和歐美的小說和電影中大量氾濫，使世紀末的色情主義，充滿著歐美的文藝。為了推銷樣目繁多的現代家電用品，把舒適的生活、逸樂的情調、浪漫的愛情成為人人憧憬的生活方式，驅使全社會的人不惜以分期付款這種慢性的終生借貸去獲取各式各樣的商品。人生最大的目的，就是享受這些商品所帶來便利、舒適、逸樂和五官的放縱，除此以外，人生再也沒有發奮、認真的事。

世俗的文化

在今天的社會、人生，只是為了獲取琳瑯滿目的商品。接受教育，找工作，只為了逐步在生活中增添更多的商品：電視機（由黑白而彩色）、冷氣、家電產品、汽車，以及其他消費品成為整個國人為之日夜狂奔的目標。對商品永不止息的飢餓和貪求，成為今日生活的主要動力。整個文化的思考，也只在鼻子跟前有限的範圍內打轉。對於人的本質，對於人與人之間的關係、人與自然的配置、人興世界的關係，對於正義、愛、良善……，我們的文化——不論在政治、經濟、教育、文學，哲學，科技、家庭中，都不加以思考。

當然，在人類的文化歷史中，不乏這種世紀末的、享樂主義的、頹廢的時代。例如羅馬文明的爛熟時代，例如龐培古城的時代，例如《舊約聖經》中所多瑪和俄摩拉城，例如中國的盛唐，商業資本鼎盛的明代城市文化……。但是今天的消費的頹廢，由於商品生產在技術上的空前發展，再加上不斷發展的強大傳播系統和技術，以及由於這兩方面的發展而興起的行銷結構，消費文化中的現世主義，享樂主義和功利主義，深遠而廣泛地影響著全世界的人類生活。這是任何古代文化的頹廢時代所不能比擬的。

科技的頹廢

作為消費文化重要一環的科技，在為企業利潤服務的巨大動力下，有了巨大的發展和成就。企業對於科技的要求，是它的可商品化的一面——即實用的一面。但是，實用一面的開發，仍然有賴於龐大的基礎研究。因此，不論是基礎研究或實用方面的開發，都取得了神速而空前巨大的成就。

今日科技巨大成就的另一個要因，是企業體的國際化。向跨國體制發展，或向國家資本發展（例如法國政府所有的elf企業群）的今日資本主義企業，具有比任何單獨企業更雄厚的財力。她以這空前雄健的財力，在世界範圍內建設巨大的研究發展機構，規模之大，設備之新銳，人力之充足，財力之雄厚，在世界範圍內的跨國制度中，可調動的因素便捷有效，是絕大多數現代國家政府所不能望其項背的。跨國性大企業體對尖端科技的支配和壟斷，已經成為今日世界科技問題中一個突出的事實，它對世界人民的深遠影響，是不言可喻的。

但是，如上所述，在企業的基盤上成長的消費文化，它的功利主義，現世主義，享樂主義，必然地影響到附庸於企業利益的現代科技的性格。今日科技驚人發展的對面，科技也呈現出專深化後嚴重的人文方面的荒廢。在今日科技的背後，沒有歷史、文化和人文的傳統，在它的前面，更缺乏人文的展望、信仰和理想。在驚人的效率，專深的知識，有效的分工急速發展起來的今日科技，和今日的企業體一樣，成了具有無限威力卻缺少心肝的龐大怪物。這種科技對人的異化（alienation），成為所謂「科技的虛無」或「科技的頽廢」，而為批判派學者所議論。

消費文化和第三世界

國際性的企業和國際性的行銷

以跨國企業結構發展起來的現代國際資本，是以全世界尤其是第三世界作為它的市場。它的經營、計畫和評估，也是以全世界為它的舞臺。因此，它對於世界各地市場的研究和分析，成為它全球性行銷計畫和管理的重點。各市場國家的政治、政團，法律、文化、信仰，經濟、甚至國防、物產、資源都是各跨國企業所必須掌握的。為了推銷它的產品，它有時利用當地市場既有的價值和觀念，有時從根本改造市場國和社會的價值觀念著手，端看那一種方式最有利於其商品的銷售而定。對於第三世界國家而言，由於科學研究、資本，技術、管理知識落後，對於先進國跨國企業的商品以成套的包裝輸入的文化、價值和觀念，是毫無抵抗力的。正如孤立、無知的消費者不是有組織、有計畫的生產者的對手一樣，作為先進國主要消費者的第三世界，對於跨國企業精細、昂貴、有組織、有管理、有策略的行銷活動，是無法設防的。在「進步」、「繁榮」、「現代化」、「幸福」這些虛假的觀念下，第三世界市場在國際性的行銷計畫的催眠下一滴滴流出她珍貴的血汁，使跨國企業不斷地以這血汁肥胖自己。

強權性的文化

對先進國商品的崇拜，和對先進國本身的威力（生活水準、國力，經濟力、軍事力量和文化、科技）的崇拜，是分不開的。通常各種文化商品，例如電視節目、電影、錄影帶、報紙的電訊，第三世界人民被綿密地西方國家洗腦——依照西方的立場和觀點去認識和解釋事物，被改造成一個新的胃口，以適應各種來自西方的精神和物質的商品。小至於對特定商品（例如洋菸）的嗜好，大至於有關民主、進步、自由、幸福甚至一個學派的觀念，都是在強勢的優勢下，經過精巧的包裝，心悅誠服地使第三世界人民據以為「己有」。

如果第三世界的資源有利於跨國企業，那麼它行銷的範圍還包括支持一個不為當地人民所擁戴的政治結構，不惜以獨裁當地人民、使當地人民自相殺戮的代價，去保有對那資源的掠奪和控制；如果他所推銷的商品是武器裝備，就不惜鼓勵戰爭，以賄賂（例如洛克希德案）來達成武器的銷售。為了用化學農場來經營大農場，就不惜以超量農藥化學劑來使千年豐腴的第三世界土地，在數年間成為不毛的砂礫之地。至於毒害藥物的推銷，公害商品的輸出，公害產業的輸出，就更加不可勝計了。

傳統的喪失——認同的失落

在外來商品文化的強大改造行程中，第三世界各國原有的文化和傳統，諸如哲學、信仰、價值、生活方式和態度，受到最大的威脅。隨著西方商品、資本、技術而來的，是一整套經過不良詮譯的西方價值和觀念。這些價值和觀念，通過強勢的政治、軍事、經濟背景，更加強有力地支配著土著文化。接受西方教育的土著知識分子，急著要按照西方的形象改造自己的祖國，並且對一切傳統的文化視為「落後」和「恥辱」。在客觀上，是第三世界古老文化在外來強勢消費文化的侵蝕下日漸消亡，主觀上第三世界的心靈也在外來消費文化的洗腦下逐漸棄絕自己的傳統，成為西方文化的殖民地。這種主觀上和客觀上的傳統的喪失，連帶地造成認同的失落。一方面懾於西方的進步，有崇拜之心，一方面又苦於在主觀上無法擺脫「卑賤」、「落後」的種族之根，形成一種錯綜複雜的心理，落入苦悶的深淵。

傳統和西方之爭的再吟味

第三世界國家中的西化論，因著不同的歷史時代，因著面對不同的帝國主義，而內容稍異。在十九世紀古典的殖民主義下，第三世界的西化論，基本上是極力主張「師夷人之技以制夷」的。有的主張師其政治制度、有的主張學習西方的堅船利炮，學習西方的教育制度等等。在這個階段，主張的人率為一國之精英，富有改革的自由思想。二次大戰後，舊殖民地紛然獲至形式上的「獨立」，但隨著戰後跨國企業體質的發展，新的帝國主義改以商品、技術和資本、市場的壟斷來支配舊殖民地。在這個階段中，外來消費文化和西方在全球傳播系統的強大支配下，洗腦是全面性的。西化不只是一種意識形態，終於成為連升斗小民都無所逃遁的一種綿密的網罟。在商品，以及隨商品而來的一整套西方價值中，不知不覺地，在商品和消費文化的甜美中，一寸一寸地喪失自我。企業的國際化，帶來行銷的國際化。行銷的國際化，是一種把第三世界在文化、價值和觀念上改造成適合西方商品傾銷的強大、有效、而最不遭遇抵抗的國際性的運動。這是今日第三世界知識分子所面臨的嚴重問題。

從這個歷史發展的場景來看，所謂「傳統」與「西化」之爭，普遍存在於整個第三世界的爭論中。特別是在上述的第一個階段，有人主張除非無批判地全盤西化，學習西方，否則不足以救國。在這個主張的對面，是無批判地堅守傳統的，代表著面臨崩潰的古老農業社會的意識形態的人們。在這第一次爭論中，相對地具有進步性的西化派，總是獲得勝利。但是，在第二階段中，西化派的一方，仍然無法理解和認識到外來消費文化下第三世界的危機。而在這時，面對著外來消費文化強大侵蝕運動，眼看自己民族的傳統和個性逐日崩解，而在政治上、經濟上意識到西方新殖民主義嚴苛的壓迫的第三世界中的第二代知識分子，開始了深刻的反省運動。他們以批判的態度，去看外來的、強權性的消費文化，也以批判的態度重新評估和認識自己民族的傳統。他們有這樣的認識：要嚴肅、認真、努力地學習西方學問、體制、技術、傳統之所長，批判性地認識西方文明的長處和短處，擷取有利於自己民族發展向上者為己所用的同時，他們也要批判地對自己的傳統做新的評價，把古老第三世界中有益於自己，甚至有益於世界的部分——例如對人與人之間、人與自然、宇宙之間和諧的觀念；例如節制人的某些欲望，追求精神的豐盛，而不汲汲於對物質的貪欲這一類的思想——加以保存、闡發。他們要在不可讓與的、追求自己民族的自由與國家獨立之餘，為自己民族在文化上，精神面貌上、生活上，保存自己的特性，對於消費文化依照西方的物質需要，把世界改造成劃一的市場加以抗拒。

這種第三世界知識分子從西化到反省的徑路，在台灣三十年來的思想史上，以不同的程度和範圍，得到印證。民國五十年代有全盤西化論的提起，到了七十年代，則有以「現代詩論戰」及其延長的「鄉土文學論戰」的反省運動。但是傳統與西化的爭論，在中國，早在五四，在科學玄學論戰就交過鋒了。因之，民國五十年代的爭論，於今回顧並加以仔細地分析下來，全盤西化論的一方，論點是明白的。但和它交鋒的一方，已不是冬烘、迂泥的舊儒。例如胡秋原的〈超越傳統、西化與俄化而前進〉之論，其實便有反省的意義。至於「現代詩論戰」，尤其是「鄉土文學論戰」，因為論戰一開始就陷入政治誣陷，沒有機會做理性的、縱深討論。

第三世界和文學

在文學方面，迎接歷史的現代的曙光時，差不多每一個第三世界文學，都從殖民者的母國，去學習新文學。在起初，用統治者的文學和語言（例如英語、法語、西班牙語）、用統治者的文學形式，去描寫自己的山川，鳥語，最典型的例子，大約可以舉出泰戈爾吧。

但是隨著對侵略者（例如日本）的反抗運動的激化，隨著民族主義意識的高漲，隨著意識到外來消費文化的侵蝕，也隨著眼看帝國主義經濟侵略下貨幣經濟對自足的農林的破壞，作家開始去描寫這歷史激發時代的農村，寫人民英勇反抗日本侵略，寫殖民地農民的心靈，也寫農村經濟急速破壞的過程。他們以充滿革命與反革命、侵略反侵略的祖國現代史做背景，寫祖國的命運，人民的遭遇。中國新文學和日據時代台灣文學的抗日小說、農民小說，和菲律賓作家司提反・豪威利亞的〈未見破曉〉（寫日軍突然侵入一個一個和平自適的菲律賓農村，對菲國農民施盡蹂躪暴虐後，農民的仇恨和忿怒）；和印尼作家魯比斯以印尼獨立鬥爭時期為背景的小說；和韓國作家李青俊，描寫經歷了「四・一九」學生革命，推倒李承晚政權，然後在翌年「五・一六」政變中看見朴正熙政權的樹立的韓國所謂「躊躇的一代」心靈的告白與救贖，在第三世界全局的歷史來看，由於同是處在新、舊帝國主義的侵凌，同受國內複雜、反覆的政治、社會因素的影響，同樣面臨外來消費文化對祖國傳統文化的侵襲，同樣焦慮地面對祖國獨立和民族自由這些共同的問題，第三世界的知識分子不約而同地反映了同樣的命運、遭遇和問題。因此，第三世界文學從各自的殊異性去看，每個民族，甚至於一個民族內各自不同的地理學、語言學的因素，有它的差異，但從其同一的一面去看，描寫外來統治下的人的扭曲，描寫帝國主義經濟下的農村和農民；描寫政治動盪下心靈的傷痕……這樣的文學，和富裕國家文學之描寫沒有歷史、沒有展望的孤獨的人，寫人的異化、寫曲扭了的肉欲，寫荒廢的性，寫人和物化和倒錯的文學，有根本的差別。因此，我總以為，與其強調台灣文學對大陸中國文學的「自主性」，實不若從台灣文學、中國文學與第三世界文學的同一性中，主張台灣文學——連帶地整個第三世界文學——對西歐和東洋富裕國家的「自主性」，在理論的發展上，更來得正確些。

最近黃春明曾去日本參加一項第三世界文化會議，當他被問及對日本文學的感想時，他說：「在日本文學裡頭，我似乎找不著某種熊熊燃燒的東西。它像一堆燒餘的灰燼……。」他並且指出，唯一還能燃燒著人的火焰的日本文學，怕是他們的報告文學（例如上野英信的作品）」。

黃春明的日本批判，才是從第三世界的心靈對先進國的「自主」意識出發的。第三世界的批判意識，不在於把自己劃在圈圈裡。（不是的。）第三世界的批判，是因為它處於第三世界這樣的政治經濟學的地位，就比別人更有敏銳的洞察，去批判這個重病的世界。從對人的深刻信念開始的第三世界批判論，在批判壓迫者和掠奪者之時，心存著拯救因掠奪、壓迫別人而淪於荒廢的人的信念。他不但追求自己祖國從帝國主義的束縛中得到獨立，也不僅追求自己民族的真誠團結與和平，他也追求著世界的和平與正常的發展，和各民族間無間的友愛和團結。我因此寄望於乍看形式上雖然粗糙，但內部永遠熊熊地高舉著光耀人的信仰的火炬的第三世界文學。然而，我們(包括我自己)對於整個第三世界的文化、思想和文學，又真懂得多少呢？在三十年來文學一律向英、美、日本學習，對同我們住得很近，遭遇也幾乎相同的鄰居亞洲、非洲，中南美洲的文學，卻反而一無所知——甚至對他們的文學抱著輕蔑的態度。細想起來，根源於思考的荒廢的我們的無知，是多麼可恥而且可悲啊！

後記

這原是一篇許久之前在輔仁大學的講詞。同學們整理出來以後，我讀了一遍，覺得意猶未盡之處很多——這當然一方面是由於我自己之拙於表達，另一方面則由於演講的當時，這方面的思考，比現在更不成熟——因此，乾脆從頭改寫，把連日來的一些思索，整理出來。從商以來，已無暇讀書、思考。因此，這裡所寫的，自知還有許多不成熟甚至錯誤的地方。不過，如果它能成為今日比我好學、深思的青年一個更深刻研究的開始動機，則於願已足。我常以為，今日台灣文壇之病，在好作議論。議論非不可作，但通篇應有嚴格的論理結構。最壞的莫過於像我這樣興之所至，隨筆成篇，馴至評論文風之驕恣、淺薄、誤語層出，到了令人驚駭的地步。因此，我這篇文章，就不可以論文來讀，只作是一個思考的劄記吧。它的功用只有一個，作為更優秀青年研究上的暗示、啟發或思想的基礎。

初刊一九八二年四月《益世雜誌》第十九期

如果我能從頭來過……

第七屆雄獅美術新人獎又揭曉了。在許許多多決心將一生獻給美術工作，並且勤勞、忘我地工作了好幾年的美術青年中，在這一個年度裡，初步又挑出了幾位好和比較好的年輕的美術工作者。雄獅美術新人獎前後辦了七年，但是由於參加的青年重視這個獎，參加評選的美術界先進態度很嚴肅、公正，這個獎，已經初步建立了自己的信譽和聲望。從發展的觀點看，這不是一件小事，應該向雄獅美術新人獎和歷屆得獎的藝術家道賀。

培養出優秀的藝術工作的人才，的確很困難。不僅僅出好畫家、好雕刻家難，即使出個好的詩人、小說家、音樂家，也一樣難。但是好的畫家、雕刻家、詩人、文學家和音樂家，特別是對於飽經憂患的我們的民族，卻是非常需要的。

許多人都說，藝術家的成就，才華最關重要。這當然是對的。但是，似乎很少人想到，藝術家的工作態度，往往也很重要。端正的工作態度，可以使才華比較差的藝術家，做出更好的工作成績來。不端正的工作態度，有時也會使一個原來頗有才氣的藝術家一事無成。到了這個年紀，我常常想：要是我能從頭來過，我一定要注意到這幾件事：

首先，我要對藝術上真正偉大的作品和人，懷抱最深的禮敬，並且從真切認識到藝術上偉大的心靈，使我真正地從內心深處謙卑下來。在世界的巨匠之前，讓我一刻也不敢對自己小小的、初步的一點成績和虛名，產生驕傲、自滿的情緒。當我偶爾聽見向著我來的掌聲，讓我立刻想起那些真正偉大的作品，使我自知不及遠甚，而更加辛勞、努力地學習、生活與創作。

其次，我要緊緊把握我年輕、強壯的體力和比較活潑的創作力，加倍努力、辛勤地學習和工作。讓我有很高的學習與工作的自覺性，決不為了皮相地裝扮成一個藝術家，使自己在名實不符的狂放、不羈的生活作風上，浪費時間與金錢。我要永不知飽足似的，向一切可以學習的人和事物，把自己的基礎好好地鍛鍊起來。吹牛、鑽營、出風頭、搞宗派、爭名奪利的事，我連邊邊兒也不去沾。

我也要盡量在知識、思想上做好長時期學習、研究的工作。我要從古今中外偉大的藝術家、思想家的成就中，搞清楚「為誰創作？為誰去畫？」和「畫些什麼，創作什麼？」這些基本的藝術表現內容上的問題。當然，我也要在把上回的兩個問題連繫起來的基礎上，勤勞、認真、虛心地鍛鍊好「怎麼創作、怎麼畫？」這一個藝術表現技法上的問題。

一九八二年五月

最後，我想盡量為自己磨礪出一切偉大的藝術巨匠所共有的精神面貌：為藝術長時期辛勤、勞苦、堅忍地工作，不為暴至的虛名和金錢利益改變志節，也不為長久的寂寞稍受挫折；盡最大的才能和體力，創作出鼓舞被挫敗的人，安慰受侮辱的人，振起失去勇氣的人，並且為光明、幸福與公理高歌——這樣一種藝術作品，使我們民族和人類全體的心靈，更加的豐盛……。

歲月蹉跎，轉眼已是中年初老的人了。在為了少時的荒廢深自悔恨之餘，也把這些追悔中生出的祝願，先勉勵我自己，也和這次得獎與未得獎的年輕的藝術家們共相勉勵。

初刊一九八二年五月《雄獅美術》第一三五期

從蟄居到破蟄：陳夏雨的世界

訪問雕刻家陳夏雨先生[1]

打破三十多年的沉默

民國六十八年九月，台中市民慶祝建府九十周年，台中市文化基金會舉辦了一次大規模的藝文活動。在藝文活動中，發生了台灣藝術界中一件大事，那就是光復後沉默了三十餘年的台灣先行代傑出的雕刻家陳夏雨先生接受台中市民的邀請，拿出他從十八歲開始的習作，以迄近年來的作品共計三十餘件，做了他生平第一次雕塑小品個展。

一直到這次的展出，陳夏雨先生有十八個年頭，未曾向台灣藝術界和社會提出作品公開展覽過。幾十年來師大和藝專美術系曾經想禮聘他擔任雕塑的教席，但都被他婉言辭謝了。在年輕的藝術界，只隱約聽說陳夏雨生在非常年輕的時代，即已三次入選日本「帝展」；廿五歲，獲得日本「帝展」免審查展出的榮譽，卻一直無法親睹他作品的風貌。在台灣美術界的傳說中，他是一個「個性孤僻古怪而不通人情的雕刻家，從來不接受任何人的拜訪！」

一直到這次展出之後，以及兩個月後在《雄獅美術》雜誌的主催下在台北的展出，陳夏雨先生才揭開了一貫的「神秘」的色彩。據《雄獅美術》雜誌社李賢文先生，和畫家林惺嶽先生的敘述，陳夏雨其實「並不如傳聞所說那麼孤僻不可親近。相反的，他是一位謙虛、溫和、品格高潔的藝術家」。「他對自己的作品要求嚴謹，卻有一份包容他人的胸懷」。「他從來不為了使自己站起來，而壓低別人的肩膀，更從不為取得虛偽的名利到處推銷自己」。

輝煌的青年時代

一九三五年，十九歲的陳夏雨先生第二次東渡日本，師事前東京美術學校教授水谷鐵也，學習雕塑。次年，又轉入日本藝術院士藤井浩祐的門下。一九三八年，二十二歲的陳夏雨先生把他在藤井工作室一年來最覺滿意的作品〈裸婦〉提出參加日本「帝展」，一舉入選，成為當時台灣滯日藝術學生中入選「帝展」最年輕的一位，一時日本和台灣的新聞界大為喧騰。

一九三九年，陳夏雨的另一件作品〈髮〉，再度入選「帝展」。又翌年，他以一件〈浴後〉三度連續入選於「帝展」。一九四一年，年僅二十五歲，未曾受到學院正式教育的殖民地台灣青年陳夏雨，終於依照「帝展」的規定光榮地經由「帝展」評審委員的提薦，獲得「帝展免鑑查」出品的殊榮。這種傑出的成就，即在日本藝術史中，也極罕見。

陳夏雨先生在雕塑藝術上的成就，早有台灣早期傑出的美術評論家王白淵先生的高度評價。他說，陳夏雨先生在雕刻藝術上的成就，是「根據正確的寫實主義，表現出種種內心的理想。在台灣的雕刻界中，只有陳夏雨可以繼承另一位偉大的台灣雕刻家黃土水先生（參見本刊二卷一期[2]）之遺志。」而目前旅居美國紐約，在近年來致力台灣美術運動史和述詳工作，並有卓著成績的謝里法先生，對陳夏雨先生做了這樣的說法：「陳夏雨和黃土水相較，所不如的除了處事方面的才能外，應該處處都在黃土水之上。」

陳夏雨先生的藝術，充分地表現出一個古典現實主義者的完美主義精神。這種近乎對完美的絕對性追求，表現在他的作品和創作態度上。在藝術上，陳夏雨先生作品上所表現的嚴謹、平衡、合理、理智、和諧，穩定和安寧靜謐的氛圍，產生迫人而來的銘感與力量。但是，陳夏雨的古典的、現實主義的藝術造形，絕不是冰冷的合理主義。他極力推崇英國雕刻家亨利・慕爾（Henry Moore）和法國雕刻家俠勒・德士比歐（Charles De spiau）。這兩位偉大的雕刻家，都在穩定、沉靜的造形中表現出觸人心靈的生命力量。「我對作品的要求，第一是它要有自體、自足的生命。人的運動、舞蹈等身體活動的（外在）活力，不是我表現的對象，我的作品是要表現靜態中內蘊的、活的生命力量。」陳夏雨先生說。

如後文將要述及，陳夏雨雖非出身學院的藝術家，但在他的一切作品中看不到絲毫匠人的痕跡。他為世人推崇的作品〈裸女之二〉中彎曲的四肢，扭動的腰部，輕微轉動的頭部，感受到一份靜中之動的完美，也傳達出女性肌膚的豐柔，表現了他對人體的視覺和象徵上奧微的詮釋。

苦行的雕刻家

陳夏雨的完美主義，還表現在數十年如一日的創作生活中。光復後三十幾年來，陳夏雨隱居台中，退出一切省內的美術團體，每天過著苦行似的工作生活。每天一大早睜開眼睛，他便踽踽地走進他的工作室，一直工作到深夜才就寢。他不睡午覺。連一日三餐，都由家人送進工作室中。每有週末、假日。大年初，他依舊是工作。

他的工作室是一間狹小的日式房子加蓋而成。頂上覆蓋著一層鐵皮。屋子的一側，全由玻璃構成，一直到近一、兩年，才在工作室中安裝了冷氣。在這以前，每一個夏天，陳夏雨先生的每一個夏天，都關在室內溫高達攝氏三十八度的環境中，孜孜不斷，忘我地工作。

他排拒一切的世俗酬酢，把物質生活的水平維持在必要的最低點。即使在生活最艱難的時刻，他也很少出售他的作品應急。

他認為藝術作品的價格是不可商討的。「我的興趣只在工作。我沒有力氣去賣作品。」陳夏雨先生說，「任何買賣都要談到條件，談到人情。我以為藝術需要絕對自由發揮。我杜絕一切代人塑像的機會，是為了堅持這自由的原則，好讓我在藝術創作上，有絕對的自由。」

陳夏雨的工作態度，是驚人地嚴謹。例如一件石雕〈三頭牛〉，他想用圓雕的方法來製作。「光是處理後面的磨石，便花費了將近一個月的時間。」陳夏雨先生的三女陳幸婉小姐說。

他對作品的上色，有他獨到的見解。在雕成上色的時候，往往為了尋求他心中的顏色，陳夏雨先生要做不斷的試驗、整理，一直要達成心中的理想，才肯罷休。

尤其是光復後的三十多年間，陳夏雨先生對自己近乎強迫性的對完美的嚴肅要求，使他對完成了作品永難感到滿足。早歲輝煌的成績，無可避免地成為他創作上自我要求的沉重的壓力。幾十年來，他便是在艱苦、勤奮的工作中，毫不妥協地與自己的完美主義搏鬥著。

台灣民俗藝術的啟蒙

陳夏雨，在一九一七年七月八日生於台中縣瀨海的龍井鄉一個地方士紳的家庭。六歲，他隨父親陳春開先生遷到大里鄉的內新村。幼年的陳夏雨先生，從小就顯示了他安靜、內斂和孤獨的個性。

他的母親林甜氏出身一個十分富有的地主的家庭，對兒女的管教十分嚴厲。但是他常常趁著母親外出時，偷偷地溜到村內「八媽廟」庭，去看布袋社戲。他對於掌師手中刻劃生動，表情豐富，造形動人的木偶，發生了極為強大的興味。為了更仔細觀察那些木偶，他常常爬上戲棚，聚精會神地觀察木偶的各種巧妙的造形。

回家以後，他急忙去找廢棄的竹節，向母親索取小刀不果，便連夜將銅製鑰匙磨成尖銳的小刀片，徹夜在竹節上刻出一個木偶的頭像。這個陳夏雨先生頭一個雕刻作品，成於他六歲的時候！

上學以後，有一次在途中經過一家裱褙店，看見畫師正在凝神描畫一幅「百雀圖」，又再次引起了他十分濃郁的興味。這以後，他不但每天放學途中經常駐足在裱畫鋪看畫，而且開始自己用蠟筆不斷無師自通地描繪身邊的風景和靜物。又有一次，他隨父親上台中市，看到人像館有一位畫師正在用炭筆靜畫人像，畫得唯妙唯肖，令他大為驚異。於是他又央求父親買來炭筆，迫不急待地回家找來兒童雜誌畫起書上的偉人造像。但是少年的陳夏雨意猶不足，進一步翻出家中的相本，從曾祖父、叔公和祖父，一路畫到族中的叔叔、伯伯。陳夏雨是小小的天才畫家之名，於是便在村中不脛而走了。

就這樣，像許多台灣先行代藝術家一樣，陳夏雨在藝術上的啟蒙師，是類似布袋戲木偶、裱褙鋪、人像炭畫師這些我國民俗藝術，在這些中國人民長年積累起來的民族美術傳統的乳汁下，引起陳夏雨最初的藝術覺醒。這毋寧是饒有意義和興味的事。

初見堀進二的西洋雕刻

十四歲，陳夏雨進入當時比較自由、開放的淡江中學，對攝影又發生了濃厚的興趣。一九三三年，陳夏雨十七歲，由他母舅林春木帶往日本學攝影，陰差陽錯，卻被安排到一家日本相館的暗房當學徒，後來因病返台。

回到台灣養病的日子裡，少年的陳夏雨又拿起畫筆，隨心所欲地塗抹。這時他的三舅從日本攜回外公去世後委託日本著名的肖像雕塑家堀進二所作的外祖父頭像。這是陳夏雨第一次看見現代西洋雕刻作品。看見那栩栩如生，把外祖父既威嚴又慈藹的性格表現得那麼動人心靈的頭像，在少年陳夏雨的心中，產生了巨大的震撼、驚異與渴慕的心情。

當時的堀進二，已是日本「文展」初期深受矚目的新銳雕刻家。堀進二師事在柏林修業的新海竹太郎，學習了新海的堅實雕刻技法，和歐洲古典主義雕刻獨有的對人體的理想主義風格。

堀進二受到新海的影響，並且凝會了日本古典傳統，成為當時日本雕刻界極富盛名的肖像雕刻家。富裕的外祖父家，竟不惜重金，央請這位日本新銳藝術家雕成了頭像，帶回台灣。但是沒想到，命運使陳夏雨受到這座雕像的終生影響，使他從此步向作為雕刻家的一生。

從水谷鐵也的門下到藤井浩裕的工作室

從幼小的時候起，在利用竹節雕出木偶頭像、學習畫人像、學習攝影這些事上，陳夏雨早已表現出對藝術工作鍥而不捨，窮究奧秘的性格。看到堀進二的外祖父頭像以後，少年的陳夏雨狂熱地用自己的相機拍下大舅頭部的正、側、後像，買回黏土，迫不及待地，毫無師承地塑起像來，費了一個月的時光，居然塑出大舅的頭像，也竟然有模有樣！在鄉親族人的讚嘆中，陳夏雨對現代西洋雕刻產生了曾未有過的狂熱。

後來，他又從他的對現代雕刻有深刻知識的摯友林坤明先生(畫家林惺嶽之父)懂得了雕像應以具體的人為模特兒。他於是又以自己的族親、鄉農夫為模特兒，作為他獨自探索雕刻藝術的對象，就這樣在獨自摸索中，完成了十數件雕刻作品！

後來，在畫家陳慧坤的介紹下，陳夏雨先生二次東渡日本，拜謁東京美術學校雕刻教授水谷鐵也。水谷在陳夏雨先生無師自通的習作中，看見他驚人的天分與領悟力，竟而慨然收在自己的門下。在以人像雕刻著名於日本的水谷門下，陳夏雨開始了勤勞、認真的學徒生活，為現實主義雕刻，打下良好的基礎。但是一年下來，他逐漸感到一味求寫實，缺乏某種創造與內合的表現方式，和他內心的某種急迫的呼喚無從謀合。在偶然的機緣中，二十歲的陳夏雨經人介紹，投入日本名重一時的雕刻家藤井浩祐的門下。

藤井是木匠的兒子，畢業於東京美術學校雕刻科。他早期的作品很受當時比利時雕刻家穆尼埃（Constantin Meunier）用礦工為主題的雕刻連作的影響，曾以日本礦場勞動者為主題，發表了一系列連作。陳夏雨先生投入藤井的工作室時，藤井的作風已經改變，而改事小尺寸的裸女為主題。他教育弟子，並不主張體積之碩大，而在能否準確地表達創作者思想和精神內涵。

陳夏雨先生在藤井的工作室中，開始了他勤奮、認真、狂熱的學習生活。藤井老師對雕刻的理念和工作態度是極為嚴肅，對待學生的要求，也近乎酷苛。如有重心不正的作品，一定命令學生打碎重作；即使是一個平坦基座的處理，也要求用手的實際touch一絲不苟地完成。他要求學生作細密的觀察，在嚴肅的逼視中凝聚實際的感動，才能下手創作。陳夏雨先生日後那種近乎絕對的完美主義創作作風，固然是來自他強迫性的性格，藤井工作室嚴峻的訓練，也發生深刻的影響。

正是在藤井浩祐的門下，在老師的鼓勵下，陳夏雨以二十二歲的青年，以〈裸婦〉一舉而獲得「帝展」入選的殊榮。次年，他的〈髮〉又入選「帝展」，一九四〇年，他以〈浴後〉三度入選「帝展」，並且一直到一九四五年，每屆「帝展」中，陳夏雨先生以「免鑑查」的光榮資格參展。

蟄居

陳夏雨先生像一顆躍起的新星，發出熠熠的光芒，前途正未可限量。回到台灣以後，他認識了不少愛護和支持他的台灣文化界人士，並且和施桂雲女士幸福地結了婚。接著，二次大戰的動亂，在一九四五年，再度東渡日本的陳夏雨先生，於一次盟軍空襲中燬去了他全部的資料和工作室中的作品。這個慘痛的打擊，促使他黯然提早返台，艱苦地從頭開始創作的生涯。

不幸的事，似乎還在等待著他。回到台灣，他賣了祖傳的土地，卻因為日本政府的戰時政策，使他無法調用賣地所得的款項，徒然令其隨著戰局貶為廢紙，使他日後長期在經濟拮据中掙扎，大大影響了他的創作生活。

而這時，他一位深深信賴、對他支持、愛護有加的摯友兼經紀人當時台灣文化界的褓姆張星建先生猝死，使他頓時失去了精神上的支柱。對於世事的陡變，知友至交的零落，加上他原本不諳人間險詐、複雜、利害和鬥爭，使陳夏雨先生對於世事和人所加予的種種詐偽、傷害，始而傷心，繼而驚駭，終於使他痛下決心，不賣作品，不收生徒，並且退出一切台灣的美術組織與活動，深深地蟄居在他的工作室中，和台灣社會與美術界一別，竟是三十多年！

人間的陳夏雨先生

一直到三年前，陳夏雨先生在並沒有忘記了他的台中市民熱情要求下，在台中市開了他平生第一次個展。當年年底一直到次年初，陳夏雨先生又整理了他的既有作品和一件新作品，在台北春之藝廊展出。在主催這次台北展出的《雄獅美術》雜誌社李賢文兄的協助下，筆者在陽春三月的一天，親自叩開陳夏雨先生寓居的門扉。

不。陳夏雨先生一點也不是對社會懷有深刻不信感的、固執、傲慢的藝術家。正好相反，他是一位態度十分謙虛，說話、處人十分真誠、有禮的老人。想起他英年時代的巨大成就，想著他三十五年來孜孜不倦，不計名利的工作生活，陳夏雨先生那種發露於他天性本然的善良和謙虛，給人以無比的感動與尊敬。他一再地謙稱他是個「落伍了」的人，他對於三十幾年來的流變，絕不批評。他謙和，甚至有時是風趣的。他雖不算是健談的人，但也喁喁地談起他對台灣美術界的動人的關懷。

當話題談到在台灣建設美術館的時候，陳夏雨先生熱心地說，美術館成立後，應該由國家出面購買「世界一流」的藝術家、雕刻家的作品來陳列。「目的是在開擴我們國民和我們藝術家的眼界，提高國民欣賞的水平，另一方面使我們的藝術家有一個奮發、超越、見賢思齊的目標，」陳夏雨先生說，「鼓舞社會鑑賞風氣，藝術不分國內國外，只分好壞。只有收藏起來，才有個比較，水平才會不斷提高……。」

陳夏雨先生認為，在目前，收藏畫的人，已經大有人在。但收藏雕刻作品的很少。「國家可以用大的財力帶頭收藏雕刻品，作為典範，帶動民間對雕刻品收藏的風氣。」陳夏雨先生說。他指出，在日本，他們有一個「現代雕刻中心」，直接和全世界著名的雕刻家有直接聯繫，居間作買賣一樣，他們的作品也很少賣出去。因此，他認為，我們國家要買雕刻作品，大可通過這個日本的「雕刻中心」來辦理。[3]

三年前的展出，陳夏雨先生向社會證明，三十多年來，他並不曾「向藝術沉默」。近二十年間，他完成了〈農夫立像〉、〈岳父頭像〉、〈佛像〉、〈五牛浮雕〉、〈十字架上的耶穌〉、〈浴女〉、〈裸女〉等共計十七件。談到展出後對他的影響，他笑著說，有一回他把作品帶到日本鑄銅，正愁回國過關時海關會囉嗦。「不料，他看我護照上的名字，知道我是雕刻家，立刻使我順利過關。」沉寂了三十年的老雕刻家，能讓年輕的海關官員認識，三年前的展出，當然是個關鍵。

但是，基本上，陳夏雨依舊是原初的陳夏雨。談到名利，他說：「年輕一代，似乎比較重名重利。這是我所不懂的。三十年來，我著意要躲避的，就是名利。」談到出來收徒授業，「我國語不會講，連台灣話都說不好，」他笑了：「怎麼教人家？理論，我也說不出個清楚的道理。[4]」他說著，熱心地問客人要不要弄瓶酒來喝，然而客廳中卻淪入暫時的沉默。筆者想：像陳夏雨先生這樣的台灣重要的雕刻藝術碩果，什麼時候才能在生活保障下，安心工作呢？

就在陳夏雨先生第一次在台中開個展的一九八〇年，他被日本「太平洋展」納為「會友」，參加展出。次年，成為正式會員。由於陳夏雨先生過去在日本的成就，格外破例，不必出展數屆後才成為會員。「我的入會是當年介紹我進入藤井先生工作室的白井保村舉薦的。」陳夏雨先生說。為了展出，陳夏雨先生曾兩度到日本。談到日本雕刻界的現狀，他認為過去「帝展」、「文展」、「日展」的系統，戰後幾十年來，依然是保守的、現實主義的道路，幾乎沒有什麼變化。「至於早在戰時就顯示較『新』傾向的『二科會』及其他『在野』的組織，我沒有去看，情況如何，不得而知。」陳夏雨先生說，「大抵上說來，雕刻，一般在變化和追隨時流上，要比較『慢』些罷。」

談起當年同在藤井門下的同僚雕刻家，陳夏雨先生笑了。「他們呀，跟我一樣，不會做買賣，不會活動、鑽營、推銷自己，只是一昧工作。」他說，「不過，他們早已被日本政府視同國家的文化財，領有固定的俸金，不用去賣作品，也可以安心工作。我沒資格！」

這就是陳夏雨先生：謙虛、謹慎、淡泊、勤勉、善良、堅持原則。筆者想：這是不是一種時代的差距？但不論如何，對藝術工作的端正、嚴肅、謙遜的態度，應該是沒有時代差別的藝術工作者的倫理與信條。當然，誠如他的子傳藝術家林惺嶽先生說，三十年來閉鎖的生活與工作，不免使作為藝術家的陳夏雨和活生生的社會失去了互動（interaction）的關係，或者不免影響了作品的數量與性質。但是，經由我們的訪問，陳夏雨先生絕不是一個陰森、固執、充滿著對人與社會病態的不信的人。正相反，他是那樣和藹、平易近人，謙遜、有禮、而且絕不失發自智慧的幽默。我們拜謁了溫暖的、人間的陳夏雨先生。相信三年前的「破蟄」，將會更勇健、更積極地為我們留下一件又一件傳世益人的作品來。

初刊一九八二年六月《立達杏苑》第三卷第一期，未署名

---

1 本篇初刊《立達杏苑》，隨文附陳夏雨肖像和創作配圖，文末附記：「本文圖片文字資料係由《雄獅美術》社提供，特此致謝」。

2 指陳映真（署名竺斯辨）〈台灣近代雕刻的先驅者：黃土水〉一文，發表於一九八一年三月《立達杏苑》第二卷第一期。

3 原刊此處誤排「因此，他認為，我們國家要買雕刻作品，大可通過這個日本的『雕刻中心』來辦理。」為次二段落末的「』他說著，熱心地問客人要不要弄瓶酒來喝，然而客廳中卻淪入暫時的沉默。筆者想：像陳夏雨先生這樣的台灣重要的

雕刻藝術碩果，什麼時候才能在生活保障下，安心工作呢？」的段落文字，據文意互調移正至此處。

4 原刊此下有「不行。、展覽的服務。」，此處文字有脫漏或誤排，故刪除。

台灣省醫學史中的彰化基督教醫院[1]

彰化基督教醫院，和北部的馬偕紀念醫院一樣，在本省百年來現代醫學發展史中，占著極為重要的地位。彰化基督教醫院院史，尤其在它的「史前期」(一八六五—一八九五)和「第一時期」(一八九六—一九三六)，和整個台灣省現代醫學發展史，更有十分綿密的關係。在彰基院史上的一些名字，例如馬雅各醫師(James L. Maxwell, M. D.)、甘為霖牧師(William Campbell, D. D.)、盧嘉敏醫師(Dr. Gavin Russell, M. D.)、安彼得醫師(Dr. Peter Anderson, M. D.)和著名的蘭醫生父子(Dr. David Landsborough M. A., M. D. & Dr. David Landsborough Jr., M. D., M. R., C. P.)，都是台灣省基督教宣教運動史和現代醫學發展史上的重要人物。台灣最初的現代醫學診療工作；最初的診所和醫院；最初的現代醫學、護理學教育；最初的現代醫師和護士的養成……，凡此種種，都離不開彰化基督教醫院百餘年發展史中歷歷可徵的貢獻。

現在，我們徵得彰基的協助與同意，特別挑選了幾幀具有歷史意義的彰基歷史圖片，刊登出來，饗我讀者。今日醫學養成教育中，極缺少醫學史的研究。我國現代醫學發展史中偉大的事跡與醫界先賢的行傳，應該是每一個醫學工作者應該熟悉，從而獲得有益啟示和激勵的泉源。目前，彰化基督教醫院當局印有截至一九八一年為止的《彰化基督教醫院創設八十五週年紀念特刊》，不但初步記載了彰基各發展階段的歷史，也刊有許多珍貴的歷史圖片。從台灣省現代醫學史的觀點看，有極其重要的文獻價值。對於台灣醫學史關心的醫界人士，應該給予充分的注目。

本省現代醫學史的整理基礎研究，是一項十分重要的工作，可惜卻不為我醫界及史界人士所重視。本刊雖深知其重要性，但人力、物力均有限制。在這兒，我們願意著重宣示，只要我醫界及史界人士，凡有關於本省現代醫學史方面的資料、圖片、研究論文，本刊願不惜篇幅，優予揭載，並酌付稿酬。

初刊一九八二年六月《立達杏苑》第三卷第一期，署名編輯部

1 本篇為《立達杏苑》「台灣省醫學史特別企畫」欄目之編案。

青青子衿，悠悠我心[1]

今晚有位正直的、勇敢的、偉大的台灣文學的老前輩，他所說的每一句話都深深刺入我內心。我在商場中打滾了很久，常覺得整個心靈都蒙上層灰，所以對楊老先生所說的話的確很感動，我在想楊老先生這一生過於這麼艱苦、貧窮、困厄，可是那段歲月中卻充滿了人性的光輝，那段生活又是多麼的溫暖和充滿熱情。今天，我們的物質生活富裕了，我們的生活舒適了，可是在人身上，我們都日漸貧窮，我們的靈魂也愈來愈消瘦。

方才我和尉教授有著相同的感覺，你們的笑聲是幸福還是不幸？我這樣說絲毫沒有責備的意思，因為我一直覺得青年無罪，你們所面對的只是一場結果而非原因。有時我也會想，或許我們這一代真的落後了，我們的悲憤、激越在你們看來或許真是笑話一場，充其量只不過是個滑稽奇怪的歷程而已。而這些也是我無法回答的。

方才尉教授已經闡明鄉土文學在思想上是個反省運動，這個反省運動並不特別偉大，然而它卻是戰後第三世界，國家所共同形成的運動。其實殖民地的反省運動並非現在才開始，以中國為例，早在清末民初國家積弱的時代，已經開始了第一次反省運動，當時的知識分子認為國家不強盛的原因在於船不堅、砲不利，只要船堅砲利中國一定會強壯起來，然而事實證明船堅砲利並沒有使中國強大，積弱的情形依然如前，於是又有了第二次的反省運動。這次的反省運動以西化的一派為首，他們首先認定中國的傳統不值一文，咀咒所有的傳統文化，一心要學習西方及日本的模式，來改造自己的民族、自己的生活面貌、自己的思想，然這股風潮卻造成了自我的迷失，因為我們和歐美、日本的起步已不相同，這些國家已在國際性的帝國主義下建立了他們共同的利益，現在我們想和他們一較短長已經太遲了，無論在資本、技術、國民總和的力量都比不上他們。問題延續至今遂有南、北國家對抗的局面，而富者愈富，貧者愈貧，前進國家和落後國家的差距已愈來愈大。

在經過這次的反省，知識分子終於發現這也不是一條路，必須再做檢討。所以有回歸本土的運動，嘗試尋找本土文化中具有智慧啟發的東西，找尋真正利於國家及全世界的文化傳統，同時亦採尋西方科技文明中對本國有利的東西，希望在「尋根」及「擷取」中求得真正的融和。於是知識分子開始反抗物質文化的消費文明，反省哪種生活對本土民眾才是好的，才是真實的。也開始反省古老傳統中人與人的關係，人與天的關係，人與自然的關係，在這些具有開發性的人文意義下，了解祖先的東西原來真有其珍貴的一面。當然這個反省運動也包括了文學、文學創作。在我覺得所謂鄉土文學運動，如果它還有丁點意義的話，便是這個「尋根」的行動，事實上是既不危險也不特別，在整個第三世界都一樣有這種情形，只不過是文字不同，符號不同罷了。然後在更深的層面，第三世界的反省運動也希望了解目前世界的機轉，第三世界國家在國際舞臺上扮演著什麼樣的角色。

如果我不是在跨國性的現代企業工作單位工作過，我做夢也不會想到世界是誰在操作、運轉，我的思想、價值是由誰控制，我會以為我的成就在於自己的聰明才智，因為我不曾知道這是一群人有計畫的設計，在國際性的企業經營促銷活動之下，我們完全是無助的。然而我們的購買動機、行為由哪裡來？我們所娶的妻子，所生養的子女，這些取決的標準及教養的方式是自己的嗎？我告訴你們不是的，這是一群坐在冷氣機房裡的聰明人，孳孳不倦勤勤懇懇，有計畫有步驟研究出來的，然後再利用廣大的傳播機構把這些模式灌入民眾心中，這些傳播媒介包括美聯社、電視電影的錄影帶，歐美各種外銷的節目等等，而我們是在不知不覺中依著他們的價值標準來結婚生子，甚而離婚、再結婚。

在這裡我舉個例子，在我曾工作的那個跨國性公司（我是在廣告促銷部門工作），每天我們可收到許多宣傳性的資料告訴我們當怎麼做，才能防止當地人的民族情感，才可防止殖民地中知識分子的反抗，大家可以想見帝國主義者是如何處心積慮的要分化當地的民族情感，他們是多麼擔心當地的民族意識。可是真相卻是不被人知的，對商品的認識也只操縱在少數人手中，那群聰明人把對自己有利的利潤放出來給社會大眾，不利的就鎖在檔案資料中，消費的群眾變成完全地無知。

我並非不關心台灣，而我幸或不幸的知道這件事，我的確擔心，有一天我們被吃掉了還洋洋得意漫而不知，或許在你們出了國門之後，你們接觸到了第三世界的「人」，你們將發現他們是如何的愛自己的國家，並不以身處第三世界為恥。身為青年的你們，既遠離社會生產能在校園內讀書，你們的責任將不只是穿穿愛迪達的運動鞋，交交女朋友跳跳迪斯可而已，你們應該在這裡習得知識，訓練自己能有獨立思考、判斷是非的能力，來啟發自我的智識，開啟自我的力量。就如同楊老先生所說的，「人」才是最重要的，人的溫暖、愛心、光輝才是我們應爭取的，在這前提下沒有所謂南、北，大陸、台灣的分別。然後我更希望能有緘默團結的心來面對整個台灣文學，來努力創作，讓文學的成就使我們的下一代享用，讓這些作品給我們力量、勇氣，受挫時給我們再生的希望，正一如楊老先生所說：用文學的筆來重寫被強者、統治者所扭曲的事。

一九八二年七月

初刊一九八二年七月《益世雜誌》第二十二期

1 本篇為「台灣文學三十年座談會」的發言紀錄。

色情企業的政治經濟學基盤

從四面向城市蝟集的人口

工商業社會的特點之一，是因著工廠、企業向城市集中，或者因為工業、企業誘引了從四面八方蝟集的人口而成為新興城市，使鄉村人口大量湧向城市，分別在工廠、企業、商店等地方以體力或智力的勞動，換取生活的資料。有人長期離開家中的配偶，有人因為薪資低下長時期不能結婚。為這些男性解決性的需要，就產生城市的娼妓。這一類的色情企業，以中下收入的男性為對象，歷史也比較長久。它的基礎，是人的實際的生理需要。這需要因為某些社會因素——例如離家謀職而妻子不在身邊；例如長時期因經濟因素無法成家——而無法取得正常的滿足，遂在後街娼寮中去求取權宜、暫時的安慰。

超出需要以上的色情

現代人對於商品貨物的需求，已超過維持生存所必須的限度甚多。食，果腹即可，但現代人追求持續性的，近乎浪費的甘美脂肥。其他衣、住、行，莫不如此。這有兩個原因：第一，人類生產商品的技術與規模大增，可以產出遠超人類基本生存所需的貨物；第二，為了促成這些大量商品的消費以取得金錢形式的利益，各種刺激消費（購買）的技術、科學發達，等以挑激人對商品之欲望為能事。

今日色情的特點也在這裡。人們已不再單純只為了滿足迫不得已的生理需求而購買性的滿足。今日色情企業，雖然還沒有直接、公開的廣告、推銷活動，來挑激人們生理需要以上的欲望，但由於今日社會，經濟的獨特條件，它已不再只是單純地滿足必要的生理欲望以營利。色情，成了一種消費品。而且作為消費商品的色情，也依它的目標市場，分成上、中、下等，以不同的價格，出賣給不同收入的男性購買者。

檢查制度和色情文化

在當前「先進」國家中，有公開的色情電影，在公開的場所放映。有色情書刊雜誌，在公開的書店中出售。有用具在公開的市場銷售。至於文字、戲劇、和一般電影中的色情，更是常見。至於商品廣告中的色情或色情的暗示，更是廣泛了。

每有衛道人士起而主張禁止這些色情文化的傳播，總有同樣嚴肅的人士起而反對。理由是如果誨淫是禁止出版、演出、寫作……理由，將來就可能發展成對一切言論的禁壓。

尊重言論自由一至於斯，對於渴望言論自由的我們，是極令人感動的。

但這種色情文化的「自由」，都是使色情成為遠超過生理需要的消費品的一個刺激因素。色情文化和肉感文字、電影的流行，和嚴肅的文化、知識品作品的需索，同樣是「言論自由」下的產物。《Playboy》之類的雜誌銷行，遠較（舉個極端的例子說）《Monthly Review》一類的雜誌，同樣是「言論自由」下的現象，但前者的暢銷直接和間接地成為後者滯銷的原因。而後者一類雜誌的滯銷，又以複雜的方式，造成前者的暢銷，也說不定。

資本社會的消費性文明，帶來犬馬聲色的世俗性和庸俗性生活和價值體系。消費文明上的「言論自由」——連帶地是它的「民主」體制——的問題點，便在這一點上鮮明地示唆出來。**如果**

說得極端些，毋寧是消費文明的世俗主義和平庸主義，巧妙地防止了資本主義社會的顛覆也說不定。如果這樣來看，色情企業便具有意想不到的政治性格了。

外埠的色情

不知什麼時候起——其實也只這幾年的事罷了，在台北以外的外埠，堅定地滲透著台灣條件下的色情主義。脫衣舞，偷偷接回色情鏡頭的電影，甚至顯然合法進口，卻從不在台北上片的某級影片和「外國秀」等，在「勵行戰時生活」一類口號下，我行我素地像難治的癬疥，在外埠地區擴散。到了今天，既達僻壤窮鄉，在塵沙的矮牆上，貼滿著裸露大部分胴體的「脫衣秀」廣告。色情堅挺地向著鄉村滲透，已到了空前罕見的階段。至此，台灣鄉村，除了迷信、酒醉、賭博之外，再多出了一樣色情。

色情錄影帶的氾濫，也浸淫著鄉村，和城市不同的，是城市的富有者把錄影帶買回或租回家中看。在鄉村、旅社、冰果室……等成為色情錄影帶放映場所。今天鄉村的旅邸已不只供外鄉商旅落腳——更多的時間和房間，「住」滿了窩在那兒喝酒，看色情錄影帶，狎妓的本鄉人。

這種色情問題上微妙的「自由」與「開放」，也顯著地表現在雜誌、大眾傳播上。最近，坊間偷偷地多出了台灣標準的色情列物，如《四季風》、《精彩》、《模特兒》等。地攤上的半折書中，尤其是色情書刊的集散場所。比起某些刊物書籍動輒因「內容不妥」而遭禁止，這些「半色情」雜誌和書刊，都在台灣享有充分的言論、出版的自由。

在台灣政治條件下，和台灣清教式宣傳論理下，這些色情上的「自由」，是富於無傷大雅的諷刺的。這固然說明了台灣消費文明進入了一個更頹廢的時期底開端，或者也說明了色情的「政治價值」已開始受到政策上的考慮，也未可知。

作為酬應媒介的色情

在工商經濟體制中，促銷是一個重要的環節。在一切促銷活動中，各機關、廠商的採購決策人，當然是最好的目標。送禮、宴客之外，色情變成了最有效的交際方法。因此，色情成了買賣交易的輔助。因應這種客觀的「需要」，應召站、酒家、酒廊、色情餐廳、色情公寓等等，應運而生。女性的身體，在一定的價格下由商品的推銷一方買下，餽贈給採購的一方。

據說，當前色情的存在，這種商業上的酬贈，占很大的部分。因此，色情方面的開支，也來自推銷一方的商人的公司。換言之，是在生產者的開銷，而不是個人的金錢下，維持著半壁色情企業。這也是現代色情在社會、經濟學上的一個特點吧。

色情和醫藥的關係

人類性倫理的頹廢時代，在過去，總有一個威力很大的「懲罰者」，那就是性病。

但是自從抗生素問世，雖然並沒有完全根絕性病——有一些抗藥性的性病原菌正在頑強地滋生，使醫界束手——但是一般而言，性病已大大地失去了從前規約人類的性關係不至太過廢弛的一個可畏的控制力量。

對於女性，懷孕是另一個節制放縱的性關係的力量。由於懷孕和傳統家庭、家族、社會、道德甚至宗教上有十分複雜的關係，作為性行為的一個後果的懷孕，不但規制著女性（在過去，婚姻外的懷孕往往使女性遭到破滅的悲運），也以較輕的程度規制著男性（例如宗法倫理的不容，財產繼承的家族糾紛等）。

但是，如所周知，避孕藥劑的問世，消除了懷孕這一個古典而自然的對男女關係的約制。抗生素和避孕藥的問世，使人類的性生活發生了較為突出的變化：（一）性和生殖的分離。性，更多地不再是為了家族和種族繁衍的手段，而成為純然的個人的官能上的享樂。（二）失去了社會和疾病威脅的性，像一匹脫韁的野馬，縱橫馳騁。像一切其他不經約制的欲望一樣，它帶來人們生理和精神的殘害。

向台灣的山地俯首

台灣工商業經濟在最近十五年中有急速而廣泛的發展。平地和山地的經濟，社會發展階段的差異，早在漢人渡海來台就已存在。作為中國大陸經濟型態的延伸和複製品的台灣社會，在當時帶來了中國農業社會的生產關係：地主佃農的關係；在私田、屯兵田、學田、宗族田、官田、義田這些形式不同但本質基本一貫的土地關係上，建立了一個與中國農業社會相似的社會。而當時的台灣少數民族，則還停留在原始的部落共同體經濟和社會情況。漢人的侵殖日益擴展，在西方殖民者和漢人殖民者雙重壓迫和掠奪下，台灣少數民族日益向山地退避，使他們的社會遭到長久的發展停滯。日本帝國主義占領台灣，對山地同胞採取和平地隔離的管理政策。因此，雖然少數商品、貨幣、教育、衛生和行政組織進入了山地部落，基本上，整個山地的社會結構，沒有受到平地經濟的影響，或者雖有影響而變化較為緩慢。

但在這十五年間，平地工商經濟急速發展，台灣在迅速地形成一個中產者社會，影響所及，整個平地社會不論窮鄉僻壤，一變新貌。這強大的社會變化，也頑強地侵蝕著山地社會和經濟。商品無遠而弗屆。貨幣積極地影響著他們的流通與交易。部落共同體的社會、經濟、傳統和精神急速地崩解。山地社會從部落共同體的社會，飛越應該長期發展的農業、宗族的社會，在現代資本社會強大的侵蝕下被組織成為它的一部分。在這過於急速的變化下，社會快速解體。台灣山地少數民族文化、語言在平地強勢消費文化和強勢語言的影響下迅速消亡，人口向平地流落，男性成為工資勞動者：運輸工人、勞力、遠洋漁船工人，女性則迅速地向著平地色情企業的深淵淪落。

不願意留在山地，嫁給自己民族的男性，而寧可嫁給較窮、較老的平地漢族，或者淪落煙花，它社會、經濟的原因，是十分明白的。但這樣一來，台灣山地少數民族的種族學上的母性，受到嚴重的傷害。種族母性的外流和娼妓化、種族語言、文化、風俗、歷史、生活習慣的迅速消亡，社會體制的迅速崩潰，台灣山地少數民族正面臨著種族滅亡的重大危機。

至少還可以這樣說：在台灣，至少在心理上，漢民族對山地少數民族沒有民族歧視和差別，或者即使有一點點，卻遠不如白人之對黑種人和紅種人，也遠不若日本人之歧視和壓迫「部落民」和「愛奴人」。但長年來利用別人的「無知」和「憨直」，對山地經濟和貨材進行蠻橫、殘忍的詐欺和掠奪，是不爭的事實。今日台灣山地少數民族的淪落，與其說是蓄意的種族滅絕政策的結果，不如說是由於缺乏對中國少數民族的科學的態度和團結心，從而缺乏正確的少數民族政策，一任讓浸透力極為強大的資本主義經濟去破壞仍然殘存著部落共同體經濟和社會遺跡的社會。

如果漢人——根本不論是「台灣人」或「大陸人」——不迅速正視這個問題，尊重和保障中國少數民族的文化、語言、生活習慣的充分獨立，制止山地婦女向平地色情地帶淪落，保護其母性；如果沒有一套科學的、富於民族間團結意識的正確管理和保護政策，那麼，占用了土地，消滅人家的文化，使人家的社會崩解，使別人的種族母性斷傷淨盡的漢人，經久會受到歷史最嚴酷的審判，和民族良知最沉痛的指謫的。

台灣的漢人，應該為我們和祖先所犯的對山地少數民族的過失，深自懺悔。向台灣的群山俯首啊！並且趕快起來，採取必要的改善行動。

賣淫觀光企業

對於第三世界國家，色情有國際的政治、經濟學的因素。根據日本反對「觀光買春」的健將橋井女士指出，日本男性對韓國、台灣、東南亞的「性侵略」，有這樣皆機序（mechanism）：即日本跨國企業的入侵引起各地農村婦女向日本資本的工廠集中。但由於工資偏低，轉落城市而無法養活自己和家族的女工，向餐廳、飯店、旅社淪落，成為日本觀光客獵取的對象。菲律賓的情況更為惡劣。日本人用日本飛機運輸一大批日本男性買春客到菲律賓，立刻接到菲律賓當地由日人經營的飯店中住宿，並且由日本人當導遊，並介紹菲律賓(由農村而日本工廠而應召站)的娼妓陪宿抽取傭金。在整個過程中，日本人買春集團吸骨食髓，一點「好處」也不留給菲律賓人。

每年七、八十萬人的日本性狩獵部隊，汲汲然來往於韓國、台灣、東南亞各國，這是何等「壯偉」的人間羞恥。但是這種大規模的買春觀光，有一定的條件。第一，要有大量呑吐買賣「春」光的客旅的現代化飛機場；要有一流現代化飯店和舒適的餐廳、酒廊。其次，客觀地存在著經濟發展的差別。日本人的所得高，貨幣值硬挺，而第三世界各國的貧苦、生活水平低，女性身體的價值低，其他旅社、飯店、飲食也(對日本人而言)便宜。但第三世界男性一旦到了日本，首先吃、住的費用就成問題，遑論去購買日本的「春天」了。就在這世界政治、經濟學的觀點上，揭發了日本買春觀光的不平等、掠奪性和女性差別的特點。

第三世界的觀光企業，對於當地的影響是極大的。觀光飯店的富裕裝潢，在東南亞、非洲、中南美洲一片貧困的大地上兀自特立。裡面是酒池肉林，出此一步，便是滿目的荒廢和貧困。在裡面承歡賣身的女郎，用她們的錢去養活農村中貧困的家庭……。第三世界的觀光色情所付出的慘重代價，不言而喻。

人的破落

在台灣，這種悲慘的情況，顯著地表現在山地觀光區中。以下是日本基督教協議會（NCC）會長岸本羊一的報告的摘要（《朝日新聞》）：

臨近台北市的烏來鄉，是和台北市內巴士觀光成為一套的最受（日本觀光客）歡迎的觀光區。烏來有人口三千五百人，其中泰耶族占一半。十多年前，烏來開放為觀光地區，立刻為當地泰耶族部落帶來激烈的變化。

首先，是越戰來台休假的美軍，來此獵取面貌輪廓深刻，大眼俊鼻，富有異國情調的泰耶族女性，而在烏來出現了賣春。越戰後，日本觀光客大量奔至，使烏來整個成為賣春地帶。對美軍基地的賣春，轉化成對日本「觀光客」的賣春。

在烏來細小的街道兩旁，櫛比著窄小的「土產店」。山地婦女在店裡招呼客人，兼營娼妓，隨著一車一車而來的日本觀光客，經由導遊拉線，日本客人用車子把她們載到台北的大飯店的房間裡。

據調查，台灣山地人有八成是基督徒。在烏來一地，就有六個教會。但是，據岸本的調查，當地周遭從十五歲到三十歲的烏來山地婦女五十人中，約有百分之六十有過和日本觀光客進行色情交易的經驗，其中的半數，至今還在做這種買賣。易言之，賣春的收入，是整個部落村的主要經濟來源。

各種各樣的人的破落，相繼發生。性病的蔓延，成了部落村中嚴重的問題。由於缺乏衛生知識，沒有做性病檢查，以至惡疾在村中延蔓開來。混血兒——尤以與日本人間的混血兒，加重了母親的負擔，使母子更向貧困的深淵淪落。有些成為日本人的情婦，每月一次等待日本情夫來相會。但是為了生活，在間歇的時間中，從事對日本觀光客的賣春工作。

另一方面，稍受教育的村中泰耶族男性，紛紛離開部落，流浪於平地。殘留村中的泰耶族男子，由於耕稼利益太低，在村中酗酒度日，過著自暴自棄的生活。自棄、苦惱的男人，和以賣春維持家計的妻子間的爭吵，使一家陷入悲慘的暗夜。

村中的生活，由於觀光賣春而來的身心的荒廢，有早衰早死的徵象。年僅三十而身體呈現病變乃至於死亡的，為數不少。村中人口的七成，年齡在三十以下，五十歲以上的人口，目前只有〇・九％。烏來部落村改為「觀光地」後十幾年，種族的生機立刻受到這麼大的戕害。「長此以往，泰耶族總有滅亡的一日。」烏來南光教會的呂金俊牧師憂心的說。

在日本殖民時代，日本人把台灣山地少數民族送到南洋戰場中的森林裡去作戰，充當砲灰。今天，日本人成群結隊地來蹂躪山地部落的女性。日本人的不德，固足痛恨，而容許日本人那麼做的台灣漢人的良心，也應受到痛烈的苛責。

不是單純的道德問題

在工商經濟的社會中；在第三世界，色情已不是單純的道德問題。它顯示了深刻的政治·經濟學的意義。外來的消費文明，外來的色情意識，越戰，美軍基地等軍事、色情結構，以及「先進」日本經濟和跨國企業結構的陰影下，日本男性群集傾巢向東亞、東南亞推進性的侵略，這些，都應該在戰後三十年來權力和利益分配下的第三世界這樣一個歷史的、政治的、經濟的、文化的課題中，去思索正確的答案。第三世界的批判的一代，已不從傳統的道德上去取得忿怒和抗議的理由。他們更不會把第三世界精神和社會的荒廢，視為「進步」、「現代化」所不可分離的「必要之惡」。不，他們正要學習從全球的南北結構中，從世界的政治經濟學的觀點中，批判現存的世界，從中學會最好的教訓，為自己的民族和世界的出路，尋求最好的答案。

初刊一九八二年七月《大地生活》第一卷第九期，署名金耕
收入一九八八年五月人間出版社《陳映真作品集12・西川滿與台灣文學》

〔訪談〕訪陳映真談傷痕文學[1]

基於對整個中國現代文學的瞭解與思省，我們深深相信台灣與所有第三世界國家一樣，非但在意識形態上企待一番更為深刻的釐清，更面臨許許多多現實的難題，諸如跨國經濟的強制侵略、欺壓與瞞騙，等著所有關心台灣前途的人去解決；相形地，在大陸本土，也由於中共政權的腐敗與極端專制，迫使許多「傷痕文學」作家起而抗議、批判當權者的獨裁作風。因此，就作為一群有良知的大地青年，我們要站起呼籲所有感時憂國的知識、藝術工作者，共同來深思、反省此一重大、深切的問題。下面我們將分兩部分來探討此一問題。第一部分，我們就大陸「傷痕文學」所呈現的諸多面貌，訪問陳映真先生，並刊出〈文藝自由與抗議精神〉這篇極具代表性的文章。第二部分，我們將於下期邀請數位文學評論家，就「鄉土文學論戰以來的台灣文學」作深入的分析探究。並刊出張恒豪先生訪問葉石濤先生談鄉土文學的對話錄，請讀者拭目以待！

問（《大地生活》）：文革時期，許多知識分子與作家遭受無比巨大的迫害，反映在文學作品中，又都那麼直接、有力，就這點而言，目前生活在中國大陸或海外的反體制作家，與三十年代作家作品的特色，有何異同？

答（陳映真）：中國，像其他第三世界國家一樣，面對著深刻的國內和國外的問題。在這樣的國家中，民眾總是在文學、藝術中尋求各種急待解答的問題的答案。另一方面，問題的深刻與嚴重性，也迫使知識分子——包含作家與其他藝術家——去逼視這些問題，表現這些問題。因此，中國近世文學，與第三世界近世文學一樣，是現實主義的，革新的，干涉生活的文學，對於一些嚴重的政治、經濟、文化、道德諸問題，提出「直接」、「有力」的表現。在五四以後的大陸與台灣，在「四人幫」浩劫後的大陸，在目前的台灣，現實主義的，干涉生活的精神仍是我們整個中國文學的主要傳統。

這種「現實主義」的「干涉生活」的文學藝術思想，在一個大眾消費文化形成的社會中，就會失去它的影響力。大眾消費社會，是一個瘋狂追求消費商品的社會。官能的快樂、休閒、享樂主義、庸俗、以商品——暫時或永久消費財物——的獲得與積存為生活計畫的中心……，成為大眾消費文化下人們最關切的問題。嚴肅的文學、藝術、學問、政治，只在一小撮知識分子中受到關切，從而失去對社會的影響。這也就是何以在富裕社會中，文學藝術只討論個人內心的葛藤——性、疏離、孤獨、無從溝通、平庸卑下的生活目標等等。

在台灣，一個與它的生產力不相應的大眾消費文化社會正在形成。它的形成，或來自國內外商品廣告，或來自政治的需要，經過大眾傳播，或學者專家（如高希均），正有組織，有計畫，有方案地向社會進行一個深刻的意識形態的改造——為大眾消費文化社會的形成建立思想基礎的意識形態改造運動。

問：有人認為三十年代文學作品的特色，是在黑暗中尋找光明，總以為中國的希望就在眼前的未來。然而，相反地，在傷痕文學的作品中，卻往往透露出黑暗，絕望與迷惘，文革所帶來的破壞當真如此巨大嗎？

答：這個提法，是李歐梵兄在研究當前大陸抗議文學後提出來的問題。我同意這看法。

在三十年代，不只是中國，幾乎全世界的知識分子，把人的解放的希望，寄託在左翼的政治、文化、社會和藝術運動，他們認為，黑暗只是眼前。光明幸福的明天就要來臨。

在中國，經由文革集中表現出來的中共的失敗，其實也許是「在資本主義貧弱的社會進行社會主義革命」的失敗的問題，也說不定。毫無疑問，文革的一個很大的側面，是殘酷的，黑暗的，落後的。前近代的，它在中國的心靈，文化上所造成的殘害，影響極為深刻。大陸的作家，比政治家、心理學家、社會學家、歷史學家……更快，更深刻地紀錄了曾經發生的，震人心肺，比午夜還要黑暗的人心和體制的黑暗。就因為這樣，我對大陸反體制作家與知識分子，有很深的敬意。因為我知道，除了認識，他們還需要極大的道德力量與勇氣。

一個真正絕望的人，是對一切放棄。一個冒著身家破滅之危險，為不義，為黑暗怒聲斥責的人，不會是一個絕望的人。正相反，他必須對正義，對公正，對道德，對「人應該怎樣才是一個人」有大的信仰與執著。大陸反體制作家，也許失去了三十年代那種於今看來過度樂觀的前瞻，但基本上，對人的信仰，對真理的信仰，是他們藝術創作實踐上基礎的力量。目前，反體制作家作品中的黑暗與絕望，或者是對三十年代過度樂觀的一個批判。但他們的黑暗與絕望，與西方世紀末文學中的黑暗與絕望，有根本的不同：前者有強烈的「人是中心」（劉賓雁）這樣一個人本思想，後者則完全是「非人」（dehumanization）的藝術家。

問：那麼，白樺與他同輩的作家，被誣指為創作「有害人民」和「有害社會」的文學作品，甚至連胡耀邦、鄧小平等人也以政治手段來加害他們，這是不是說明了任何一個想以文藝政策來框架文學創作的政治團體，都是非人道，並且深受世人唾棄的？

答：「反黨、反社會主義」、「資產階級自由化」這些話，在三十年代，對革命的知識分子是極大的羞辱。但是經過文革、四人幫，我懷疑這些中共當局用來批評反體制知識分子的罪名，還有什麼正義的力量。人們要問：一個專斷、特權、無知、遠離人民群眾的「黨」，反對它，正好是正義的行動。說別人反社會主義，也還要問問自以為在搞社會主義的人，是不是真正搞社會主義，還是假社會主義之名，搞歷來一切支配階級所玩弄的把戲：為集團利益而不是人民的利益專政？至於「資產階級自由化」，也要問一問社會主義的，無產者的自由與民主在哪裡？要問問是不是以反對「資產階級自由化」為藉口來反對人民要自由，中國要民主的巨大歷史運動？支配者的口號有沒有力量，要看名實是不是相符。名實不符，呼叫得再響，儘管沒有人敢出來揭破，但那口號在人民心中是死的，是個笑柄，是受人輕蔑的空話，絕對不能把人民動員起來。如果用這口號來懲治人，那麼，恰好把那受批評的人突出為人民心目中正義的代表。我個人因此很敬重劉賓雁、白樺、王希哲、葉文福、王靖、駱耕野……這些人。他們了不起！

問：話又說回來，像魏京生、王希哲等人，為了追求自由、民主及人權而被監禁起來，這是不是更進一步地說明了中共政權沒有實行民主政治的誠意，這對青年作家而言，是另外一次迫害的開始，爭取思想、文藝的自由，真可以說是迫不及待的時刻了。

答：在沒有取得政權的時代，中共號召過並且團結過中國最優秀的知識人和藝術家，為中國的自由和民主，為中國人民的真正解放大聲疾呼。現在，直接、間接受過這號召影響，教育出來的知識分子，也秉持這「熱愛國家，批評當道」的精神，起而說話的時刻，中共卻出來抓人。這說明了：中共已經向它的對立面發展，它脫離了人民群眾，一些精英知識分子唾棄了它，離開了它。愛國、獻身、正直的知識分子離開了那個政治力量，那個政治力量就是脫離了人民最迫切的利益和需要，這也許可以說是一種公式也說不定。不論如何，中國要民主，要自由——要思想、言論、集合、結社、學術和藝術，表現上的自由和民主，中國才能真正解放，才有前途，才有生機，才能再次團結億萬人民，再開拓一個新生的局面。這是今日中國知識分子共同的看法。

問：目前街頭可以看見的「傷痕文學」作品，一貫地，呈現出一股抗議、改革的力量，但是，深入一點觀察，普遍地卻又缺乏以冷靜的態度來思省，考察整個社會主義體制的弊端，與此弊端發生的背後原因，這是不是當前大陸文藝作家最值得反觀自省的問題？

答：文學、藝術家的責任更多在反應和提出問題。這些問題的提出常常在社會學家、政治學家、心理學家、歷史學家尚未對問題做出分析和理解之前。中共三十年社會主義運動的歷史評價，是一個巨大而複雜的問題，它其實是全世界，全亞洲社會主義運動歷史中的一個重大問題，中國的文學家沒有責任和義務去為這麼大的問題求答案，但是，中國當前反體制作家的作品，對於打破百年來進步知識分子心中「革命不可批評」「革命無錯誤」的complex，有巨大的影響力和貢獻。自認為革新的進步的知識分子，對中共三十年來的經驗，應該敢於批評，勇於批評不怕自己在批評中「犯錯」。當然，批評應該深刻，不能像我這樣信口說。要讀書，要研究。

問：年前蘇聯作家索忍尼辛在遭到蘇聯當局放逐之後，曾在哈佛大學表示他雖對社會主義「祖國」絕望已極，卻又深深感受到資本主義國家是要讓世人唾棄的。這種論調以另外一種方式表達在白樺的《苦戀》中，這是不是所有對當前世界局勢深思熟慮的作家們，共同深切在認識與反省的？

答：這其實是今天知識分子的一個難局。所謂資本主義社會，當經濟上，它是一個空前未有的商品經濟的社會；在文化上，由於傳播與營銷（marketing）技術的發展，形成一種大眾消費文化。它甚至塑造了新的人種，即「消費人」（homo consumen）。「消費人」的登場，代表著人向快樂主義，道德規範的解體，餘暇崇拜、剎那，瞬間主義，物質崇拜，類似所有制，消費欲望的創造、操縱與管理……瘋狂奔馳，如蛾撲火。物質（商品）的豐富與精神的貧困化成正比例地發展。

革新的知識分子，往前，有革命的黑暗與幻滅，往後，卻是一個腐敗、庸俗的資本社會，進退失據。於是全世界革新的知識分子，處於大反省，大搖動的時代。在理論上，恐怕也是革新理論再建設的時代。

依我看，革命的知識分子和作家，因為蘇共和中共而一時陷入絕望，幻滅、信仰的崩潰，懷疑……這全不是壞事。這證明知識分子過去太迷信「黨」，迷信職業革命家，太沒有自信（巴金就說過這話）。付出慘重代價，革新知識分子有一份反省，在苦痛中重新再找尋一條「人間解放」的道路。

問：這麼說來，「傷痕文學」作家們以強硬、控訴的精神揭發中共政權的弊害與長時期積累下來的官僚惡習，相形地，第三世界國家的文學則強調抵禦並指控強權國家外來有形、無形的政治、經濟迫害，兩者是否同樣抱持著見證時代苦難的歷史使命，它們各自的特色又將如何呢？

答：大陸上反體制作家對中國大陸生活的批判，為第三世界作家對他們在帝國主義下國內外支配因素的批判，都基於一個深刻的信仰——即對「人」的信仰。他們與西方作家不同，深信人應有一定的尊嚴，形象和價值。所以，我個人以為這世界應該還有希望，這希望需是尚未受到消費文化侵蝕與矮化的第三世界的政治經濟、文化、文學、藝術和歷史分野中的革新、批判運動。

問：有人認為台灣社會與大陸及第三世界者不同，所以台灣文學應該尋找它的「自主性」。你的看法不知如何呢？

答：我十分注意這一「理論」的形成。截至目前為止，我以絲毫不具輕蔑的意思說，這「理論」目前還在幼稚的形成期。我注意它，一方面也願意它是正確的，以便矯正我可能的錯誤。

很顯然，我不同意這種看法。但目前我不想，也不便發表任何意見。原因之一，是因為它還不具一個嚴格意義的理論形式與內容，原因之二，是處在當前條件下，那理論的發展與發表有客觀的困難，我不能利用這共同身受的困難來激人議論，這是不道德的。我只希望他們要多讀書，多做深刻、真誠的思考，則也許會對整個包含台灣文學在內的中國文學，都有助益。

但是，不論如何，對大陸反體制文學與第三世界文學的深刻關懷，應該與主不主張台灣（文學）的「自主性」無關吧。透過文學作品，理解中國人民和第三世界人民心靈中之聲音，是台灣文學家應該有的態度吧。

初刊一九八二年七月《大地生活》第一卷第九期
收入一九八四年九月遠景出版社《山路》

1 本篇為《大地生活》雜誌「海峽兩岸文學專題」文章。

〔訪談〕人權的關懷不應有差等

訪陳映真談對羈獄政治犯的關心

為了配合本刊關於在綠島羈獄三十年以上的政治終身犯的專題，我們訪問了曾經在政治監獄度過七年許的作家陳映真先生。以下是該訪問對話中比較精要的部分。

——〔《大地生活》〕編按

大地生活（以下簡稱「大」）：你以為社會應不應該關心政治犯，尤其是從五〇年代投獄後至今未被釋放的政治犯？

陳映真（以下簡稱「陳」）：民國六十四年四月間，我在綠島服刑，忽然有一天收到一個寄自日本的包裹。從接收的單子上，知道寄件人是日本大阪的一個國際性的人權組織，就是今日已經廣為人知的「國際特赦協會」在日本的分支機構。

包裹裡有毛巾、衛生紙、罐頭食品、牙膏……。這是一個令人感動和激動的經驗。六十四年七月間我因特赦回家，沒有多久，開始有熱心為全世界人權而努力的特赦協會工作人員來訪問。他們之中有教授、學生、商人、工程師、藝術家……。他們來看我，我接待他們，都在一種「秘密」、恐懼的氛圍中，但是，至今我是怎也無法忘記那種超出民族、政治、文化、宗教和思想的人類四海兄弟的關心、愛和善意。

那時，我就在想：為什麼只讓外國人來關心我們因良心的理由而遭囚禁的同胞？為什麼我們不能公開、磊落地表示我們純粹基於同胞人道的關愛？

所以，對於你這個問題，我的答案是肯定的。特別是繫獄已長達三十多年的終身政治犯，我認為應當受到人權方面的深切關心。三十年，是人的大半生。當年二十多歲的人，於今即將六十！想想看吧！三十年前的歷史問題和歷史條件，於今已有了巨大的變化。無限期地監禁這些人，對於他們本人，對於他們的親族——父母、兄弟、妻、兒，都是難當的殘酷啊。即使以罪罰而論，殺父之仇，三十年的監禁也該已受到充足，有餘的懲處了！

與其讓外國人偷偷地來台灣找資料，在外頭叫喊，不若由我們自己的同胞來關切，公開討論他們的命運好些……。最近，我看見黨外有人談論這些被世人同胞所遺忘的人們，我真是又高興又感激。特別是蘇秋鎮委員，我要特別向他致敬，並且由衷地說：謝謝，蘇委員！

大：你見過這些終身犯嗎？他們有多少人？

陳：是的。民國五十九年，我從台北景美軍法處看守所被配發到當時的台東泰源監獄執行。在那兒，我頭一次看見了這些政治終身囚犯。民國六十四年，有一些終身犯合乎當時減刑特赦條例，同我一道出來了。目前，根據報紙上說還有二十四名。另外兩名在獄中死亡了才「出來」的。

這些朋友，都是很好的人。其中有幾位甚至是我所愛敬的人。每次夢中被綠島的風濤之聲驚醒，我就想起一張張沉埋在寂寥漫長的時間中的臉，一直到天亮，都睡不能成眠。

大：現在，政府成立了人權協會，主動去探訪《美麗島》受刑人。依你的看法，這是不是政府關心政治犯的開始？

陳：現在的政治犯，比起十多年前，受到社會注意的機會大些。台灣的人權協會，每次去看過《美麗島》受刑人，都會在報紙上登。吳三連也去看他們，陳若曦去看過龜山監獄的王拓和楊青矗。這次「黨外四人」在美國也呼籲釋放《美麗島》案件受刑人。這都是好事。很好的事。好得很。

不過，我覺得，如果人權、對政治犯的關懷，僅僅止及於一些「明星政治犯」，對於人權觀念，是一個很大的羞辱。它甚至是偽善的！

先不說事實上存在著許許多多「無名」的政治犯——他們從逮捕、偵訊、審判到執行，社會上沒有人知道，一直在與紅塵萬丈的人世相隔的孤寂的角落，默默地一個人煎熬、掙扎著度過獄中的漫長歲月，難道說，從五〇年代初期（有人在四〇年代末）就坐牢，一直到今天不得釋放的這些人，就在人權上低於「明星」級的政治犯嗎？

如果人權協會，是一個真正關心超乎政治和信仰偏見的組織，就應該即刻調查這些繫獄三十餘年的政治犯。如果黨外議員真正在良心上背負著為人權奮鬥的道德負擔，就應該自己戰勝一些歷史的、政治的、信念的偏見，擴大他們對政治犯關心的範圍。我佩服蘇秋鎮委員就在這一點。幾十年來，台灣政治犯的存在，是一個敏銳的政治禁忌。如果不准談，我一個字也不敢去談。但是，現在既然可以談，立法委員提了質詢，政府也回答了。黨外雜誌也談了一點。既然可以談，為什麼只談「明星」級政治犯？不要誤會，我不是不高興談明星級政治犯。正相反，我衷心高興他們從被捕、審判，一直到發監執行的今天，仍然受到社會的關心。我只是覺得，那些在獄中度過了一生的三十多年以上老終身犯，應當受到社會相同的關切。他們全是台灣子弟，中華兒女啊！

一九八二年八月

大：對於你所說這些三十多年政治終身犯，你覺得應該怎麼辦？

陳：有好些事可以做吧。像你們雜誌社一樣，去找出他們的家屬。幾十年來，我們不知道他們，讓他們在孤獨、忿怒、寂寞，甚至羞辱中生活了幾十年。我們對不起他們。為什麼社會不能給他們安慰、支援、協助、愛和關心。「犯罪」的人已交給監獄。無辜的家屬應該受到同胞的關切嘛。

其次，哀求政府頒特赦的恩典，並不容易。但是，對坐牢三十多年的終身犯，促請政府依法施行假釋，是國民的權利。蘇秋鎮委員看到這一點。依法假釋，無期徒刑坐十五年就可以回家！

在中國近代政治中，把政治犯一關就是三十年，是最落後的現象之一。中共最近才釋放完的老政治犯，也都坐了三十多年。

大：有人說：中共釋放了前國民黨人老政治犯。如果台灣也放左翼老政治犯，會有國共正為和談做準備的印象。你以為如何？

陳：一切依中共的行動而反應，是國民黨在政治技術上拙劣於中共的證明之一。如果國民黨有人真這樣想，硬是不放人，我們只有苦笑的份。

大：談談題外話。對過去獄中的生活，你有什麼感受？

陳：和一群被世人有意無意遺忘的一群人生活，體會他們的渴望、夢、希望、信念和他們的悲愁、挫折、忿怒、哀傷、孤獨……對於一個志於寫作的人，是極為寶貴的體驗。這些體驗，使人謙虛，使人有更大的勇氣去生氣、愛和希望……。作家不是為成為文化的明星，汲汲地議論、表演，光光采采地接受掌聲和榮耀，成為仕女宴席中注目的焦點而存在。他應該時時刻刻在生命中談著那些善良、高貴——但卻長期為義、為夢而孤單無告地承受著苦難的靈魂而存在。

大：謝謝陳先生接受本刊訪問。

初刊一九八二年八月《大地生活》第一卷第十期

路線思考的貧窮[1]

黨內外政策的重疊

據報導，黨外主流四人[2]，在「訪美期間於獲悉傳聞中的《上海二號公報》有意將中共對台主權做決定性規定之後，曾向美國政府官員及國會議員強烈表示美國無權踰越『台灣是中國的一部分』這一界限，重新做出任何危及台灣一千八百萬人的自由意願。」（《中國時報》，一九八二年八月十五日）

傳說中的《上海二號公報》，據說要宣告台灣為中共政權轄下的一省。黨外主流四人對這件事的共同反應，是美國對於台灣主權問題，只能在類似「台灣是中國的一部分」這樣一個一般性的原則內發言，反對特別指定台灣是中共政權下的一個省分。

特別在中共「四人幫」崩潰以後，中共政權在中國大陸上的政治成績單被揭露了出來。原來在中國大陸的政治生活中，民主、自由、人權的飽受限制和摧殘，官僚主義、貪汙、腐化和特權的橫行、民族自信心的極度淪喪，社會生產的一般性的落後這些事實，甚至使自來極度反共的人們，也為之瞠目。在這種背景下，中共挾持美國，直接向國民黨訴求「和平統一」，而無視在台灣的一般人民、青年、知識分子和黨外力量的意見，暴露了中共對台政治的非人民性格和政治勢利主義，受到全球愛國華人的批評。

黨外主流四人要求美國在台灣主權問題上，不可超出「台灣是中國的一部分」這一個界限，從字面上說，可以明白解釋黨外主流四人共同認定在歷史和文化上，「台灣是中國的一部分」，或者甚至是認定台灣是中華民國的一部分。但，不論是前者或是後者，至少在表面上，黨外主流四人在台灣的歸屬與認同這個重大政治問題上，鮮明地離開了一向在耳語中的「獨立論」、「地位未定論」和台灣前途由「台灣人民自決」的理論。這一個路線上的態度，特別和台北市黨外市議員謝長廷最近「體制內政革．與台獨劃清界限」論，尤有互相說明和補充的作用。但是，在黨外主流四人的記者會上，康寧祥委員又宣稱謝議員的意見只屬於謝議員「個人的意見」，而不願做進一步的評論。對於這個重大的路線問題，黨外主流四人的看似明朗，實仍曖昧的表現，充分呈現出黨外主流在重大政治問題的思考之背後，缺少清晰的理論，以及根據這理論去分析和認識台灣的政治的實質。因而也就缺乏鮮明的黨外政治目標和策略，並據之以號召和動員圍繞在黨外四周的改革力量。結果，由於說明路線、策略的理論之闕如，黨外主流四人的「台灣是中國的一部分」說，不能不在外貌上和黨外所批判的執政國民黨的政策相重疊。

這種政策的重疊，也反應在黨外主流四人代表「台灣一千八百萬人民」要求美方售予防衛性武器的姿勢上。似乎是：國民黨向美國要求賣武器，遭遇了一定的困難。黨外主流四人以美國《台灣關係法》中的「台灣人民」的代表立場，出面要求賣予武器，這不但有利於中華民國政府，而且對於支持一個獨立、親美的台灣政治實體的美國右翼政客們，也是一個極大的方便。

若在執政黨之外，有在野黨派存在之必要，即應有有別於執政黨之政治主張和社會的代表性。在野黨和執政黨的政治主張之間，當然可以有部分的雷同。但它的推論，即它的理論解釋，必有鮮明的不同。這個不同，基於兩個政黨社會代表性的不同，從而對世界和事務有不同的觀點和評價而來。面臨台灣重大的，高層次政治方略的分析、解釋和政策決定，黨外在路線思考上與執政黨者間的混含和重疊，暗示著一個極待解答之問題：黨外政治指導理論的結構，究竟是什麼？與國民黨的區別又何在？

未曾改變的台灣局限主義

目前台灣黨外運動的路線和方向上的智慧，已面臨著十分嚴重的考驗。特別是林正杰台北市議員的當選、以及黨外對李師科、王迎先案件所表明的真誠同情和支援，使台灣黨外政治活動，更具體地表現了超出「台灣人」、「外省人」（或者甚至是「台灣人」、「中國人」）界限的性質，擴大形成在台灣一切要求進步和民主改革的中國人的運動。而剝離了台灣黨外再發生當初具來的「台灣局限」的性質。但是，在另一方面，台灣黨外主流在政治思考上卻仍然只局限於台灣。這種矛盾，毋寧是這次台灣黨外主流四人，在號稱使黨外政治「進軍國際」之後所宣告的政治主張中，顯得曖昧、混亂的根本原因。

以同是分裂國家的南韓反對黨而言，他們酷烈地一面批判北韓當局非自由、反民主的殘暴、專制舉措，一面也批判南韓當局勾結帝國主義摧殘南韓政治和經濟上的民主化、自由化運動，並且悲壯地呼籲以全韓國人民為主體的祖國和平與統一。南韓民主、自由運動，還在其他各種韓國問題上，明白地顯示出獨立於南、北韓當局，又不自外於祖國韓國的愛國立場。相形之下，台灣黨外主流四人，在代表美國《台灣關係法》中的「台灣人」的無法自抑的喜悅與驕矜中，迢迢到美國去呼籲美國當局賣予武器，實令一些稍具民族自尊而寄厚望於黨外的同胞蹙眉俯首。如前所述，黨外因著李師科、王迎先案的正義反應，以及在刑訴法修改案中所做的正義、勇敢的表現，使它迅速發展了超出「台灣」、「外省」界限的基礎。在這個基礎上，黨外應該相適應地發展出像南韓反對黨那樣：同時批判南、北韓當局，在全韓人民真實意願下，建設一個自由、民主、和平和統一的韓國這樣一個方針。然而目前台灣黨外主流四人，依然在意識和思想、感情上表現強烈的「台灣局限」性質，是至為明顯的。

和美日右翼勢力的溫存關係

黨外主流四人這次訪美，很明顯地有這個策略：要求美國當局不在有關台灣主權上超越「台灣是中國的一部分」這個範圍，也代表「台灣人民」要求美國當局售予武器，這不但對黨外主流的台灣局限主義有利，也有利於中華民國。但是，在表面價值上，黨外主流四人算是為中華民國政府立了一筆大功，於是回頭諄諄勸誡政府要加強台灣的民主化，因為「唯有民主化才能贏得美國和日本朝野的支持」。

中國非民主化、非自由化無以圖存於世界。這已經是海峽兩岸人民共同的、深刻的體悟。台灣或大陸應該走向民主和自由，首先是為了海峽兩岸人民的緣故。海峽兩岸中國人民，才是兩岸民主化、自由化運動的唯一目的。至於能否「贏得美國和日本朝野的支持」既不應該是中國民主運動的目標，何況說台灣民主化，才能贏得美日朝野的支持，也極有待事實證明的。

先說「美國和日本的朝野」往往彼此有不同的意見。目前日本當局要修改日本過去的侵略歷史教材，日本的民間輿論卻表示反對；過去美國打越戰，美國當局主張打，民間卻激烈反對。再說，朴正熙政權下的韓國不應該算民主吧，日本政府卻一貫很「支持」他哩。中南美洲許多法西斯軍人獨裁政權，美國政府一向對之寵愛有加。事實是怎樣的呢？美國和日本，要的是一個親美或親日，沒有民族尊嚴和民族主義色彩的附庸，好在這附庸政治下肆意傾銷和掠奪。如果一個國家果真太民主化，讓學生、知識分子、工人和良民起來反對美國與日本的傾銷和掠奪，則美國和日本往往會更喜歡一個獨裁、沒有學生和工人運動、沒有黨外運動的國家，「除非這黨外也是個親美或親日的團體」。所以，黨外主流四人說「唯有民主化才能贏得美國和日本朝野的支持」，並沒有事實的根據。至於說「台灣民主化決定台灣安全和西太平洋安全，也符合美國利益」，同樣是把台灣民主化的最終目的放在人民本身之外。從五十年代的韓戰和六十年代越戰的美國邏輯來理解，所謂台灣安全、西太平洋云云，其實是帝國主義的傲慢理論。朴正熙、阮文紹都曾把韓國或越南「安全」和「西太平洋安全」、「美國利益」、「日本安全」連繫起來提。但他們今天全上哪兒去了？

不論中國大陸或台灣的爭取民主和自由事業，是中國人民自己艱苦和嚴肅的事業，自有尊嚴、自有使命。說某個地區的「民主化」和「安全」，是某個國家的利益，是那些超級強國的傲慢話。這種話，決不會由一個有自己尊嚴的政治反對派(例如南韓的政治反對派)領袖口裡出來。如果說自己的民主化運動，與某大國的「利益」休戚相關，要對方「注意」則是奴才的語言。「希望美國制定政策時，注意台灣民主化的政治力量」云云，一方面是自我失格，一方面是對美國「政策制定」的本質和目標完全無知。事實是：美國制定它的外交政策，只會「注意」它在各當地政治、軍事和經濟利益，與各當地民主化或專制化無關。而歷史證明，即使有關，美國對各當地的獨裁化還比其民主化更有興趣呢！

黨外主流四人歸途經過日本，正是全東亞為了日本修改其二次大戰侵略歷史而對日本展開強烈批判的時刻。黨外主流四人對這一點不但不曾表達一丁點關切與批評，反而汲汲於同日本保守政府和黨僚懇談，呼籲強化日本與中華民國的民間與青年的關係。從美國到日本一路四十天的活動和言論來看，台灣黨外主流四人的保守與非革新性格，以及它與美日保守政治陣營的相互溫存關係，無可隱晦地彰現出來了。

海外同鄉與「一千八百萬人」

黨外主流四人訪美的另一個收穫，是把他們的政治基礎擴大到旅居北美的台胞集團。據康寧祥指出，這些海外同鄉，「在美國擁有傑出的成就和優異的社會地位，是影響美國決策的極佳管道」。在黨外主流四人看來，這些「海外同鄉」，是台灣政治民主、自由運動之台灣化的重要支柱。

可以推知，康委員所稱「在美國擁有傑出成就和優異地位」的海外同鄉，全是在國籍上不折不扣的美利堅合眾國國民。這些經過宣誓效忠美利堅合眾國的「海外同鄉」，「影響美國決策」，自然有思想、政治上的條件與限制。否則，由多民族集合的美國，各成員公民在「美國擁有傑出成就和優異地位」怕不下於台灣同鄉，而各自去「影響美國的決策」，那麼，美國豈不成了世界各國的太上議會和太上政府了嗎？再者，從大陸、香港去美國的華僑，對於台灣同鄉和黨外主流在台灣政治台灣化的趨勢中，會產生什麼樣的後果與反應，也是一個重大問題，值得台灣黨外主流仔細計算它的得失。

當執政國民黨不知不覺中喊出「台灣一千八百萬人」如何如何的時刻開始，可以說國民黨已經在思想上放棄了對全中國人民和問題的關切。自此，大陸中國成了外國，中國大陸的人與事，成了外國的人與事。於是，長年積蓄下來的台灣的知識、教育、文化、政治和社會生活中，完全剝落了整個中國。這是對數十年來以中國政治和歷史正統自居的國民黨巨大的嘲弄。

在這「一千八百萬人」的思想框架中，原就具有台灣主義特點的台灣黨外，更加高舉「一千八百萬人」論，毋寧是極為自然的事。說：「美國與中共達成任何協議時，不能忽視台灣一千八百萬人的自由意願」，便是這個「一千八百萬人」思想下的產物。

具體地說來，「台灣一千八百萬人」的「自由意志」是什麼呢？如果真的舉行一次公民投票，結果當然不會去贊成立即為中共合併，可也不一定就如有些黨外心中所竊想。想一想，在對政治失去信心，長期缺乏政治思考與訓練，又民族失去尊敬的情況下，如果自決投票的票單上還有選擇成為日本或美國一州、一縣的餘地，票箱開出來，我們的「一千八百萬人」難保不會開出有些贊成台灣成為美國一州或日本屬地的票來。這一點，我們的黨外主流，恐怕想也沒想過吧。

黨外路線思考的貧窮

三十多年來，黨外在台灣的民主運動中，做了很大的貢獻。他們的堅苦、犧牲、勇氣和毅力，深入地刻在每一個追求改革，民主和自由的本省人和外省人心中。廣大的民眾對黨外的尊敬、愛戴和感謝，有筆墨所難於形容者。特別是在李師科、王迎先案件和刑訴法修正的爭議中，黨外民主運動迅速地跨越了原有的唯台灣性格，為台灣內部的民主和諧、爭取民主和自由的事業，奠立很好的基地。在海峽兩岸中國人都渴望在海峽兩邊爭取進一步改革，爭取真實而普遍的民主、自由的時代，台灣黨外主流被推向新的歷史舞台，提出問題的答案。也許他們自己並不知道，黨外主流四人這四十天訪美訪日的每一個言行、舉動，便是他們為歷史的試卷做答的過程。我們批閱了整個試卷，成績不能不說是令人失望的。

不論是「台灣一千八百萬人的自由意願」論；是「代表台灣人民」買武器保持大陸和台灣在美日介入下的長期分裂；是台灣「內部民主化」以爭取「美國和日本朝野的支持」；是用「海外同鄉」「影響美國決策」；是「希望美國制定對華外交政策時」要「重視台灣民主化政治力量」……在在表現了台灣黨外主流在路線思考上的貧窮。這一貧窮具體地表現在它與執政黨間在政策與思想上微妙的重疊與雷同，從而喪失了它獨立的立場，表現在它對世界霸權政治結構的無知，表現在它無法突破唯台灣主義的局限以因應社會基礎上的飛躍與擴展，表現在它對美日的溫存而非批判的思考，等等。我們可以想像，一旦這黨外主流有一天掌理了台灣政治，它與朴正熙、馬可仕……這些政權，在內外政治上，會有什麼樣的差異？

台灣黨外主流，在政策思考的不徹底、曖昧和機會主義性質，恰好表現了台灣中產市民階級的特點。由於台灣的產業必須依附國民黨或外國企業始能成為巨大產業，圍繞在巨大產業周圍而成長起來的，台灣黨外運動之主要社會力，即台灣的中產階層，便和台灣大產業一樣，具備了依附的、不徹底的、曖昧和機會主義的性質。這恐怕是台灣黨外宿命的體質所規定的悲劇吧。

初刊一九八二年九月《生活與環境》第二卷第三期
收入一九八八年五月人間出版社《陳映真作品集12・西川滿與台灣文學》
本文按人間版校訂

1 本篇初刊於《生活與環境》，因尋查未獲，以人間版校訂。
2 文中「黨外主流四人」指康寧祥、黃煌雄、張德銘、尤清。

讚歎和不滿足之感

看侯金水雕刻展的一些隨想

看侯金水的雕塑展，有兩種完全不同的感受，在胸中翻覆。

頭一種感受，是喜愛和讚歎。我們在他的作品中看見侯金水可貴而極富發展潛力的才華，令人欣喜、愛重。我們也在他的作品中看到根源於民間的粗獷、深厚、飽滿的生命力和狂熱的創造力。我們也看見他對生活和生命中富含的極為充沛的戲劇性，表現出天生的敏感、熱情和近於宗教的虔誠。凡此，都是造就一個藝術家最根本、最始初的條件。繼朱銘之後，我們又從民間出現了一位充滿無限發展前途、才華逼人的藝術家，不能不使一切關懷中國藝術發展的人，欣慶不已。

孤立地、局部地看侯金水的作品，尤其是在細節的技術上，從古典的、學院的尺度來批評，當然還有不少可議之處。但是，侯金水作品的重要性，在於它表現出一種強力的創造衝動；一種對於生活的敏銳感受；一種粗獷、悍韉的生命力，以及一種對於人民的切膚的情感。凡此，都是台灣幾十年來學院式雕刻美術教育所不曾達成的。朱銘、侯金水都只有初級教育的程度，都出身於雕刻外銷品的師匠。這一面生動地說明了藝術根源於廣泛的、尋常的人民和他們的生活，一面也對於幾十年間台灣的雕塑教育提出辛辣的批評。

但是，看侯金水的雕塑，也有某種不可言喻的不滿足之感。這不滿足之感，毋寧正好是因為侯金水作品顯示了驚人的才華和無可限量的可能性而起的罷。

這不滿足之感，是覺得在他的作品中，缺少某種強力的意念。偉大的雕刻，自始和宗教、歷史、以及與宗教·歷史相結合起來的史詩，有著密切的關聯。不論是描寫或者解釋過去的和現在的歷史和生活，需要有雕塑者對那歷史與生活的清晰而可傳達的感受。這樣，就需要雕塑家對人生、對生活、對歷史有他自己的思考。這思考可以來自讀書，也可以來自雕塑家直接取自他對於人民、人民的生活的傑出敏銳的感受力和感動力。但不論來自何者，成為一個偉大的、劃刻一時代的雕塑藝術家，這樣的思考或敏感是一個十分重要的條件。

侯金水當然不必回到學院中去修習一些古典的、傳統的技巧，憑著他的旺盛的才華，他一定可以一一克服，並且發展出他獨到的風格和雕刻表現上的語言。但是在更深的、技巧以外的哲學的一面，小學四年級畢業的侯金水，決未必就不能在讀書中取得進步。何況他對於他樸拙、真實的草根生活、以及這生活中的人民的過人的敏感和感情，在他這初次的展出中，強烈地表現了出來。

因此，我們毋寧認為侯金水在開始向著一個傑出的雕刻家的前程邁進時，道路是遙遠的。

我們殷切希望他一方面不要失落他那澎湃的創造力和激狂獷糲的生命力，一面也要有刻苦鍛鍊，不為一時的虛名所惑，這樣一種嚴肅的自覺。一切熱愛他的人們，絕對願意再等他十年、二十年，也不願他像其他幾些暴出民間的藝術家，為冷血的媒體文化所摧毀。

來自民間的藝術家，之所以終能成其偉大，最大的資源是他的人民的、民間的、生活的性格。我們也曾看見一些極富才華的民間師匠，憑著過人的才華，從師匠群中脫穎而出，成為藝術家。但也因為上述的思考不足，很快地以他的聰明為流俗的、外來的、商業性的東西服務，令識者為之扼腕。

侯金水會不會是一個例外？沒有人知道。他還有很多課題留待他解決。他在製作西洋雕刻工藝品的過程中建立起來的對於人體的西方的詮釋，如何逐步轉換，尋找出東方的、貧窮國家人體的造形語言，便是他之課題之一。但不論如何，我們對於他的高度的期望，毋寧是來自於對他才華的驚讚，從而這樣想：像這樣強烈的才華，應該有力量去解決他自己邁向「偉大」時所必須解決的問題吧……。

初刊一九八二年十月《中華雜誌》第二十卷總二三一期

人民應該起來爭取反對日本軍帝國主義復活運動中的主體性[1]

台灣人民有一個偉大的抗日傳統。這個傳統，今天在台灣的民主運動，千萬不可以放棄，也不可遺忘。

在《馬關條約》簽約之後，台灣人民、我們的父祖，在還來不及弄清楚整個歷史事件的真相之前，就敢然而起，對登陸占領的日本帝國陸軍，開展了絕望的抵抗。由於這出乎日本意外的抵抗，日本占領軍不得不大幅度改變整個登陸占領計畫，終於破了當時台灣人民抗日據點的台南府城。嗣後長達六個月的期間，日本投在台灣的兵力，為陸軍兩個半師團，計約五萬名；軍伕二萬六千名，馬匹九千四百餘頭，計開占當時全日本帝國陸軍三分之一強的兵力。海軍方面，則投入當時戰艦松島以下連合艦隊的大半，才大體上壓制了台灣人民正面的反抗。嗣後七年間，台灣人民抵抗日本帝國主義的力量轉戰山野之間，從正面抵抗化為游擊抵抗，而被日本領台當局稱為「土匪」，直至兒玉時代，才告一個段落。

武力抵抗雖然結束，台灣人民文化的、思想的、政治的抵抗，於日據時代，未曾間斷。「台灣議會設置請願運動」、「文化協會」、「民眾黨」、「農民組合」等等，是其中較為著名的例子。參與這抵抗的，在社會階級上有市民智識分子、愛國地主、學生、青年、農民和工人；在民族上有在台灣的漢民族，也有在台灣的、英勇的山地少數民族。漫長的五十年間，整個台灣的靈魂都在慘烈的抵抗中煉燒著。

日本領台五十年的歷史，是充滿著苦痛、挫折和屈辱的歷史。儘管許多抗日的英烈，不論存歿，有一時的寂寞；儘管有些曾經事敵求榮的人，還厚顏顯達於今日，但台灣人民抗日的歷史，自有不可奪的尊嚴。後世子孫的我們，決不可輕易忘懷。

目前散處全世界各地的中國人民，正和全東亞人民深入、持久地批判日本竄改其侵略戰爭歷史之際，台灣獨立運動人士卻表現得很冷淡。對台灣政治的一般表現出銳利批判意識的台灣黨外陣營，一般地也表現得很冷淡。我以為這是極令人惋惜的。

國民黨對於教科書修改事件，始則觀望、曖昧，甚至「其情可憫」的奇譚怪論。到最近，眼看抗議運動在國際特別是北美洲的華人中熱烈展開，才在黨團掌握下，有抗議的表示。因此，在台灣的抗議，乍見之下，有極右翼的色彩。其中若干團體和個人，且是反對黨外運動最力而最烈的。黨外或者從而對抗議運動採取輕蔑和冷淡的態度吧。

如果不問問題的本質，只問這問題由誰——敵人或朋友——發動，以決定自己對該問題的態度，扮演著當前時代批判和抗議者的角色的黨外，就不免太過於幼稚，太沒有思想和文化的領導性格了。

如果抗議日本竄改歷史教科書中有關日本侵略史實，是被壓迫人民的抗議運動，台灣黨外輕易放棄這個issue，實在令人不可思議到咋舌的程度。

人民應該不但歡迎、鼓勵國民黨對日本的抗議，而且還要督促這抗議的堅定性和徹底性，像黃余秀鸞委員一樣，進一步指出國民黨這次抗議不夠徹底之處。人民應該爭取在這次反對日本軍事帝國主義復活運動中的主體性，把抗議運動發展成全國民運動，並與東亞人民的抗議運動連結起來。在必要的時候，人民也應該反對中共在這重大歷史問題未獲解決之前，邀請日本首相訪問中國大陸。

這次黨外不論老少，對於日本軍國主義當局竄改侵略歷史這一事件的冷淡，又一次把黨外政治運動的思想和文化品質問題，提到批判思想的焦點上來。這是十分值得關心和支持黨外的人們注意的。

反對日本軍帝國主義當局竄改其侵略歷史，是因為竄改的內容表露出日本當局對東亞各民族赤裸的蔑視和侮辱。一切日軍在中國和韓國的暴行，被寫成日軍為了維持當地「治安」的正當行為。對於台灣，日本只表示因戰敗而被迫放棄對台灣的支配。這應該是任何有民族尊嚴的政治反對派所不能容忍的。

全東亞人民抗議日本帝國主義當局粗暴竄改其侵略史實的鬪爭，將要越來越壯盛，越來越向縱深處發展。在全亞洲正義人民日益拔高的抗議聲中，台灣黨外和亞洲各國保守的執政當局比較性的沉默，將無可逃遁地彰顯出它們在政治性格上的微妙的同一性。

即使沒有黨外主流的行動，一切有歷史認識與民族尊嚴的台灣人民，是一定要把這次反對日本軍帝國主義復活的運動堅定地推展下去的。這需要比較深刻的歷史的、思想的、文化的條件。讓人民起來幫助黨外進步吧！

初刊一九八二年十月《生活與環境》第二卷第四期
收入一九八八年五月人間出版社《陳映真作品集12·西川滿與台灣文學》

1 本篇收入人間版，篇題為〈反對日本軍帝國主義復活〉，文末載明發表於一九八六年十二月《中華雜誌》，但查當期雜誌並無此文，且一九八二年十月《生活與環境》的出版時日更前，故本文以《生活與環境》版作初刊版並據之校訂。

思想的索忍尼辛與文學的索忍尼辛

聽索忍尼辛在台北演講的一些隨想

〔《中華雜誌》〕編者案：索忍尼辛在中山堂的演說，可說絕對多數是表示讚揚的。但有兩種少數意見。一是西化派不滿意他對美國的批評，而陳映真先生則是站在第三世界立場的。前者各報刊載甚多。陳先生的意見也許是最少的。民主必須尊重少數，故特別刊出。

懷著生平第一次有機會看見一個來自普希金、托爾斯泰、朵斯妥也夫斯基、契柯夫、屠格涅夫、崗察洛夫、盧那卡爾夫斯基和普列漢諾夫這些人的祖國，聽他說這些人也說的語言的文學家這樣一種心情，去聆聽了索忍尼辛的講演。第二天的報紙上，連篇累牘地揭載著此間文化界名流學者一片頌讚的聲音，才覺得自己的意見和別人有著一定的距離。對客人的演說的褒獎，是應該有的禮貌。但是計算這拙文刊出之時，索忍尼辛應該已經離開了台灣，所以想說一些和時流不甚相同的感想，在這被索忍尼辛稱頌為「自由的島嶼」上，應該會受到容忍罷。

平心而論，索忍尼辛的演講，對於台灣的聽眾，不但很少是不曾聽過的話語，而且很多是三十年來官式演說的文件中常見的話。

這些話，從索忍尼辛的口中說出，再度給了我這樣一個深刻而鮮明的印象：當前的共產主義制度[1]之「人間殘害」，是絕不亞於資本主義、和與它有深切關聯的帝國主義的。如果人們知道索忍尼辛年輕之時也曾是「忠實的共產黨人和愛國者」（王兆徽教授語），這印象將更為加深。

歷史到了二十世紀的八十年代，一切真誠的、思考的、革新的知識分子，已經沒有人對當前共產主義政權和制度存在著慘重的「人間殘害」這個事實，加以懷疑。「蘇聯」、「國際」、「黨」、「中央」、「列寧同志」或「毛澤東同志」再也不是可以驅人誓死效忠、盲目崇拜，不敢稍有懷疑的神秘的語言。同樣，「反黨」、「反社會主義」、「反人民」、「叛徒」這些話，再也無法達成威嚇一切革新的知識分子，阻止他們說出真話的目的。在蘇聯、東歐和中國、亞洲的共產主義革命，相繼在政治、社會、經濟和思想上，暴露了嚴重的問題——例如教條主義，個人崇拜，對人民的民主和自由權利的殘酷破壞，[2]對人權的蹂躪，勞動熱情和紀律之廢頹，官僚主義的罪惡——之後，花費了極為慘痛的代價，世界上一切嚮往著正義與和平的知識分子，已經親自目睹了以「人間解放」為起點的社會主義革命運動，如何逐步走上它自己的對立面，即「人間殘害」的一端，並且，在一番苦悶之後，重新尋找一條新的「人間解放」之路，並且對當前的體制化了的共產主義，展開著深刻而廣泛的批判。他們還進一步在波蘭人民中間號召團結在「團結工會」四周，對波共壓迫當局展開反抗的具體實踐。在中國大陸，以魏京生、王希哲為代表的青年民主派思想家，以及劉賓雁、沙葉新、白樺等無數的抗議文學家，都是這個新潮流的代表。

索忍尼辛在台北的演講，以他世界性的文學家的成就和真誠作為保證書，再度向全世界強調了當前共產主義體制的威脅。雖然索忍尼辛沒有從理論和哲學上去做分析和批判，但是他所要傳達的訊息——透過稍嫌過時的五〇年代的修辭——是至為明顯的。

當然，文學家的索忍尼辛，沒有從思想、理論上去批判共產主義體制的責任。但是，和索忍尼辛嚴重地強調共產主義威脅的對面，他的反共產主義論之理論和分析的次元，就相對地顯得薄弱。宗教的、道德的語言，是絕對無法駁倒共產主義的。這正如十八、十九世紀的前馬克思的社會主義思想家們各種宗教的、道德次元的理論，無法批判資本主義一樣。同樣，被逐放到西方來的索忍尼辛，對西方世界的物質主義、「絕望」和「精神喪失」，發出宣教者一般的批判。但是，索忍尼辛的宗教性和道德性的西方批判論，比起西方批判學派對自身的批判[3]，就顯得異常貧困了。對於以利潤的貪欲為制度[4]的基礎，把消費固定為一種體制，並且從制度化的消費——欲望的無限制開發和滿足——實現寓乎商品中的利潤，從而把人和文化，改造成為消費人和消費文化，造成壓榨、支配、不義和人的異化的這樣一個社會，不去深刻分析它的整個機轉（mechanism），僅僅是出於宗教和道德意識的批判，是無法觸及西方新資本主義和帝國主義的核心問題的。

而索忍尼辛思想的微妙的矛盾，恐怕就在他對共產主義和西方資本主義的批判論中，缺乏從宗教和道德立場更進一步的、分析的、理論的批判性這一點上罷。痛烈地批判了共產主義，又痛烈地批判了庸俗而道德淪喪的西方，這次又在台北把第三世界批評為「喪失了理性」、「瘋子」、「跳樑小丑」、「不知自由的真諦」的索忍尼辛，他意圖為人類指出的道路，究竟在什麼地方呢？人們總是無法從索忍尼辛的歷來的演說中，找出這個問題的答案的。索忍尼辛思想缺乏積極的指導性[5]的特點，於此可見。

索忍尼辛對西方資本主義與共產主義對峙下的世界，缺乏分析的理解，還表現在他對於第三世界人民所面對的問題、他們的願望和痛苦之不理解。

在帝國主義下，整個第三世界在文化解體，經濟破產，民族自信心的淪喪，貧困、無知、惡病、社會不公，外國的政治、經濟和文化支配中熬煉中喘息。在政治上，他們受到為帝國主義勢力支持，以維護民主、自由為言，並且以反共防共之名實施軍事法西斯獨裁政治的深刻苦痛。不錯，這些第三世界的革新知識分子，都曾經在不同程度上誤以為蘇共和中共的社會主義，是拯救國家，解放民族的途徑。但是，直到近三十年間，他們也有新的領悟，即在現存共產主義體制和資本主義、帝國主義之外，尋求一條自己的道路。無如他們還要在每天的現實中，為反對帝國主義、封建主義和為它們服務以殺害自己同胞為能事的專制獨裁做艱苦的鬥爭。「共產黨」、「共產黨的同路人」成為這些在第三世界中尋求民主、自由和民族獨立的人們被追緝、投獄和捕殺的最方便的罪狀。這是在古老亞洲、中南美洲，在非洲，乃至在中東東北亞，所發生的日常事實。整個第三世界這樣苦痛、煎熬的喘息，看來索忍尼辛由於為斯拉夫東方正教的狂熱的精神主義所蔽，至少到今天為止，他是不甚了解的。

因此，當索忍尼辛說——

> 在這裡，第三世界許多國家像喪失理性的瘋子一般，扮演著跳樑小丑。他們不知道自由的真諦，而坐待壓迫桎梏的到來。

此時，他顯然不理解聯合國在五〇年代、六〇年代被當作大國自己的議事堂的歷史，以及聯合國在近二十年間民主化——即弱小國家的發言權雖然有限卻在逐步提高的這一事實的重大意義。我絕不是說目前聯合國已經是一個增進國際正義與世界和平的殿堂。正好相反，聯合國還有許多可以批評的地方。但是，索忍尼辛上述對第三世界的批評，恰巧與某些霸權國家因聯合國中第三世界國家會員的增大，而不像過去那麼容易對聯合國頤指氣使，深感不快，從而對第三世界會員國之惡罵，在語言和口氣上幾乎如出一轍。

也因為這樣，當索忍尼辛說——

……在南韓，年輕的一代和大學生，完全忘記了共黨侵略所帶來的短暫的恐懼，而覺得他們所享有的自由似乎太少……。

我們不禁這樣問：難道索忍尼辛要告訴我們，他同一切第三世界擁護「自由陣營」的若干軍事獨裁者們一樣，認為「反共」和「國家安全」已經是這樣一個至高的戒律，以至第三世界人民深切要求民主、自由、社會正義之悲願，都可以處死，並以之獻祭在「安全」的祭壇前嗎？我很相信，索忍尼辛，本其道德信念，不會與那剛剛屠殺過「年輕的一代和大學生」的血手握手。而且，他也懷疑他們反共的真誠。如果對同一問題的不同的思考，會使我們變得更有智慧，索忍尼辛似乎應該聽一聽南韓一位偉大的金主教[6]（Cardinal Stephon Kim）的話：

……在亞洲發展中國家中，許多政府都一直在說：我們受到國內和國外的威脅。我們不安全。當務之急，莫過於國家安全。我們應該先強大起來。應該在經濟上、軍事上、政治上強大起來。

於是這些政府都有這一結論：亞洲國家應該工業化。為了盡量有效地達成工業化，就需要先有秩序和紀律——政治底、經濟底、社會底秩序和紀律。

也因此，若干人權應該加以限制。於是我們便落在一個「國家安全國家」(National Security State)的惡質循環中。這真是一個惡質的循環，因為目標雖然是「安全」和「穩定」，但達成這目標的手段，卻不斷地製造著廣大亞洲內部的不安。

為了使這「國家安全」體制有效，就必須使用強制力和壓迫。而強制與壓迫造成更高的緊張和「不安全」，從而招致更大的強制與壓迫，如此循環相生，終無已時。

——〈亞洲的教會與人民〉，刊《The Catholic Leader Newspaper》，一九七九年十二月二日

如果索忍尼辛批評，甚至反對第三世界人民和「年輕一代和大學生」爭取真正的民主、自由和正義的運動，便可能於有意無意之間，為第三世界「國家安全」體制的代言人所利用，打擊了在這「國家安全」體制下不斷進行著爭取民主和自由的運動的人民。第三世界人民，在韓國光州和中國的北平天安門廣場上的「年輕的一代和大學生」們的血，同樣地崇高而珍貴，索忍尼辛難

道不理解麼？因此，無怪乎索忍尼辛還要接下去說這樣一段話來——

> 在西方似乎流行著一種潮流，那就是：向站在反共前線的國家；向在敵人炮火威脅下的國家，要求廣泛的民主——不只是普通的民主，而是絕對的放任，以及背叛國家和任意破壞國家的權利……。

事實上，「西方」從來不曾向第三世界國家「要求廣泛的民主」，更不曾要求過「絕對的放任」。歷史告訴我們，「西方」在民主和自由的問題上，在它自己的內部和第三世界，一貫奉行可恥的雙重標準。對於第三世界，特別是其中「站在反共前線」、「在敵人炮火威脅下的」國家，「西方」一貫鼓勵的是「堅定反共」，對「國家安全」具有高度敏感，而對於帝國主義在境內的文化底、經濟底、政治底、軍事底支配完全和「西方」合作的軍事獨裁政府。[7]只有在「西方」鼓舞的第三世界「國家安全」體制因上述「惡質循環」而瀕於崩潰，為了準備另一批親「西方」的「反共」政權接班之時，我們的「西方」，才以要求「廣泛的民主」甚至「絕對的放任」為口實，更換它不再盡職的代理人[8]。實際上，真正的民主、自由和正義與第三世界國家的安全是一致的。如果索忍尼辛要將這些東西分開，或者以為西方國家與第三世界應有不同的自由與民主，則索忍尼辛對南北、東西對峙的現實世界結構與生態的不理解，已經彰然明甚了。

但是，對於索忍尼辛在蘇共政治犯集中營熬煉出來的反共信念的真誠和勇氣，不但不容懷疑，而且應該引以為重要的教育，使第三世界革新的知識分子能更嚴肅、深入而正確地分析與批判當前的共產主義體制和運動中的嚴重問題。在過去幾次索氏演講中所透露的，他對於中國之作為一個民族不無多少的偏見，在這次的演說中完全不見了。索忍尼辛並且進一步呼籲中國人民和俄羅斯民族——前者為世界產生過屈原、李白、杜甫、曹雪芹和魯迅，後者為世界產生過普希金、托爾斯泰、朵斯妥也夫斯基、屠格涅夫、契柯夫、崗察洛夫、普列漢諾夫、和盧那卡爾夫斯基——之間的和平、團結與友誼，使我情不自禁地熱烈鼓掌，眼眶發熱。文學史告訴我們，一個傑出的文學家，未必是一個優秀的政治思想家。至死抱著保皇黨思想不放的、偉大的文學家朵斯妥也夫斯基，就是其中一個傑出的例子。然則，世人從來沒有因為朵斯妥也夫斯基在政治上的幼稚和反動，對他偉大的、光輝的文學事業有一絲一毫的貶抑。同樣的情況應該也可以推及索忍尼辛。歷史將證實：他那批判聯共「人間殘害」的小說，將遠遠超過他的任何政治演說，客觀地、獨立地為以人為關心的焦點的文學，奠上又一塊巨大的礎石，而為全人類長久地愛讀和懷念。而經過慘烈代價，批判並超越了「俄化」與「西化」，並且在「國家安全」體制的惡循環中不憚於思考國家獨立、民族解放和人間自由，並為其實現而戰鬥的戰士們，還是要繼續鬥爭下去的。在這艱難的事業中，索忍尼辛為他們留下一句很好的話——

被奴役國家的人民，不會無限度地忍從下去。當他們之統治者們面臨著嚴重危機的時候，他們會揭竿而起來推翻暴政。

索忍尼辛的台北講話，使我與思想者的索忍尼辛站遠了。但是作為真誠的人道主義和反抗一切形式的「人間殘害」的文學家，小說家的索忍尼辛，還是一切愛好正義、自由與和平的，被壓迫人民的重大啟示和鼓舞。

初刊一九八二年十一月《中華雜誌》第二十卷總二三二期
收入一九八八年四月人間出版社《陳映真作品集8．鳶山》

1 「當前的共產主義制度」，人間版為「當前的體制化的共產主義制度」。

2 人間版此下有「農民社會主義的封建殘留，」。

3 「對自身的批判」，人間版為「對現代資本主義體系和資本主義文化工業的批判」。

4 「制度」，人間版為「資本主義制度」。

5 「指導性」，人間版為「知性和文化指導性」。

6 「金主教」，人間版為「金壽煥主教」。

7 人間版此下有「而對於反對帝國主義，力求民族解放和國家獨立的第三世界人民民主和自由的鬥爭，『西方』總是以反共防共的口實，痛加詆毀、打擊和殺戮的。」。

8 「代理人」，人間版為「代理人和家奴」。

萬商帝君

——華盛頓大樓之四[1]——

1　凡勞苦背重擔的人……

「Meeting adjourned。謝謝大家。」

劉福金說，他用左手搓揉右手上的粉筆灰。財務部的小林和業務部北區主任小趙，走向講臺找劉福金問問題。大部分的人收拾筆記本和講義，陸續離開了會議室。家電產品部的Bobbie盧，把眼前茶杯中剩下來的淡茶一口氣喝完，摸起一支長壽，點上火。他用他的大手一把將講義全攬在腰間，一邊噴著煙，一邊自言自語地說：

「香港的，很會蓋啊。」

業務部的陳家齊經理，回過頭來看了Bobbie一眼，沉默地走了。看著陳經理壯碩的身材消失在會議室的門口，Bobbie一個人輕聲笑了起來，露出兩隻銀牙。「是會蓋呀，人家。」他吃吃[2]

一九八二年十一月

地笑著，忽然看見安靜地坐在角落的林德旺。「他不服氣？不服氣的人可多了。可人家是有兩把刷子咧。」

林德旺沒說話，慢條斯理地把筆記本、講義和練習簿攏在一塊。Bobbie盧吹著口哨走出去以後，整個會議室就剩下他一個人。他望著黑板，除了劉福金在上課前寫的幾個大字：M. B. O.: Management By Objective，其他的字都被黑板擦潦草地擦去一大半，會議室裡全是凝聚不散的菸味，冷氣兀自颯颯地吹著。

林德旺把鼻子輕輕地抵著自己合了十的雙手，自言自語地說：

「香港的，會蓋。」他抬起頭來，默默地看著黑板。「M．B．O……會蓋，有什麼用？」

他站了起來。

「有什麼用？哼！全是紙上談兵！」

他被他自己大聲的獨語嚇了一跳。他用雙手摀著嘴，兩隻眼睛慌忙地看著會議室門口。他若有所思似地，收起桌上的東西，匆匆走出會議室。

「沒有用啦……全是紙上談兵……」他在肚子裡對自個兒說：「紙上談兵啊。陳經理說的。M．B．O……」

第一個為劉福金取「香港」這個外號的，是陳家齊。劉福金的英文名字是King H. K. Lau。一切傳閱於經理間的文件上，H．K就代表劉福金。陳經理說：

「劉福金，為什麼英文拼起來是H. K. Lau呢？」

在美國波士頓的總公司，今年三月間下達了一個政策指示，說是往後各國分公司的人事品質應該加以管理。「盡量以受過各項專業教育的人為今後各分公司人事資格的首要考慮，」文件上寫道，「尤其是企管碩士（ＭＢＡ）的需要性，更為緊迫。」

劉福金便是這個新人事政策的產物，由於他具有土產企管碩士的學歷，而且曾經在一家著名的美國藥廠有過三年企畫部副理的工作資歷，終於透過公開徵選，取得了台灣莫飛穆國際公司（Moffitt & Moore International, Taiwan, Inc.）企畫部經理的職位。

不必等到劉福金考進來，光就剛剛出缺的Marketing Manager要通過向外徵才——而不是名正言順、水到渠成地把坐在業務經理室足有五年，而且為公司達成顯著業務成長的陳家齊升上去，早就是對陳家齊一記意外而且沉悶的打擊了。

可陳家齊是條漢子。林德旺看得真，陳經理依舊是那張臉：平頭、黑臉、厚厚的嘴唇閉得老緊，每天早上依舊是準八點把車子開進華盛頓大樓的地下停車間，沒等一樓的鐵門兒打開，就直接從停車地下間坐電梯直上七樓。等到整個營業部的人全來了，陳家齊早已潛心工作了一個小時。下班就似乎素來與他無關似的，下午五點二十分左右，整個公司都在為下班悄悄地收拾著。獨有陳家齊的大辦公桌上，還是堆滿了工作。

劉福金來報到那一天，總經理哈瑞．布契曼（Harry J. Buchmann）先生親自帶他來介紹給陳家齊。

「C. C., meet our new Marketing Manager, H. K. Lau.」

C．C，見過我們新來的行銷經理H．K，布契曼先生說。陳家齊筆直地望著劉福金，握住劉福金出奇地柔弱的手。布契曼先生一直述說著陳家齊怎樣地是一個公司的珍寶，怎樣地使公司的業務保持平均十五到二十個「波仙」的成長率，但陳家齊卻全聽不真切。那時，在他的心中，只反反覆覆地嘀咕著一句類似這樣的話：「H. K.？H. K.不是香港嗎？」他於焉笑了起來。他用英文禮貌地說：

「歡迎你參加我們的行列。」

哈瑞．布契曼先生看來興致很高。在他優雅的金絲眼鏡後面的一雙灰色的大眼，閃爍著愉快的光芒。他們臨走開時，布契曼先生對劉福金說：

「You'll get to know him, H.K., He's terrific.」

你就會認識他的，H．K，他真行，布契曼先生說。陳家齊坐下來，摸出一支KENT，點上火。他有些洩氣，有些迷茫。瞧他一張嫩臉啊，他想，一副沒下過市場，光會唸書、考試的嫩模樣。長頭髮蓋著耳朵，那德性！單眼皮的眼睛，往左右上方微微地斜著開在他微黃的臉上。中等個子，黑玳瑁框眼鏡，臉算是長的罷，衣服倒是穿得挺正的。都一樣，他們這種料，除了會穿衣服——從襯衫、領帶，一直到西裝、鞋子……他們還會什麼？

林德旺細心地看著陳經理，連一點點細節也不放過。他看見陳經理左手挾著菸，右手忙碌地在電算機上敲。他還是他啊，林德旺想，紋風不動，根本沒有把這姓劉的放在眼裡。可惜的是：陳經理沒有看到我不甩他的樣子，他想。當布契曼先生和劉福金從陳家齊的辦公室出來，林德旺的眼角，就感覺到他倆往他這邊走來的影子。他站起來，望著布契曼先生，堆出一個大約應該看來蠻和善的笑臉。

「This's John Lin, our Custom Coordinator...」

這是John林，海關事務聯繫員……他只隨便握個手。那簡直也不是握手呢，陳經理，他熱切地在心裡頭說。我只是捏捏，這樣子地捏捏……他對自己說，「您好！」他用手在空氣中捏了捏，輕輕地上下擺了擺，然後獨自搗著嘴，笑了起來。

就是可惜陳經理沒有看見這，林德旺懊惱地想。我不會的，他跟自己說：我不會氣浮心躁。你考驗我好了，陳經理，我是你的人……

「John!」

「噢！」林德旺大夢初醒一般，猛地抬起頭來。

他看見Lingo站在他的桌前，冷冷地看著他。

「方才海關打電話來，」Lingo說，「說IPW 77, 79, 82，還有OTM 112, 121……可以去結關了。」

「噢，」林德旺說。

進出口部的Lingo恁意在林德旺的桌上拿起一包長壽，抽出一根菸，叼上他那薄薄的嘴角，點上火。

「×你娘哩，林仔德旺，」Lingo說。叼著的一根菸，在他的嘴角一上一下地點頭兒。人都說他像老早以前義大利出品的西部武打片裡那個「林戈」，瘦削的臉，濃密的眉，一腮幫密麻麻的鬍渣子。「你要死囉，」洋名兒Lingo的林啟堂輕聲說，「一個人比比劃劃，一個人嘟嘟嘟說話，哈！」

「哪有？」林德旺說。

「哈，×你娘哩，你神經病啦你！」Lingo說。

「哪有，我哪有！」林德旺說。

「就是明天早上，你去結關哦，把東西全領出來，知道嗎？」Lingo說，「待會兒，你就把那些Cat. file全拿來。」

「哦。」林德旺說，「IPW, IPW……」

「IPW 77, 79, 82……」

Lingo用單調的聲音說著，讓林德旺抄在紙頭上。香菸拖著灰白的菸灰，在他的嘴角一上一下地跳動，而後他走了。

林德旺看著林啟堂走開。

——反正，總是要不斷地出情況給我就是。

他怏怏地想著，站起來走到型錄檔案室，把Lingo要的，全找了出來。

——反正，他們就是要這樣，慢慢整你，折磨你。

他獨自說：

——考驗我的忠誠嘛，陳經理……

在幽暗的檔案室裡，他流淚了。

然而，劉福金這「香港的」，接下企畫部，竟而真是不顛不簸的。開過幾次聯繫會議，機械部、紡織部、化工部，一般都還服氣。連著說他「沒什麼」的人，固然不少。但一般地看來，大約還同意這劉福金說的、討論的，還算是內行人的嘴裡出來的話。

劉福金的名片印出來以後，在一次訓練會中發給了大家。

「King H. K. Lau，」有人唸著，覺得疑惑。

「用台灣話唸，我的名字是：Lau Hokk Kim……」劉福金笑著說。

「啊！是台灣話啦。」

「是啊。」H．K笑了起來。

「我想咧，為什麼劉變成Lau，原是這樣。」

「我們是台灣人嘛。」H．K笑著說：「用父母音讀自己的名字……」

「哦哦。」

坐在對角的陳家齊，在人都不曾注意的時候，儆醒地抬起頭來，吃驚地凝望著劉福金。奇喲，這是什麼意思啊，他茫漠地想：台灣人……

他冷靜地看著劉福金走向講臺。一個星期以來，每個星期三、五，台灣莫飛穆國際公司的各部經理，都得提早一個小時到公司上H．K的課。這是哈瑞．布契曼先生規定下來的。公文一下來，一時怨聲載道。

「光會吠聲，有什麼用？要能咬架，才是本事。」

「生意這麼緊張，浪費時間上課做什麼！」

大約就是這一類的埋怨。

然則，第一堂下來，埋怨的人少了一大截。哈瑞．布契曼先生做了三十分鐘的開場講話，頭一次闡釋了老是跟在各種文件上公司全名Moffitt & Moore International底下的一行英文字：The World Shopping Center這一行英文當然好懂。但也在布契曼先生做了一番解釋之後，大家才知道，原以為懂得的，卻一直不曾明白過。「像莫飛穆國際公司這樣一個多國籍企業，是人類有史以來，頭一次有能力藉著現代組織、科技、資金和理念，把這人類所居的地球，當作一個整體，加以管理、經營，並且卓然有成的機構。」布契曼先生說道。他接著說，由於生產技術的飛躍發展，而這生產技術因生產的多國籍化，使「增進人類福祉與世界和平」的現代科技及其結果，遍布到全球每一個角落，完成了經過縝密經營管理的全球性勞力的分工。此外，跨國企業，感謝傑出的世界銀行團和各當地銀行的支持，使貨幣資金的國際交流成為可能。「最後，我們也藉重全球性現代傳播科技的發展，使我們不但能夠對新的顧客賣老產品——例如把過時、過樣的車子和電化產品，賣給第三世界；也能對老顧客賣新東西，例如把最新研究發展的昂貴結晶，賣到第一世界。」布契曼先生激動地說，「先生們，我們賣的不只是各種產品。更重要的，我們賣的是一種理念、一種文化。進步的、合理的、舒適的、享受人生的理念和文化！」而莫飛穆國際公司，這個已有二十五年歷史的國際性大貿易公司，便是在戰後超國界、超種族的企業基磐上，「把世界當作我們經營管理的地理範圍；把海洋當作湖泊；把各別陸洲當作市內的分區；把各民族人民當作零售顧客；把各世界大公司當作我們的中盤和零售商——這樣一個『採購中心』。先生們，我們是World Shopping Center！」

布契曼先生接著又說，每一個台灣莫飛穆國際公司的管理幹部，從現在開始，應該成為一個世界的管理者（Global Manager），這就非講究管理技術與知識不可了。由H．K開始的這個比較簡單的訓練會，只是一個開始。「在波士頓的總公司，正在進行著一個整體的計畫，要有計畫地整訓我們在全世界二十四個國家駐在的八十二個分支機構中的中級以上管理幹部，」布契曼先生微笑著說，「更令我們興奮的是，先生們，這個莫飛穆國際公司的全球性管理訓練會議，已經決定在台灣舉行！」在一片掌聲中，布契曼先生微笑地環顧會議室。

剩下來的半個小時，便由劉福金從「管理和管理者」（Management and Manager）開始了第一課。下課以後，一般覺得條理固然清楚，資料也算豐富。但也有人以為所說「全是教科書上的東西」，或者說「他提到的Peter Drucker那本書，其實我老早也讀過」。但歸結起來，許多以自己有堅固的實務體驗自詡的台灣莫飛穆國際公司各級經理們原先對這個「訓練會」的敵意，以及對於竟然由乍來新到的「香港的」當講師所引起的不滿，在布契曼先生的一席話中，全部消解了。以「世界的管理者」自許的興奮和嚴肅的責任感和自我期許，逐漸瀰漫在台灣莫飛穆國際公司的每一個經理室中。

林德旺回到他的座位，一眼看見陳經理在他的辦公室裡和兩個銷售工程師在談話。他坐了下來，漫不經心地翻開筆記。除今天上課的題目M. B. O.: Management By Objective之外，他一個字也沒寫上。

上管理訓練課，林德旺當然並不曾被列入公司指定去上課的幾個經理的名單之中，因為他只是個海關事務課的聯繫員，在職務上，還鬆懈地歸林啟堂——Lingo管的。第一天上課，他不知道。那天早上十點多鐘，他從海關回來，聽見幾個小經理談論著訓練會，心裡便已覺得又慌、又悶。他忙著整理從海關帶回來的報表，但實際上，只要有誰在談早上的訓練會，他的耳朵就立刻向著誰豎立起來。他逐漸知道，幾個大經理之外，連Bobbie盧、Lingo林這些貨，全參加了。他覺得很羞恥，很懊惱。他甚至覺得全公司的人都在嘲笑他，即使在電梯裡和公司的小妹相遇，他也要花很大的氣力才裝得出一副滿不在乎的樣子。三專畢業以後，他去內壢服役。兩個月後，連上派他去受訓，三個月後回到部隊，他升上士。陳經理應該圈他參加管理訓練會的，他痛苦地想。經理。他多麼想當一個經理。陳經理明明知道，我忠心、可靠，他躲在型錄檔案室裡，摸著那些發霉的檔案，苦苦地想：陳經理看得見我任勞任怨，對不對？我已經好幾次暗示過他，我是他最忠誠的人，我是他派下唯一的秘密的幹員啊。

——其實，他也好幾次暗示過我：要升，要升。升，升！

他在陰暗的檔案室裡獨自說。就是上一個月，他擬寫了 份報告，建議陳經理改進海關業務，要特別設立一個海關事務部，專設一個經理，再請一個辦事員，一個秘書。秘書呢，最好由辦公室的Rita來擔任……他花了好幾天在家裡用七張十行紙把報告抄好。他原想請Rita翻成英文，用她那一架漂亮的ＩＢＭ打好。可是他就是鼓不起勇氣。把報告壓在抽屜裡一個多月，才趁著陳經理到總經理室開會時，拿出來擺到陳經理的桌子上。他然後提著公事包，一溜煙到海關去辦事。辦完事，回到華盛頓大樓的樓下，逡巡猶豫了一番，始終鼓不起勇氣回七樓的公司去。他終於向樓下的大樓管理員買了一包香菸，走了出去，繞過兩棟大樓，找到一家「蜜蜂咖啡」打了半天的小蜜蜂。

回到辦公室，陳經理即刻招他到他的辦公室。

「你搞什麼鬼呀？」陳經理說。

「沒有哇。」他一臉的無辜，笑著說。

陳經理的眉頭為怒意打著結，端詳著他那一張尖削、蒼黃的臉。

「生病了？」

林德旺差一點掉淚了。他努力地把一時湧上來的悲哀吞下他那瘦小的肚子。他低下頭，拚命搖著頭。

「有病就去看病！找Rita要勞保單不會嗎？」陳經理皺著眉頭說。

「我沒有病。」他微笑著說，「謝謝您，陳經理。」

「沒有病就好好工作！」陳經理怒聲說，「不要整天像個遊魂！」

林德旺望著他，心裡想，他說什麼呀，怎麼我全聽不懂。哦，是關於那個「香港的」嗎？咗！「香港的」有什麼，值得您陳經理這樣生氣。他想著。

「去年老金把你調到業務部來，說你人老實，賣力氣，」陳經理匆匆的點上菸，「可是他說你有些糊塗……工作上，有困難嗎？」

「沒有。」他依然微笑著說，「並沒有。」

工作上有什麼難？海關的事，我用膝蓋頭去辦就成了，林德旺想著。

「沒有！」陳經理生氣地把他花了好大心血寫成的報告丟到字紙簍裡，「以後，你給我省省，省省！」

他依舊微笑著，溫和地看著陳經理的一張「國」字型的臉。他然後起身，鞠躬，走出陳經理的辦公室。

「莫名其妙！」

他聽見陳經理在背後嘟噥著。

「莫名其妙！寫的些什麼鬼名堂，全看不懂。」

他回到坐位上。Rita把打好的海關報表送來給他。

「怎麼了？」

Rita小聲問他。

「沒什麼。」林德旺說。

他彷彿開始專心地檢查Rita打好的報表。在五、六張報表底下，Rita又夾了一張福音單張。

「凡勞苦背重擔的人，到我這裡來……」他把單張抽出來，收在右首第一個抽屜裡。他把所有Rita送給他的福音單張都整齊地收在那兒。Rita是業務部陳經理的秘書。但她和全公司的秘書不一樣。她從來不打扮，從來不搔首弄姿，嗲聲嗲氣地說話。三十出頭，人卻都稱她為「奧巴桑」。她為人謙和，工作努力，整天跟著幾近於工作偏執狂的陳經理打轉。可她再忙，總是不忘找機會把福音單張送給她覺得急切需要送的人。「凡勞苦背重擔的人……」林德旺想著，就是孟子說的，「天將降大任於斯人也」的那種人罷。「必先勞其筋骨，苦其心志」啊。但是，方才陳經理的話，一直在他的機敏的腦袋裡轟轟地響著。「你給我省省，省省！」

——省省，省省！

他把Rita打好的文件裝進公事包裡，想著：

——其實，「省」，就是「升」。升升。升！升！他的意思，就是要升我。升我做經理啊！

他感激得想哭。陳經理那麼生氣，其實，他想：其實是一種掩護。他確實相信，陳經理已經和財務部的老金，人稱「財神」的，配合好了，要一舉推翻「香港的」一派，林德旺出神地想：他對我生氣，就暗示他已經把我算在他的一派。由於目前時機尚未成熟，故意用表面的敵意來保護我哩。林德旺嚴肅地想著。

他開始快樂起來。等到第二次管理訓練會，他就按照他自己苦思後擬定的計畫去做了。先是幫小妹把十幾杯的茶端進會議室。每個人都詫異地向他連聲道謝。他微笑著，看見總經理布契曼先生並不在，然後他就拿著自己的筆記本，找到一個角落，大模大樣地坐下來。有幾個人回頭看他。他卻滿不在乎地望著黑板，細心地抄筆記。

現在他坐在位子上，看著剛上課回來的筆記本上幾個斗大的英文字：M·B·O。在三專的時代，他的筆記寫得最好。每次臨到考試，都被借去影印。他後來索性自己去印，裝訂成冊，一本一百元的賣，也因此得了「出版社」的諢名。在許多整日花錢荒嬉的同學中，他的好成績和他的「出版」一樣受到某種尊重。三專畢業，當完兵，他就自己找工作，到幾家小貿易公司當外務。他讀破了幾本類似《青年成功要訣》、《青年創業十講》之類的書。就在幹外務的時候，知道有一家國際性大貿易公司「台灣莫飛穆」。他先是考到金先生的財務部當辦事員。金先生說他憨厚老實。直到有一次，林德旺自動在星期天到公司加班，撞見老金和布契曼先生的大秘書[3] Lolitta躲在會客室，衣衫不整、狼狽不堪，才被金先生調到業務部。那時候，林德旺真怕，恨不得自己瞎掉眼睛，什麼都不曾看見。他駭怕當時自己見了鬼一般掉頭就跑的樣子；擔心被金先生革職，整夜都夢見Lolitta把胸衣扯在一邊，露出肥碩的乳房。待他醒來，發現自己流了一枕頭的唾涎，滿身的冷汗。打第二天起，林德旺的一雙眼睛沒來由地痛了好幾天，天天駭怕金先生下條子請他走路。一直到月底發餉，他急忙拿著薪水袋躲到廁所，看看裡面並沒有停職的通知，才放下一顆忐忑的心。如果要他離開台灣莫飛穆，他寧願一頭從七樓栽下這宮殿一般巍峨的華盛頓大樓。冷氣、地毯，漂亮的辦公桌椅，漂亮的人們……這全是「成功」和「出世」的象徵啊。他躲在廁所裡，一個人流淚，一個人安慰自己，一個人笑。他下定決心成功。離開台灣莫飛穆，他再也沒有更好的機會和鄉下的父母那種粗鄙、辛苦的生活一刀切個兩斷。

調到業務部以後，一切似乎都很好。林德旺賣力工作，把金先生那件事真真實實地忘個精光。碰見金先生，他會誠懇地說：「金先生好。」碰見Lolitta，他也會堆著無邪的笑容說：「趙小姐好。」反正，金先生，趙小姐，他逐漸明白，和陳經理是一夥的，他想。至於陳經理沒有升到企畫部，應該也沒什麼。考驗嘛，他想，布契曼在考驗陳經理，就好比陳經理考驗我。劉福金，那個「香港的」，只不過是一道測驗題，陳經理您可要答得好哦。等考過了，「香港的」還不是一腳被踢一邊兒涼快去！

有了這新的領悟，他今早上課時就開始不記筆記。他可看得真切，全場都在記筆記，有的每個字都記，有的用英文記大綱大領，唯獨陳經理，他不記。他只是望著會議室上一個菲律賓黑木雕刻，一邊聽，一邊噴煙。「全是紙上談兵！」業務部北區主任小趙，曾經學陳經理這樣批評「香港的」。可是小趙不聰明，他把劉福金當作大教授，下課問問題，每次講完一個段落做小測驗，小趙總是成績最好的一個，還給劉福金取了個外號：「管理教授」，也不知道他是罵人還是捧人。

「其實呢，M．B．O這三個字母，就揭穿了『香港的』陰謀，」林德旺喃喃地說：O是什麼？O，就是組織：Organization。『香港的』在搞組織。Organization！這還不明白？哼！」

這一點，他可一定要告訴陳經理。他抬頭望著陳經理的辦公室。陳經理在他的大椅子上輕輕地左右旋轉，一邊跟電話嘰嘰呱呱地講英語。國外電話！希望他不要太大意，把他反撲劉福金的秘密講出去才好，林德旺想著：他知道的！他怎麼不知道？那「香港的」搞什麼把戲，能逃過陳經理的眼睛嗎？他於是又高興了起來，遠遠地對著陳經理迅速地做了某一個手勢，表示他完全在情況裡頭。他拎起公事包，走到Rita的桌旁。

「Rita，」他說。

「嗯。」

她停下說不上來有多迅速地在打字機上馳騁的她的雙手，抬頭望著林德旺。她看見一張白裡泛黃的、尖削的臉，和一雙閃爍著莫名的快樂的眼睛。

「Rita，我去海關哦，」林德旺說。

「嗯。」

她說。她看見林德旺白色的襯衫領子，有些黑黃了。一條藍條子領帶，也有些骯髒。一年到頭，John總是白長袖襯衫，藍的或者赭紅的領帶，鐵灰色的長褲。夏天裡，他把袖口捲起三分之一，冬天裡，他規規矩矩地扣著長袖口，穿著一件也是鐵灰的西裝。

「Rita，」他說，「陳經理問起來，說我去辦事。」

「嗯。」

「還有，Rita，」他說：「凡是勞苦背重擔的人……我要得救了。」

「感謝主！」

Rita的眼睛亮了起來。奇妙的救恩！她目送著林德旺像個乖順的小孩般走出辦公室。全辦公室，大約只有Rita以她的基督徒的慈愛和一顆慈母的心腸，不明所以，卻確然地感覺到林德旺內心深處隱藏著不可言說的悲傷、重壓和傷害——奇妙的救恩……

她想著，繼又嘀嘀答答地打起字來。那聲音，就好像夏天的驟雨，猛烈地打在舊時木頭的屋簷上一般……

2 ROLANTO

台灣莫飛穆內部的管理訓練會議，從頭到尾整整搞了一個多月，一共是十個鐘頭。在這段時間裡，劉福金在台灣莫飛穆管理者同僚中，很快地建立了一定的威信。一般地說來，年輕的經理、主任，比較能夠完全接受他。十個鐘頭中，列出來的管理課程，是十分動人的。例如管理計畫的構成；組織和任用；管理中的領導；目標管理；時間管理；銷售計畫的構成……等等，對許多工科畢業的經理們來說，聽起來很「科學」，很合乎科技的合理性。其實，對於他們，管理技術最令人陶醉的，還不全是它的合理主義，而是在於它像是一個新時代的宮殿中的禮儀。學習了這些儀節，年輕的經理，像新時代的貴族，可以進入這個新時代的宮殿，並且一級一級拾級而上，通往布契曼先生所說「世界管理者」的寶座。

對於壯年代的管理者，至少在公開的場合，對於「香港的」所介紹的課程，總是微妙地不贊一詞。理由是，自己十多年來從銷售實務實際上打著滾坐上管理者的位置，身經百戰，什麼情況都見過，什麼問題都解決過，覺得管理工作，實在不是嘴皮說的那麼輕鬆。有少數一些壯年經理，願意承認劉福金把管理實務，做了一番整理。「我的理解，是從實務體驗來的。看他在市場上還嫩得很，不曉得他是不是真的懂得他所講的那些話哩。」機械部的蔡工程師說著，就咯咯地笑個不停。但是，不論如何，劉福金有了另一個諢名兒：「管理教授」。人前人後，「管理教授」逐漸取代了他的另外一個雅號——「香港的」。當然，一樣叫他「管理教授」，卻表現著稱呼者友善、尊敬，以至於揶揄甚至妒忌等各種不同的心理罷。

就這樣，台灣莫飛穆國際公司的經理層，自然地、微妙地、隱約地分成了兩派。一派是以「管理教授」為中心的少壯一派，年齡上多在卅五歲以下的年輕經理和主任。另外，則是以業務部陳家齊為中心的一派，以公司資深經理為中心。有人因為陳家齊的英文名字是C. C. Chen，戲稱「三C派」。

其實，仔細研究這兩個「派系」，就知道它們都是十分鬆散——鬆散得叫人懷疑是否可以稱得上那種嚴重到只能以耳語來談論的那種「派系」。因為，雖說年齡是兩派間最顯著的差別，但，三十五歲以下的經理，未必全是擁護「管理教授」的一派，例如Bobbie盧就是個例子。「三C」一派，基本上全是資深經理，大多是從基層「捋」出來的幹部，雖然沒有「理論」，但實踐上累積了許多具體體驗，對實務上火候不到的年輕經理，有自來的輕視。但即使這樣，也有例外。財務部的老金，十多年前從美軍軍官俱樂部的會計部門退下來，就到台灣莫飛穆掌財政，不黨不群，仔細把飯碗看得好好的，工作之外的事，就憑著他的本事，自求逍遙。

只有幾個政治上敏感的經理，才知道「管理教授」劉福金和「三C派」教頭陳家齊之間，在一個題目上，存在著十分緊張的對立。

起先，人覺得劉福金用台語語音把自己的名字拼成Hokk Kim而不是Fu Chin，覺得新鮮。但不要太久，政治上敏感的人，就發覺劉福金新鮮的還不只這一端。因為上管理課的時候，劉福金真有那麼點「教授」之風，因此有許多年輕的經理像學生問老師一樣，喜歡在中午一塊吃飯或者其他場合，找他談問題。結果，話就傳了出來，說「管理教授」認為台灣人不是中國人，而是山地人（更正確地引用他的話，是「馬來．波里尼西亞」人）和荷蘭人的混血人種；說台灣人，經過幾百年社會的、文化的變遷，早已形成了一個新的民族；說是他認為台灣話就是台灣話，和中國的閩南話已有這樣那樣的不同；說他認為台灣有獨特的文化和社會，已經使她完全和大陸中國斷絕了關係；說是他認為黨外運動就是「台灣人」尋求新的「自我認同」的運動，因此對於當時一個女性「台灣人」黨外，和一個男性「中國人」黨外候選人聯合競選公職，大大地不以為然。因為在他以為：那個「中國人」候選人，其實是一個「大漢沙文主義者」，是一個「併呑派」哩！

此外，「管理教授」對時事的見解，也有獨到之處。例如說：美國保護台灣，主要是保護「台灣人」。美國對台軍售拖拖拉拉，其實不是受到「共匪的牽制」，而是不讓台灣人在武器的威脅下「人權受到蹂躪」，云云。總之，美國人特別疼「台灣人」。在美國人眼中「台灣人」「中國人」並不一樣！

「管理教授」為人倒是磊落。口無遮攔的結果，他的政治見解，早已不是什麼秘密了。信服他的見解的人是有的。這又因為年齡而有不同的態度。年少氣盛的人，喜歡一有機會就找他談論。年紀大一些的，會說：「畢竟是嘴上無毛呢！像這種甕聲、好啼的，總是做不了什麼事的；都註定要先死的，看著好了！」從而雖然想法相同，卻反而不肯同他相與。

最早警覺到劉福金的「危險思想」的，是陳家齊。在本省人甚多於外省人的工作環境下，平時沒什麼，可一旦有人提起「中國人」、「台灣人」的話題，上海籍的陳家齊，警覺的紅燈立刻就會亮了起來，而何況他又在一個在台灣越來越少的傳統式中國家庭長大的孩子。陳家齊的父親，是一位退役的將軍。七十好幾了，身體、精神還好得很。他一貫以帶兵的方法帶兩個兒子，一個女兒。嚴厲、打罵，要求絕對服從不說，不管一個家隨著工作東南西北地調動，客廳中央，一定供著祖宗的牌位，要妻子兒女晨昏上香。到了過年，他老人家一定要戎裝整齊，率領家小向牌位跪拜。家裡有一本陳老先生親手修訂、抄寫過的族譜，要孩子從小背熟幾個重要祖宗的名字，例如慶恒公、侃徽公……之類的。陳家齊印象最深的是，小時做錯事，挨打之餘，還要向著據說是古代堯帝之後的祖宗長跪。

陳家齊長大了，在F大學化工系畢業，到美國去讀三年書，就遵從老父的命令回來「報效國家」。在洋公司做事算不算「報效國家」呢？這個問題，卻從來沒聽陳老先生發表過什麼意見。讀的是科學，又到外頭見這點兒世面，陳家齊當然不至於像陳老先生那樣，在一些「原則」上頭固執得一點兒彎也不能拐。但，不論如何，劉福金的「台灣人不是中國人」論，很深地激盪了他深在的宗族情感和愛國忠黨的心懷。

但是，陳家齊畢竟是一個在沉重的實務工作上鍛鍊出來的人。他正確地認識到：他在公司裡頭的力量，是將近八年來業務上的實力。他和許多其他部門的經理——絕大多數是「管理教授」所說的「台灣人」——在一個接著一個工作挑戰中，同心協力把台灣莫飛穆國際公司搞成今天每年營業額五億八千萬新台幣的規模。洋老闆來來去去，也調輪了兩、三個。可他們這些台灣莫飛穆的中堅礎石，自成一個凝固的力量。他們吵過嘴，爭執過——不是為了政治，而是為了工作的方針和政策。他們可也同心合力克服過困難，占領過一個又一個業務上的山頭。如果陳家齊得罪過什麼人，只有他手下遍布全省的三十幾名業務代表。那是因為他要求勤奮、忘我、一絲不苟的工作，和沉重到幾乎不可能達成的業績成長要求。但是，彷彿要懲罰他自己對部屬近於苛酷的工作要求似的，他自己是一個對工作具有近乎自虐狂的偏執的人——長年來幾乎沒有家庭和私人的生活，沒有任何國定假日。這一切，為他帶來了大部分的畏懼，少部分的敬佩，卻沒有為他帶來怨恨的敵人。

陳家齊估計過這些。更何況在留美期間，他還是某一個「反共同盟」的中堅分子，所以在政治上，他比管理教授老到得多了。在他看，像劉福金那樣的言論，在美國，他聽得太多了。於是，他依舊沉靜、勞苦地工作，依舊絕口不談政治。他知道他的實力絲毫不曾鬆動。「這兒畢竟是台灣啊！」他冷冷地想：「劉福金這樣嗒呼，總有一天倒霉的。」是以他小心、謹慎，當心不使自己同可以預測的劉福金的破滅，扯上任何關係。這，對他來說，是極為重要的。對他，在台灣莫飛穆國際公司的工作，早已不只是金錢和地位的獲得，而是對工作和成就——從台灣伸向以全球為舞臺的工作和成就——的嗜狂。他是絕不讓任何事物、任何人破壞他與台灣莫飛穆國際公司肉血相連的關係的。陳家齊篤篤定定地工作著。他在工作上不住地挺進，以具體的業務成績向著「管理教授」的權威形成逼人的包圍態勢，直到有這樣一天，兩個陣壘就在一個營銷業務會議上開了火。

九點半才過，布契曼先生和他的秘書趙小姐走進會議室。

「Good morning!」布契曼先生心情愉快地說。

會議桌的一邊坐著劉福金、家電部經理Bobbie盧和兩個廣告公司的人。會議桌的另一邊，坐著陳家齊一個人。每個人跟前早已泡好了一大杯茶。

「要不要咖啡？」Lolitta用她在台北美國學校訓練出來的地道美國話問布契曼先生。

「好的，謝謝你。」布契曼先生說。

Yes, thank you! 陳家齊不知不覺地把這句英語寫在拍紙上，並且在它的上下左右，漫不經心地畫著花邊。台灣莫飛穆國際公司，在台灣設立十六個年頭裡，從來只是把北美洲和其他國家需要的台灣產品賣出去；把台灣所需要的美國、西歐的產品辦進來。但是這一次，台灣莫飛穆頭一遭計畫從義大利進口一種牌名叫Rolanto的小型鐵板烤爐，準備在台灣開拓市場。台灣莫飛穆國際公司特別成立了行銷部門、招考了劉福金，中心的目的，也在於從Rolanto的市場開拓開始，使台灣莫飛穆成為不僅是單純的進口和出口商，而且要成為適當的國際性商品在台灣這個市場的經銷企業。

這兩天，陳家齊仔細地研究過劉福金為了今天的會議所預先發出來的資料。Rolanto其實是一個大約長四十公分寬二十五公分的電熱鐵板爐，可以調整三種不同的熱度。外國人用它來煎牛排、豬排，也可以用來煎些海鮮……劉福金雄心萬丈，想把Rolanto銷到台灣廣泛的城市和鄉村的每一個角落。

「先生們，」布契曼先生說，「我們都讀過H．K為我們預備的材料。今天是我們有關Rolanto的第二級會議。在這個phase II meeting裡，我們將整個行銷計畫的初步概念，提出來聽取營業部門的意見。」布契曼先生說，H．K將仔細報告整個有關Rolanto在台灣市場的行銷計畫，「從H．K的整個行銷構想，一直到計畫的行動與策略，都應該經過業務部門的充分理解和檢討。」他說。

劉福金看起來緊張。這緊張卻是一種興奮的緊張；一種對於預期中的成就的緊張。他的單眼皮的，向著左右兩邊微微斜起的兩眼，閃爍著抑不住的興奮。他穿得格外整齊：淺藍色的襯衫，一條寬大的、暗紅色的領帶，一身上下，彷彿幾分鐘前才漿燙過似的。

「Good morning, gentlemen...」

劉福金開始了。他的英文並不算流利。他在許多可以理解的情況下，犯些也是很可以理解的文法錯誤。但是，一般而言，他的發音卻是準確的。特別是在台灣的英文教育系統下讀「KK

音標」出世的劉福金，有些地方，他的美腔美調，使得美國籍的布契曼先生也不禁莞爾。

「早安，先生們，」劉福金說。

他於是提起，早在「第一級」會議中，他就主張把Rolanto「向著廣泛的台灣農村市場滲透」。「這個想法，連我自己也讓它嚇著了，」劉福金說。布契曼先生為這句話，朗聲笑了起來。陳家齊這才抬起頭來，附和地，卻出奇地冷靜地微笑著。

「然後，我想了一下，對著自己說：ＯＫ；這絕對不是一個餿主意，」劉福金說，「It's not a lausy idea at all.」

劉福金說。根據許多評估的標準，台灣的社會，已經是一個不折不扣的「大眾消費社會」。

「雖然，在理論上，大眾消費社會的登場，是和現代的大量生產相對應的。生產上還遙遙落後於西歐和日本這些富足社會的台灣，卻在消費上，事實俱在地，進入了大眾消費社會。」劉福金說，「是的，先生們。從耐久性消費財——例如汽車、冰箱、電視等等的絕對性增加；人民對商品慾望的不斷增長；要更長期、更多量地擁有各種消費品這樣一種有增無已的展望；瞬間主義代替了對永恆事物和價值的追求，快樂、縱情主義取代了過去的禁欲主義和節制的道德……先生們，這些，都顯明可見地宣告了一個新時代——大眾消費時代——的來臨。」

以現代科技為基礎的大量生產，是大眾消費社會的物質基礎，劉福金說，如果台灣在現實上還沒有充分先進的工業，台灣的大眾消費社會又是怎麼來的呢？對於這個問題，劉福金的理解是這樣的：

「首先，是工業生產的國際化。」劉福金說：「在多國籍公司的經營下，工業生產具備了國際性格。」劉福金說，把面孔轉向布契曼先生，「正如布契曼先生說，我們是在整個地球這樣一個視野下經營的。先進國看來似乎是『外國』的工業，在多國籍公司的仲介下，成為落後、或者比較落後國家大眾消費社會的基礎。」

其次，據劉福金說，大眾消費社會先行於一定的科技和生產方式而登場於台灣，是因為大眾消費社會，是一個「觀念革命」的產物。

「消費，先生們，並不是依著人們自然的需要自然生成和發展的。」劉福金說：「在一個Marketing的時代，需要，是可以創造、可以操縱、可以管理（manage）的。」劉福金做了一個漂亮的手勢，適當地表現了他的興奮。他說，「對於現代企業、消費，即慾望的創造，是企業經由有計畫的革新以適應市場的結果……。」

把企業的產品迅速、廣泛地普及於社會大眾，必須通過企業有計畫、有組織、有行動地「開發」人對商品的慾望——這就是劉福金花了四十多分鐘時間神采飛揚地說明的一個著重點，他的美腔美調的英語，似乎越來越流利起來了。他說：

「這就是所謂『創造慾望』，」劉福金用英語說：「如果以我們那位偉大的管理科學家Peter Drucker的話來說，『創造顧客』，是企業活動的中心機能。而整個Marketing思想的展開，便從這個起點開始的。」

劉福金以一種精巧陰謀的設計者那種快樂的聲調說，要使每一個消費者成為今日的國王。要動員一切資訊科學、心理學、行為科學和社會學……藉著現代大眾傳播的各種技術知識，去開發人的七情六慾。「要解放人們的慾望，通過設計良好的企業行動，去開發人對於商品的無窮嗜慾。」劉福金說，「挑起慾望，驅使他們採取滿足慾望的行動——購買我們的產品。而且要在滿足了一個慾望的同時，又引起一個新的慾望……」

基於這樣的企業哲學，劉福金開展了他那把Rolanto小鐵板爐向「廣大的台灣農村」推廣的計畫。據劉福金說，今天的台灣農民很富裕。凡是買得起電視、電鍋、機車，甚至小貨車和小轎車的農民，全都應該是Rolanto的市場。「在當前，台灣有一場鄉土文學論戰，」劉福金說，「鄉土成了最流行的時髦語：文學家寫鄉土；畫家畫的是鄉土；攝影家拍攝的，也是鄉土。但是，So far，還沒有人把商品和鄉土連繫起來。Rolanto就是這個產品！」

劉福金幾乎是興高而采烈了。他說，他現在要看一看華蒙廣告公司怎樣具體實現了他對Rolanto的Marketing思想。他坐了下來，喝著桌子上早已涼下來的咖啡。「Bravo, H. K.,」布契曼先生說，「看過毛片，我們再逐一討論。」布契曼對陳家齊說，「Anyway，你確定他要放的不是小電影嗎？我們有個女士在座哩！」陳家齊笑著對華蒙的人說，「Ask him，」他說：「問他好了。」

慢了好幾秒鐘才聽懂布契曼先生的幽默的劉福金，這時突然很美國風地，嘩、嘩地笑了起來。華蒙廣告的莊老闆，也似懂非懂地陪著笑。兩個華蒙的職員打開一個大黑匣，起出放映機，準備上片。

「I don't care, anyway，」Lolitta趙小姐說：「我不在乎。」

「She's a liberated woman，」布契曼先生對沉默不語的陳家齊說，「她是個很開放的女人哩。」

陳家齊嚴肅卻不失隨和地坐著，淡淡地笑了起來。他從Lolitta想到老金。才個把星期前，老金來他的辦公室坐。

「有人來問起H．K，」他不解地說，「那小子，會有問題嗎？」

「哦，」陳家齊說。

他感到意外，卻似乎也是意料中事。他沉吟著：

「我看，不值得你擔心罷。」他終於說，「憑他那毛躁，礙不了事的。」

「說是各方面上去的報告，不太好，」老金說。

「我看，沒什麼。」他沉思著說。

會議室的燈光忽然暗了。一道強光從放映機射到會議室原有的銀幕上。人們噴出來的香菸，在光柱中翻湧。銀幕上先是跳出一些阿拉伯數字，而後忽然恆春調的小提琴響了起來。畫面隨之一亮，是個典型的台灣農村風光。

在茂密的竹林蔭下，一座古井旁邊，一對穿著對襟唐裝的老夫婦坐在安樂籐椅上納涼，手搖著蒲扇。俄頃，犬吠聲作。老婦向前瞻望。恆春調小提琴淡出。鏡頭接著推出竹林蔭下，向著農舍的院落挺進。一輛3600c.c.的轎車滑進庭院。「兒孫又回來了！」老婦人說著笑了起來，起身迎去。

漂漂亮亮的兒子、媳婦和孫兒下車，和老夫婦簇擁著進屋子。接著跳接到一個午餐的畫面，菜肴豐盛。老人和藹地勸小孫子吃菜。小孫子的特寫：嘟著嘴，了無食慾，說：「我要吃鐵板燒。」漂漂亮亮的媽媽嗔責：「這又不是台北。鐵板燒，回台北再吃！」

老人的特寫：笑呵呵的臉，望著孫兒，說，「有，有，鐵板燒，這裡也有。」兒、媳困惑不解的笑臉。老人對老婦人說，「拿『羅蘭』小鐵板來用。」

一臺黑色的Rolanto在畫面上以優美的角度，在銀幕前慢慢旋轉，讓人們逐一看見它的全貌。老人的聲音在場外說明Rolanto的特性、優點、使用方法。鏡頭又跳到餐桌上。這時餐桌中央多出了一臺Rolanto，上面煎著明蝦、切塊的豬排和牛排。小孫兒的特寫：狼吞虎嚥，一邊抬頭望老祖父：「哇！好好吃哦！」接著跳出Rolanto全貌。Rolanto和「羅蘭」的標準字體。原廠的商標。場外聲：「義大利原裝進口，美商台灣莫飛穆國際公司總經銷……」

會議室內燈光亮起。禮貌性的掌聲在布契曼先生領頭下響了起來。陳家齊低頭在大筆記本上迅速地寫著些什麼。在整個放映的過程中，他一直隨時在他的筆記本上記東西。他把鉛筆匆匆丟下，在別人的掌聲就要終止的前一瞬間接下鼓掌的聲音。

劉福金注視著陳家齊，微笑了起來。

「謝謝。呃，這還只不過是初稿。There are still rooms for improvement，」劉福金站起來，說：「還有許多地方要改進……」

劉福金接著說，這次整個廣告影片的產生，應該是一個實例，用來說明如何使整套marketing計畫，具體化為一種可以感染和傳播的意念，達到「改變意識，創造慾求」的目的。

「先生們，是C. F.（廣告影片）為了marketing計畫而存在，」劉福金用英語說，「不是marketing plan為了C. F.而存在。因此，先生們，對於這個初步剪接好的片子，需要從各種角度加以檢討，尤其是，業務部的意見，會受到更認真的考慮。」

彷彿要答謝陳家齊方才的掌聲，劉福金以特別誠懇的表情，向坐在會議桌另一邊的陳家齊狀似誠摯地點著頭。但是，在劉福金年輕的臉上，那湧自內裡的喜悅，兀自從他故作矜持和老成的表情——他的微微上斜的、單眼皮的眼睛；他的瘦削的鼻子；和他的粉紅色的、柔嫩的嘴唇裡，滿溢了出來。那喜悅，是對於成為台灣年輕的管理者族中的流行語「Marketing Management」(行銷管理)的狂信和魅力的喜悅。在劉福金看來，只知道靠著對公司、對工作無限的忠誠，以不可置信的勤勞、對客戶提供招待和回扣來拓展銷售總額的所謂「銷售取向」的促銷方式，早已經過時了。陳家齊，就是那過去了的「銷售取向」時代的最後的英雄，劉福金想著：新的，稱為「行銷取向」的促銷時代，已經在特別成立了行銷部的一刻，在台灣莫飛穆國際公司登場。從今以後，新的作戰總指揮部已經成立。你，陳家齊，一名過時的悍將，將在我，劉福金的綿密的全盤行銷計畫的指揮之下，東征北伐，劉福金想著：今天這一場C. F.試映會，無疑要折服了悍猛、忠心、但腦筋過時的，公司愛將陳家齊吧……劉福金在手上機械地轉動著一隻黑色的原子筆，興奮而又莊嚴地想著，不覺感動起來。

華蒙的兩個職員開始把片子倒捲，放映機發出急促的切切聲。華蒙廣告的莊老闆忙不迭地掏出長腳KENT請抽菸。他先是向Lolitta敬菸，然後布契曼先生，然後是劉福金，卻一邊向著布契曼先生結結巴巴地說英語：

「I like the King-Size KENT，」莊老闆說。

「O, Why?」布契曼先生說，一邊俯身迎向莊老闆的打火機。

莊老闆又結結巴巴地說不出個道理的時候，布契曼先生卻迅速地轉向他的性感的女秘書，看著她用豐腴的右手夾著香菸的樣子，惡戲地說：

「All I know is that Lolitta cares for the King-Size most，」布契曼先生說，「我只知道Lolitta最喜歡King-Size。」

劉福金這次非常迅速地以高亢、誇張的朗笑回應了布契曼先生猥褻的謔語。幾個英文不很靈光的業務部組長也縱聲嘩嘩地笑了起來。那笑聲的歡樂，與其說為了謔語的本身，其實是為了他們能很快地領會了一句老闆的英文謔語的自豪和討好的欣快感。只有莊老闆不知所以然地陪著尷尬的笑臉。劉福金滿臉春風。他側身用台語對莊老闆說：「King-Size，另外一個意思是大枝啦。」莊老闆張大了碌碌的眼睛，「噢，噢，」他說，彷彿受了重傷，於是也哼哼、哈哈地笑了起來。

「一群神經！」Lolitta揚了揚畫過的、深咖啡色的眉毛說，「一群神經。」

陳家齊始終忙著從頭翻閱自己的筆記。當他推開自己的坐椅站起來的時候，由於他一貫嚴肅的性格，全場立刻安靜了下來。

他說他首先要對劉福金那予人深刻印象的解說祝賀。「一般地說來，我同意H．K關於透過marketing plan為我們自己口袋中的產品創造需求的理論，」陳家齊說，「而且，為了達到這個目的——為了將我們的Rolanto打進每一個台灣農村中的每一個家庭，H．K把他所最珍貴的東西：例如『鄉土文學』；例如他的台灣情感，也拿出來交換。」陳家齊於是向著劉福金極輕微地欠身，面帶著冷冷的、幾乎不著跡痕的微笑：「一個優秀的Marketing Man，應該學會不惜以任何東西，包括他自己的宗教，去換取消費者對產品的認識、意識、興趣、需要，以及，先生們，最終掏出錢來，完成購買的行動。And H. K. is that marketing man.」他說，「劉福金就是這樣的企畫人才。」

陳家齊的英文雖然緩和些，但程度卻遠比劉福金所想像的還要好些。在那瞬息之間，劉福金一時還把握不住：陳家齊這一番開場，是恭維呢，還是揶揄?「先生們……」他聽見陳家齊又開始了。他說作為一個業務部負責人，他的責任，是按照企畫部的marketing plan，做好銷售計畫：設定目標，組織人力，擬定行動計畫，執行和控制每一個階段的執行成果。

「但是，對於總計畫的marketing plan，我應布契曼先生和H．K的邀請，代表業務部門，發表一點意見。」陳家齊說。

劉福金直到這時，才逐漸意識到陳家齊開場的話中，充滿著針對著他的，精緻的嘲笑與攻擊。他先是緊張、憤怒。但隨即感到不可抗拒的恐懼。他千萬不曾想到，看起來糙糲不文，留著平頭，身材壯碩，只知道像一隻幼時故鄉田野中的水牛那樣，為了公司拖著笨重的犁耙，在滿是惡石的田地上拖磨的陳家齊，竟能打出一招看似斯文，實則取人性命的手段。臨到戰場才知道自己對於對手做了過低的評估，使他的恐懼帶著一種疼痛的感覺，從他身體之某一個地方，滲滲然地湧流了出來。他不住地喝著案前的開水。而他的應是清秀的臉，一點一滴地蒼白起來了。

陳家齊繼續以他那緩慢的英語說話。劉福金知道現在他必須全力理解顯然是有備而來的陳家齊的意見。他把自己在會議中發出去的Rolanto行銷企畫案影印本翻過來，利用背面的空白，筆記陳家齊的意見。但是對於陳家齊猝發的攻擊所引起的忿怒和恐懼，屢屢使他分心。他知道陳家齊正集中地對方才放映的廣告片發表意見。「The film itself is, to my opinion, perfect，」陳家齊說，「我認為片子本身，是好的。」劉福金坐直了身，用憂悒的眼睛注視著陳家齊壯碩的身影。「但是，恐怕H．K在這片中所理解的那種田園時代的台灣和台灣人，在現實上，是不存在的。」陳家齊說。

——The absence of pastoral Taiwanese...

劉福金在紙下按著陳家齊的表達，潦草地寫下這個片詞。陳家齊說，依據他將近十年來，因為銷售業務的工作關係，跑遍台灣南北每一個角落的經驗，「像影片中身穿唐裝，住傳統一廳兩廂的房子，在古井邊、竹圍下，坐破椅子的台灣農村已經不見了。」陳家齊說。他說整個台灣農村早已改變了「田園的」舊容，現代成衣老早取代了對襟唐裝；牛仔褲更是年輕農夫的日常穿著。家具變了，大量的廉價家具取代了曾經沿用幾代的桌椅。電視機、電冰箱、機車、鐵牛車甚至小發財貨車、小轎車逐漸流入農村。傳統的老房子拆下來，新蓋的農家雖然沒有樣子，卻越來越接近鄉鎮和城市。農村中的語言變了，價值也變了。

「這一切的劇烈改變，來自一個新制度在台灣的成立，」陳家齊說，「我要說的，不是政治的制度——Okay，你可以說它最終是和政治有關的。我所說的，是消費的制度。」陳家齊接著說，作為制度的消費，可以改變一切。HONDA, MATSUDA不僅僅在台灣鄉間跑，「在我到菲律賓、泰國的時候，我也看見它們在那些地方的、貧窮的鄉間小路上奔馳。」陳家齊說。外國廠牌的電視、冰箱、農藥和飲料，不只在台灣的鄉間流行，也在泰國、菲律賓，巴基斯坦、墨西哥、巴西的鄉下氾濫。「這就是我為什麼讚賞H．K把Rolanto推向台灣農村的計畫，」陳家齊依舊平穩地說。劉福金終於理解：陳家齊的英文不只是平實，簡直是流利的。

「但是，如果，」陳家齊停頓了一下，迅速地看一下那幾乎無力招架，看來已經充分地理解了他的威力的劉福金，說：「如果我們的廣告代理，能更具體、實在地理解台灣農村，先生們，理解完全變貌了的台灣農村，理解到台灣，在國際性的marketing計畫長年的工作下，幾十年來，使她發展出一種現代性，先生們，一種統一在國際性統一規格的物質和精神商品下的現代性，從而逐步喪失了它傳統的特性──例如，」陳家齊又停頓了一下，說，「例如我們的廣告代理所理解的，對襟唐裝的台灣農村──那麼，我們的廣告代理商，就不會死死抓著早已不存在的映像不放，並把它和我們的Rolanto結合在一起。這種結合，先生們，可能是一場災難哩！」

──Disaster!

劉福金機械地記下陳家齊講話中一些關鍵性的單語和片詞。凌厲的攻勢，精緻的戰術。陳家齊在適當的時候，抓出「我們的廣告代理商」當作劉福金來打。但是，儘管劉福金心中明亮，可也感受到敵人故意縱放的輕鬆。他不敢側頭去看那位「我們的廣告代理」華蒙的莊老闆。但他知道，幾乎完全聽不懂英語的莊老闆，一定像沒事人一樣，滿懷著搭上一個大外國客戶的喜悅，輕鬆地在這豪華的會議室中，一支支抽他的King-Size KENT。劉福金知道他被打敗了。對手是個可畏的敵人，打倒了他，卻留下他的面子，留下他的全屍。

──他們中國人，真厲害。真厲害……

他軟弱地對自己說，

「作為一個跨國性企業的管理者，應當深刻地理解到我們跨國企業體正在全世界範圍內，進行一項和平、無聲的革命：相應於我們跨國企業商品在品質上的統一性，我們創造了一個沒有文化、民族、政治、信仰、傳統的差別性的，統一的市場！」陳家齊依然不改他那緩和、持重的語氣。這種持重、緩和的語調，加強了他作為穩健、精明、忠誠的企業管理者這樣一個既有的角色印象。他說：「我因為業務會議，走遍菲律賓、泰國、印尼、印度、巴基斯坦，以及，在一次非常特殊的機會中，我到過巴西。可口可樂在所到之處——不管那市場是如何貧瘠——都有人在喝。本田、豐田[4]牌日本貨車，在整個東南亞的鄉村道上馳騁；牛仔褲、長頭髮、太陽眼鏡、世界名牌農藥和西藥、化妝品、香皂和香水……在我所到的整個東南亞農村中，不斷地普遍化。」因此，陳家齊認為，台灣農村，也不會是例外。全球性的商品，正在塑造一個與其他東南亞市場一樣的新的台灣。「在這個新的台灣中，對襟唐裝的台灣老人，個別地、少數地，是存在的。我曾在美濃，一個台灣最南部的小鄉村，看到過。但整體地說，這樣的台灣，早已消失。」陳家齊說，「我的父親，是一個堅持在傳統中國方式下生活的老人。他不但堅持非不得已，決不以西裝來取代他所熱愛的中國傳統便服。他堅持他的兒女背誦祖譜，記住大陸老家的詳細住址；他堅持在現代家庭中充分維持他作為傳統父家長家族體制中的支配地位。但是，先生們，任何人都知道，這樣的中國人，儘管個別地存在著，卻一般地——在社會上、歷史上，以及在統計上，完全消失了。」商品的國際性，創造了文化、思想和價值的國際性，陳家齊說，古老的亞洲世界，在跨國性企業的管理中，「和平而自然地」泯滅了傳統的個性，而呈現出現代市場的同一性！

陳家齊的結論，是他支持劉福金把Rolanto在整個台灣市場中推進。但是，他認為在廣告上，有兩個可以考慮的思考。「第一，要使Rolanto具有西方先進國家直接進口的現代家庭生活廚具這種印象。」他說，因此，應該可以從原廠進口在歐洲推銷時使用的廣告片，配上國語發音，以便建立Rolanto「高級」、「西歐流行」、「原裝進口」的產品形象；其次，按照銷售對象和區域，再依不同的時期，推出分別以城市民和農民為對象的廣告片。「我希望，我們的廣告代理商，在重新拍攝農村時，千萬要放棄對襟唐裝老人、竹叢、古井和老房子這一類映像，」陳家齊笑著說，包括劉福金在內，全場跟著輕鬆地笑了起來。「要使我們的台灣鄉下人，看起來明智，有現代意識，絕不憚於使用任何優良的、現代的、進口的商品。」陳家齊說。

「這是一項十分重要的市場事實，先生們。今天的台灣農民學得快，對於新技術、新商品，接受力非常高。這是因為我們的農業已經直接或間接地組織到敏銳而不斷變動中的島內和島外的市場。新的農民，早已登場。」陳家齊說，「除此而外，讓我向劉福金先生致賀，為了他一個大體上成功的marketing plan……」

陳家齊語聲末落，自己便先在臺上禮貌地，優雅地向著劉福金拍手。會議室裡響起了掌聲，這表示喝彩的掌聲，雖然確定是向著劉福金[5]，卻也分潤了陳家齊[6]。

在掌聲還沒有停止的時候，布契曼先生，如今他滿面笑容，側身向劉福金耳語了一番，然後在掌聲甫落的時候，站了起來。

「先生們，這是一個成功的會議——比我可以想像的還要好幾倍。」布契曼先生說，「我和H．K都同意，C．C的意見具有十分重要的參考價值。」但是，由於時間的關係，布契曼先生說，他寧可讓繼續的討論，留給陳家齊和劉福金私下去進行，以便互相補充，做出最好的計畫。布契曼先生說：

「現在，我想，各種條件已經成熟，使我鄭重地向大家宣布：在十二月上旬，美國莫飛穆遠東部，決定選擇來台灣開一個為期四天的會議：行銷管理會議。」他說，「在這個會議中，行銷（marketing）將被當作一項嚴肅的管理科學來加以討論。」

一陣熱烈而持久的掌聲停息之後，布契曼先生接著說，會議將召集遠東區莫飛穆分公司行銷部門和業務部門的主要幹部來參加。會議主題是：「行銷管理中的行銷傳播」。

「事實上，今天我們的討論，便深刻地觸及這個主題的重要部門，即如何評估東亞市場中的特點，並根據這項特點去建設一個實用、有效的行銷計畫，達成具體的企業目標。」布契曼先生說，「總公司挑選了台灣——尤其在台灣的外交情況有表面的不安定時——作為這次會議的會場，充分表現出美國莫飛穆，對中華民國堅定的支持，連帶地也表示了台灣莫飛穆連年來巨大成長的嘉許……」

另一次掌聲熱情地響起。布契曼先生宣布，整個會議籌畫的負責人是業務部經理C．C陳；H．K劉將成為籌備工作的「特別助理」，而每一個今天與會的人，都將分配到工作，共同辦好台灣莫飛穆歷史上頭一次主辦的國際性會議。

會議結束了。但每一個人似乎都成了不同的人。他們原只是來敬陪末座，觀看劉福金和陳家齊唇鎗舌劍，卻不料像是真正地來上了一課。跟著劉福金成天把manegement掛在嘴上的年輕組長，對於「管理」一詞，更生了敬畏；一向跟隨著陳家齊在現實市場上東征北伐的業務部各主任，至今日才知道C．C幹練的背後，有他平素從不掛在嘴上的管理深度。每一個與會的人都知道陳家齊已經結結實實地打倒了「管理教授」派的劉福金。但這勝敗卻被某一種興奮，某一種對於未來的期許所沖淡：為了即將來到的「國際性會議」，每一個人都要負起一份責任。他們比往常任何時候都更強烈地感覺到：自己是一家著名的多國籍公司中，邁向國際性舞臺的管理者。他們欽慕地回味著陳家齊流利的英語。當然，劉福金的英語也不錯。每一個人都不約而同地感覺到，作為年輕的、有無限光明前途的國際性企業管理者，應該好好地弄好英文了……

3 花草若離了土

陳家齊依舊是一大早就到他的辦公室；依舊是那樣專注、嚴肅而不知疲倦地工作著。然而，和劉福金的行銷部門開過會以後，陳家齊重新奠定了在公司內部的新而且穩固的地位。儘管他在會議後絕口不提，他在會議中怎樣步步進逼，根本推翻了劉福金的行銷計畫案的事，卻傳遍了每一個部門。

布契曼先生要陳家齊和劉福金共同修訂Rolanto小鐵板爐的上市計畫。因為預定在十二月間在台灣召開的遠東區部行銷管理會議中，遠東地區各莫飛穆公司，都必須向大會提出各公司某種產品的行銷計畫的報告，並由與會的各國行銷和業務管理者，加以評估。但是陳家齊適時在會議中推薦由劉福金重寫Rolanto小鐵板爐的行銷計畫，由業務部負責提供有關台灣市場的具體資料。劉福金終於深深體認到陳家齊「乘勝而不追擊」的手段，所內蘊的工夫。儘管劉福金幾次有極為微弱的這樣的衝動：提出辭呈，離開隔間、傢俱全新的台灣莫飛穆國際公司的行銷經理室；捨棄一輛全新的，由公司配給的福特一千六「跑天下」，來保護他的自尊心。但是，他畢竟樂於無聲地和自己妥協了。他於是懷著差不多是感激的心，接受了由陳家齊丟給他的面子，和藉著工作去補償錯誤的機會。然而，在某一個原則和榮辱下，劉福金是堅定而不妥協的。在他看來，在台灣的外貿企業環境，是「台灣人」和「中國人」可以最公平地在才能與機會上一較短長的地方。在上次會議中自己的失腳，他檢討的結果，是由於自己的輕敵，再加上缺乏對台灣市場現實條件的理解的緣故。他回想自己從小到大，隨著公務員的父親，東調西遷，每每在一個新學校中，都會遇到在功課成績上跟他爭一、二名的同學。他曾輸過。但他總是要設法了解對手的實力——例如在一道做功課——然後擊敗對方。現在，整個台灣莫飛穆國際公司都沐浴在一種未曾有過的欣快的氣氛中。為了公司將在十二月間主持一個遠東莫飛穆的國際性會議，每一個部門，都分配了一部分工作：編列預算、編寫議事文件、交涉會場和安排各國代表吃、住、交通、安排宴會、參觀、會場布置、秘書工作，等等。這種「家有喜事」的集體的欣快，加上劉福金在陳家齊縱敵下被「推薦」改寫 Rolanto 小鐵板爐行銷計畫，以便屆時代表台灣莫飛穆在大會中提出，劉福金的挫敗，被大大地沖淡了下來。

在整個台灣莫飛穆欣快的氛圍中，陳家齊依然是那麼不輕易表情的「國」字臉；依舊是那樣近乎病態地勤奮工作：早到、晚走，絕對自動地找問題解決，找事情做……他依舊或者更嚴厲地在業務檢討會中拍桌子罵人，他罵得那麼痛心疾首、悔恨交加，看來每一個業務決策和行動上的過錯，每一個交易機會的喪失，全是天地間至大而無可彌補的缺憾。但是，在他和劉福金著名的一役之後，他的嚴厲、不要命的勤勞、近乎非理性地尋求效率和業績……全成了他的某種魅力。整個業務部比從前更忙碌了。在陳家齊時鐘似永不停歇的號令下，以陳家齊的辦公室為軸心，轟隆轟隆地轉動著。

當然，無需多久，林德旺就明白：陳家齊的勝利和這勝利帶給業務部的欣快感，是與他完全無份的。即使Lingo林也分配到一份任務：設法到海關有關單位，去收集有關近三年來外國進口家電用品的數字。Rita的桌子上堆滿了打好又經影印的，關於整個台灣莫飛穆要在十二月間迎接的大會議文件。每一份文件都註明要送給某單位的某人，卻沒有一份是必須送達林德旺的桌上。好幾次，林德旺假裝在桌前煞有介事地忙碌著，但眼角餘光，專心注意著Rita一次又一次送發照會的公文、資料。每次把桌子上的文件送完了，林德旺依然沒能分到一份。

他是多麼渴望著得到一份啊！不必要厚厚一紮罷，哪怕是一封信，一張通知也好。他在Lingo桌子上就看到Rita用精美的ＩＢＭ打字機打好的一份Memorundum，用橡皮圈束在一小疊文件上。

發文：C. C. 陳——業務部經理

受文：Lingo林——海關事務組

主旨：市場調查：關於一九七五年六月至一九七八年六月間台灣家電產品進口資料

文件的本文打得錯落有緻。文末是陳家齊的英文署名。他睜大眼睛看最末副本受文的人名。整個海關事務組的人全有了，就沒有一份給J. L（John Lin），林德旺的英文名字縮寫。

——就連才來公司三個月的小伙子趙宏明也有一份。

他悲傷地想著。霎時間，他的眼眶貯滿了淚水。他緩緩地離開Lingo不在的桌子，走進那間幽暗的型錄檔案間。他躲在一落落檔案架的陰影裡，讓那連自己都不甚理解的淚水，不斷地流著。林德旺忽然覺得疲倦了，彷彿他一直千辛萬苦地長途跋涉，從未曾有過片刻的休息。他疑心自己的心臟——或者肺臟有病。這個想法使他感到心悸和衰弱。他在那寂靜的檔案室裡，傾聽著彷彿在自己的喉頭悸動著的心臟，感到駭怕。檔案室外傳來不斷的電話聲和打字機嘀嘀答答的聲音。他用袖口擦乾臉頰上的淚水，走了出去。

他到Rita的桌邊站著。Rita迅速地抬起頭來，向他笑了一下，打字機上的手可一秒也不曾停下。

「什麼事？」Rita說。

「要一張勞保單。」

「生病了？」

Rita突然停下工作，抬頭望著他。她的一張堅持不施脂粉的臉，看起來有些灰黃。在她的疑問的、仰首的眼神中，迅速地凝聚著宗教徒對別人的苦痛特有的關切。「生病了嗎？」她說。

林德旺感到恐懼。猝死的恐怖，忽而向他絕望地襲來。
「我怕要死了。」他輕聲地說，彷彿耳語。
Rita猶疑了片刻，便忽然笑了起來。
「有病就看病，怎麼就胡說八道的。」
她於是低著頭找勞保單，為林德旺填寫、蓋章。當她抬起頭來，看見林德旺果然看來憂愁而且蒼白。林德旺接過勞保單，默默地走了。
Rita目送著他走回自己的位子，把勞保單放進皮手袋，呆立了片刻，走出辦公室。「主啊！」她輕喟地、無聲地說，把雙手抬到打字機的鍵盤上。霎時間，她又聚精會神地打起字來了。
——嘀答、嘀答答、嘀答、答嘀嘀嘀……
林德旺恍惚地走出電梯，走出那巍巍的華盛頓大樓。他失神也似的、緩慢地走著。走過整棟華盛頓大樓的走廊，而後走上一條長長的紅磚人行道。他跟四個人靜靜地等著對街亮起綠燈，踩著斑馬線走到對街。十一月中旬的陽光，溫和地照在街道上。他把皮手提袋夾在腋下，兩手插在褲袋裡，挑著有陽光的地方，彳亍地走著。摩托車切齒似地從他身邊搶著往前衝刺。就這樣，他竟走完了長長的一截延吉街。他看見一條拖著骯髒的鍊子的，被人遺棄或者自己走失了的，形容悲哀而又邋遢的某一種外國狗，匆匆地竄向仁愛路右邊。他憂愁地想了想，便舉步走出延吉街，向著八德路的左首走去。他機械地走到通往他賃居的那條小街的公車站牌，荒蕪地想著方才那隻滿臉長著骯髒的鬍鬚的外國狗。

——那樣子滿臉滿嘴的毛，連眼睛都蓋住了，怎麼認路，怎麼走路？

他想著。他覺得所有的路，他全不認得了。他暗暗地感到心慌。他想起小時候在一個稱作銅鑼的故鄉，一個燠熱不堪的下午，跟了隔壁一個讀縣中的阿倉哥，翻過一個山頭，走了好長的一條黃土坡。在黃土坡盡頭下切的地方，有一流湛綠的溪水。他們在那兒游水，摸蝦子。一直到傍晚，也不記得為了什麼，兩個孩子起了劇烈的爭執。阿倉哥打了他，把他整個的臉按到水裡，在幾乎窒息的時候，他在水中睜開了眼睛，看見阿倉哥的兩條灰色的腿，就在他的眼前定定地踩在河底的沙石上。那時候，他的心中充滿著猝死的恐懼，狠狠地咬住左邊的阿倉哥的腿，他的頭於是才能彈出水面。他於是放聲大哭。阿倉哥的拳頭雨一般地打在他裸著的胸口和肩膀，但他只是那樣在溪緣的水中淒惶地、大聲地號哭著。

阿倉哥回到溪岸，把自己的衣褲頂在頭上，用立泳一聲不吭地游向溪心，游向對岸，逕自找路回家去了。他一邊抽搐，一邊看著阿倉哥走遠，消失在滿是白石和菅芒[7]的溪埔上。整個寬闊的溪埔於是立時落在無垠的寂靜裡了，只剩下淙淙潺潺的水聲，還有在對岸的菅芒叢裡不斷跳躍、飛竄，而絕不肯做片刻休息棕綠色的水鳥，「嗶——嘰，嗶——嘰！」地鳴囀的聲音。他知道他無法游過據說深有一個半晒衣竹竿那麼深的溪水，追向對岸，跟著阿倉哥後面回家。他在溪邊的一塊大石頭上痴呆似地坐著，然後起身尋著和阿倉哥走來的，印在沙礫和石頭上的足蹤，離開溪埔。那時候，夕陽把整個埔上的菅芒，一概染成金黃的顏色。可一走上黃土坡地，天就逐漸地暗了下來。原來深綠色的，在風中婆娑著的相思樹林，現在卻變成了一幢幢黑色的、遼闊的樹影。就在那時候，他曾覺得所有來過和將去的路，他全不認得了。在越來越暗的天色裡，他的稚少的心中，充滿著從未知道過的焦慮、恐懼和絕望。他在夜色中奔走，向著他所無法確定的方向。這時候全世界似乎只剩下了他驚恐的足音，和自己細小而急促的喘息聲……

現在林德旺坐在開向圓環南京西路一帶去的公車上。車子在路上不急不緩地走著，在一些有人上車或者下車的地方停車，機械地走彎路，有時開進一個社區，有時在繁華的通衢上跟別的各種車輛，一道奔馳著。他坐著這一線公車，每天奔馳在圓環的寧夏路口和華盛頓大樓之間，也快三年了。可沒有一次像是今天那樣，覺得來過的和將去的路，都變得那麼生疏，彷彿他來到了一個完全陌生的城市似的。兩邊林立的大廈高樓，櫛比鱗次的商店、餐廳、企業大樓、銀行和超級市場，都像是童年的那夜色低垂的鄉下夾路的相思樹林：陌生、黑暗、幢幢獨立，滿懷著無可測度的惡意。他感到無比的疲倦，心中充滿著無由分說的絕望、羞恥和驚恐的感覺。俄頃之際，他的眼淚簌簌地流了下來。從窗口望出去，整個城市看來模糊一片。車子在一次路口上的紅燈前停著。也停在一旁的一個騎電單車的女子，忽然看見公車窗口上滿臉淚痕的林德旺，詫異地睜大了眼睛。

——糟糕。

林德旺憂心地想著。車子又向前開動。這時候，他想起了一所大學醫院。像這樣不由自已的流淚，以及那以後可怖的發展，曾經使他在縣中將上三年級的時代，住進那家大學醫院的精神科。他畢生都無法遺忘當時那一截臨住院前的日子：恐懼、焦慮和無可言說的絕望，彷彿巨大的浪潮，排山倒海，一波又一波地，向他席捲而至。

現在他已經在寧夏路口下了車。在他的心中，正切切地想著：無論如何，他應該乘著意識還清醒的時候，使盡全身的力氣，躲開迫在眉睫的、少年時代被迫住院前那一段深淵似地黑暗的日子。他想到立刻雇車到那所大學醫院去。但是，隔了七、八年的今日，那時的陸醫師還在嗎？他苦苦地想著。他徬徨起來，淚水又任意地掛滿了他蒼黃的臉。他走進一家藥局。

「我買六粒Valum。」

他說。一個顯然燙過頭的中年男人，在那狹小的藥局櫃檯後面，默默地看著他。

「我買Valum……」他說。

「誰要吃的？」

「我。」他說。

鬈著黑而又粗的頭髮的中年人想了想，說：

「我們不賣。」

他茫然地站著，彷彿不曾聽懂藥局老闆的話。

「這種藥，可不能隨便賣啊。」中年人說，端詳著林德旺一臉的淚痕。

林德旺一聲不響地走開了。現在他掏起一條並不乾淨的手帕，一邊走，一邊仔細地揩拭著自己臉上的淚汙、鼻涕和汗水。老天爺，他想著：不論如何，不要讓我再掉進那幽暗無邊的日子裡去喲……他筆直地逼視著另外一條街角上的看板：「惠眾藥房」，匆匆地、認真地走過去。

他走了大半條延平北路，拖著疲倦的身體，回到他那一間廉價租來的房間。這是一所專門租給從外地來台北討生活的人們的四層樓老房子。它一直神不知、鬼不覺地躲在鼎盛而又繁盛的天水路邊一條窄小瘦長的巷子裡。每一間五、六坪大的房子，僅僅用薄薄的三夾板隔開。房間裡配著一個占去房間面積約莫五分之三的雙層臥鋪。林德旺把一些面盆、書籍、舊皮箱放在上鋪。一串用報紙包好的香蕉，因著過分的悶熱，發散出濃烈香味，混合著他房裡的霉味，尤其的刺鼻。他虛弱地坐在床頭，慎慎地望著窗外打進屋裡的天光，把一張靠窗的書桌照得慘白，使桌面上的灰塵，纖毫畢露了。桌子上擺著一本舊書，書皮上印著：「如何在三十歲以前成功立業」。

也不知呆坐了多久，他把跑了幾家藥局、藥房買到的幾包鎮靜劑，分別打開，算算總計也有二十來粒。他小心翼翼地裝進一個小塑膠袋，然後又倒出四片白白的藥錠，就彷彿喫豆子一般一粒粒送進嘴裡，慢慢地咀嚼。熱水瓶裡早就沒了水。公用的開水桶在公共浴室門口，他懶得走動。在房子裡，他開始有些覺得寒冷。他脫去鞋襪，用手搓揉著痠痛的腳踝，覺得今天的他的手，虛弱而且無力。他把交握的雙手放在腿上，竟而看見它們微微地顫動起來。他失神似地注視著他那不由自已地顫抖著的一雙蒼白的手，彷彿聽見了他的姊姊素香的呻吟……

「呔……呔！」

姊姊素香緊緊地閉著雙眼，臉色在日光燈下顯得尤其的萎黃。交握在自己的懷裡的她的雙手，不住地顫動著。她身穿黃色的法衣，在縈繞的香煙中，盤著雙腿，坐在地上。現在她整個身體一邊顫動著，一邊左右搖晃。她的緊閉著雙眼的頭，像是極力否定著一件亟於否認的事也似地搖著頭。她的雙眉苦痛地鎖著，白色的口沫，流下她密閉的唇角。細小的汗珠，開始密密地凝聚在她萎黃的，寬闊的額頭。

「呔！……呔！……」

她呻吟著說。

「帝君爺，請開金口。」一個聲音沙啞的中年男子「桌頭」一邊高舉著一面黃旗，一面喊著說，「請開金口哦，帝君爺。」

為了幫助家計，他的長姊素香做過推銷員、女工和建築工地上的零工。她也曾在隔壁鎮上一家海產店裡當過女侍應生。但維持得最久的，就莫過於在自己村子裡當「三界宮」中兼差的女乩童。素香的身體瘦小。因此每次施過法，她都要拖著蹣跚的步子回家，把廚房的布簾拉起來，從水缸裡掬水沖洗一身的汗，然後到她的房裡放下蚊帳，一睡就是半天。

為了弟弟林德旺的少年時的那一場大病所要支付的沉重醫藥費，她接下更多扶乩的工作。直到他退院回到鄉下，姊姊素香已經很少有幾天脫下那一襲黃色的法衣。在醫院住了一年回到縣中那顯得異常索漠的校園時，他的同級生全都已經畢業離校。他每天從姊姊素香的手中接過一個沉甸甸的厚大、溫暖，透露著菜香的便當，搭公路局到鄰鎮去上課。那時候，他常常會在車上攤開書本的同時，想起掛在姊姊素香的床頭的，那件黃顏色的法衣來。

——為了還清醫藥費呢，還是為了我的學費，姊姊素香才脫不下那件黃衫呢？

類似這樣的疑問，會匆忙地在當時的他的心中閃過，既不求解答，也一直沒有一個解答。就這樣，他在別人異樣的眼色中，寂寞地讀完了中學。

直到他三專畢了業，他先到高雄換了幾處工作，然後進入在台北的台灣莫飛穆國際公司。在這聞名全台北的國際性大貿易公司中，他第一次進入一個全然不同的世界：地毯，冷暖氣，高級的辦公傢俱，一切文書都是好幾臺漂亮的ＩＢＭ打出來的英文。公司裡的男男女女，全是大學畢業的，體面漂亮的男男女女。於不知不覺間，他開始向姊姊素香要錢，買新的襯衫、長褲、皮帶、皮鞋。他去租下一間不錯的套房，買了一套小小的音響。他不斷地向姊姊素香伸手需索。然後，有一個深秋的下午，他接到姊姊素香這樣的一封信——

「……你姊姊這件黃衫，暝穿，日穿，也是望你早日成功，阿爸也好早日放下油湯擔子，將阿公失敗賣去的田地買一點回來。我們究竟是做田的人，要做田才會心安。

「這數月來，你向我要了三、五萬塊。我雖然不說話，心裡漸漸知道。我在『龍宮』海鮮店做過幾個月。什麼人都看過。弟弟你壞了。我知道。」

姊姊素香要他立即辭去工作回家。那個星期六，他趕回家，工作卻不曾辭去。

「你還是回來的好。」姊姊素香說。

他沒說話。

「我們是做田人。」姊姊素香說，凝重地望著遠處佇立在陽光下的幾棵檳榔樹，「做田人有做田人的去路。」

他告訴姊姊素香，他在一家外國公司工作。由於那是一些高等人在一起的高等的地方，起初，是難免要花一點錢，穿得好些。

「在外國公司，只要有能力，工作賣力，都會受重用。」他說，「我來努力做，將來把錢還了你。」

「外國人，就高等嗎？」

沉默了一陣，姊姊素香說。現在她看見從那一叢檳榔樹下，一個中年男人騎著一輛本田五十，慢慢地沿著小路向這邊開過來。

「對外國人來講，台灣就好比鄉下。」姊姊素香獨語般地說，「我不是在『龍宮』做過嗎？我看得可多了。幾杯酒下肚，日本人，美國人，誰都一般醜！」

中年人的本田機車開進晒穀場裡。

「哦，德旺咧，」他笑出一排潔白的牙齒，站在陽光下的機車旁邊，說：「聽說了：你在美國公司做。」

「進來坐，」他低聲說，禮貌地笑著。

中年人走了進來。林德旺掏出菸，請客人抽。

「大賺錢啊，」中年人說著，給自己點上火。他轉向姊姊素香，從褲袋裡掏出一個厚厚的紅包。「溪北那個姓魏的。他母親病好了。這是給你的謝禮。」中年人說，「南部有人來問神。順便帶你過去一趟。」

姐姐素香無言地從古舊的籐椅中起立，接過紅包，走進房裡。

「外國人的公司，賺的錢大把些。」中年人說。

「也沒有呢。」

林德旺說。他開始感覺到一種厭惡和羞恥混合起來的情緒。他知道，三界宮又翻蓋了一層樓，香火鼎盛。比起台灣莫飛穆國際公司乾淨、高尚、富麗的人們，外面的世界，即使這個他的故鄉，也顯得那麼愚昧、混亂、骯髒、落後。

「你開車回來的嗎？」

「啊，」他喫驚似地說，「沒有。哪裡就買得起車子？」

「嘿，你客氣咧，」中年桌頭說，「詹火生，農會理事，認識嗎？」

「不。」

「哦。」

「這詹火生他大兒子，」中年人說，「去台北才兩年。現在人家他出門都開車。」

「德旺……」

姊姊素香在房裡叫他。

「做生意吧？」林德旺說，「做生意，才發財。我咧，嬰頭路，死月給……」

「你姊叫你。」中年人說著，把菸屁股丟在晒穀場上。

林德旺走進姊姊素香的房間。她背對著他，對著梳妝臺梳著她那長而森黑，卻有些枯乾的頭髮。夏日的天光，從那沒有天花板的屋頂上開著的一小塊玻璃口上照射下來。在床頭邊，姊姊素香供奉著一個面色黧黑的將軍的木雕偶像。

「外國人，怎樣體面，都是外莊人。」她說。

他在供桌邊的椅子上坐下來。

「是外莊人，就休想給你留下什麼好處。」現在她站起來，取下掛在牆上的黃色的法衣。

「那些外地來收水果、收菜的；那些來抓豬抓雞的販仔，『阿叔、阿嬸』，嘴呀，甜得像蜜喲，」她說，「那些日本人，街仔來的，對『龍宮』的女孩，糖甘蜜甜，哼，到頭來，比什麼都梟心！」

他沉默地抽著菸，想著少年時的那一場大病。家裡唯一堅決把他送台北精神科的，就是姊姊素香。他看見姊姊素香的長髮，披在黃色的法衣的雙肩。她的臉削瘦，不抹唇膏的嘴唇的顏色，顯得幽闇。她注視著鏡臺中的自己，無意識地攏著頭髮。她想了一下，從妝臺的抽屜中，抓出方才那個紅包，放在供桌上。

「我看你還是回來的好。」她說。

他看見紅包的底部破了一個洞。綠色的，不新的一疊百元鈔，從紅色的破綻中，裸露了出來。他沒說話。

「如果回來，這錢你就不要帶走。」姊姊素香說：「如果你還是要留在台北，就把錢帶走。」她幽幽地歎氣了。「可是再沒有了，你要留在台北，就不要再回家來。」她說。

他驚慌地抬起頭，看著姊姊素香。他看見姊姊素香了無慍意，卻使他勃然地發怒了。他姊姊素香一仍平靜的臉，在天窗透露的夏的天光中，輕輕地微笑著。她然後回過頭去。穿著暖黃顏色的法衣的姊姊素香，披著黑而長的烏髮，走出房間。

「花草若離了土……」他聽見姊姊素香在大廳上誦唱似地說，「走吧。」

「你講什麼？」中年的桌頭說。

「沒有什麼。花草若離了土，」姊姊素香說，笑了起來：「就要枯黃。」

他聽見本田機車開動了，駛出晒穀場，漸去漸遠。他在姊姊素香的房中靜靜地坐著。他感到羞恥、氣忿、懊喪。天將晚的時刻，他抓了桌上的紅包，走出晒穀場，沿著另一條圳溝邊的小路，走到街上，搭車走了。

那以後，一直到現在，四年多了，一次也沒有回去過。即使過年、過節，也不曾回去。一個人孤單地留在這個孤單的鬧市。

一定要成功出世了才回鄉。開一部裕隆仔回去。當初就是以這樣的願念，抓住桌子上露出鈔票的紅包，離了家的。

——然而現在呢……？

他想著。他脫下襯衫，打開塑膠衣櫥，掛了上去。他看見衣領早已發黃。衣櫥裡掛著外衣、襯衫、領帶，全是剛進台灣莫飛穆，伸手向姊姊素香要的錢買的。他一回台北，退掉套房，住進這家粗陋的公寓來。四年來，他就靠它們撐著整齊的衣著，每天回來用手搓洗白襯衫，第二天穿了上班。

現在，他穿著鬆寬而汗漬的汗衫，和一條發黃的內褲，走到桌邊，拿起茶杯，打開蓋子聞了聞。他於是猶豫了半晌，把杯子裡記不得什麼時候留下的水，一飲而盡。

他又坐到床上了。他拉起毯子，蓋住下半身。

——然而如今呢？

他想。他索性躺下，抬起右胳臂蓋著兩眼。他的眼前一下子陰暗下來。他感覺到胳臂上沾到他流呀流的不知怎麼辦才好的眼淚。他想起陳家齊。把整個心都掏出來了，陳經理還是不要他。他弄不懂為什麼。整個公司上、下、裡、外，就沒有他可以待的地方。為什麼沒有一個人肯開扇門，讓條路，叫他進去。千不該萬不該，他撞見金經理和Lolitta。我不是故意的，這是第一，他想：第二呢，我從來沒跟誰說過。但是老金和陳經理是一個死黨，這就叫我死定了。他想。我就這樣被他們踩死了。那樣子折磨我，出各種各樣的狀況給我，考驗我吧，我不是全過了關？但是，國際會議，就不讓我參加！他感覺到他整個的心都要被一種無以分說的悲痛壓碎。耗費了幾年的時間，使盡了一切的力量，卻仍敵不過那一股強大的陰謀，在暗處睥睨著他、折磨他、試煉他、玩弄他、欺騙他，最後還絲毫也不顧惜地，一腳踢開了他，寧願把公司裡所有的白痴、馬屁精……全都請進公司的一場大拜拜：國際會議，卻獨獨把他留在門外，使他受到最大的羞恥……他這樣迷亂地、細聲地對著這空虛而荒蕪的空屋，訴說著在心中蜂湧著的思想，讓淚水、鼻涕溼透他整個疲倦、蒼黃的臉。

然後，鎮靜劑使他睡著了。他的右邊的胳臂，還是彎曲著蓋在他的眼睛，遮住從窗子射進來的天色。窗外是一堵灰色、陳舊的一家三層樓酒家的後壁。廚房的大抽風機，這時開始把白濛濛的油煙排出來，順著這堵灰暗的水泥牆向上浮散而去。

4　荒蕪的河床

林德旺醒來的時候，天還亮得很。他掀開那條陳舊的羊毛毯子，覺得睡夢中的盜汗把他的週身都弄溼了。他脫下汗衫，揉成一團，慢慢地揩拭著脖子和胸前和背後的汗水，並且不時地把汗衫湊到鼻尖去，深深地嗅著。他脫下內褲，看見了枯乾了的、新夢遺的痕跡。他用褪下的內褲揩拭下體，然後用汗溼的汗衫杷內褲包好，丟到床下去。現在，十一月的天光，從不曾關閉的窗口，照著他削瘦、蒼白的裸體。他嗒然地站著，面對著窗戶，偶然用他那看來頹喪的瘦手，在身上的這處和那處抓癢。他的棕黑色的男性，看來悲戚而且醜拙，在荒亂的體毛中，纍纍地下垂著……。

他走到牆角的塑膠櫥，屈身把拉鍊拉到底，以便在衣櫥的底部找新鮮的內衣褲。就在這一屈身，他看見房門下安靜地躺臥著雪白的一封信。他找到一件綠色的，從軍隊退伍的時候帶回來的，寬鬆的內褲穿上，再套上一件陳舊的、深藍色的運動衫，穿起那條已經骯髒了的、鐵灰色的長褲。他然後撿起地上的信。信封是台灣莫飛穆國際公司的標準式：修長、雪白，印著鮮橘黃色的公司標誌。他打開信：

林先生：

您已經兩天沒來上班了。Lingo找您，很急。我怕陳經理問，已經幫您請了三天病假。

接信後，請快來銷假。

不然的話，無論如何，打個電話給我。

但願您

平安。

R.

NOV. 19. '78

林德旺不知道今天已經是十一月二十一日了。他一點兒也不知道，藉著藥力，他已經足足睡了一天半那麼久。他把信紙裝回封套，丟在他的枕頭上。他不十分了解，所以也不在意這封信的意義。現在他覺得最重要的事，莫過於盡一切體力和心力，去避免因少年那一場大病入院前的那一段可怕的、混亂的地獄般的日子。他記得臨睡前那種不能自主的絕望、失敗和無顏面、無氣力再活下去的那種心情。就是那個，他想。那就是陰險地，一步步包抄著過來的黑暗。他必須使最大的氣力，哪怕是拚著一死，也要躲避那一回想起來就想要緊緊地抓住什麼的恐怖和迷亂。現在他覺得好些了。他知道該怎麼辦。先出去吃飯，然後回來吃藥，然後再睡一覺。做一點夢大概是免不了的。不過最好是沒有夢的那種睡眠。醫生說過的。

「有沒有做夢？」禿頭的醫生說。

「有啦。」

少年的林德旺說。

「什麼夢？」

「也沒什麼，」他想了想說，「反正是，很亂。」

禿頭的醫生笑了起來。

「夢見我們鄉下，土地廟邊的大榕樹，倒下來了。」少年的，白皙的林德旺說，摸著自己的中學生的光頭，笑著。

「還有沒？」

「哦，」他想了想，說，「還夢到養父來找我回去。」

「固定的那幾個夢，」禿子說，「沒有了嗎？例如光有窗子，卻沒有門的，藍色的屋子⋯⋯」

「沒有了！」他說。

「哪天睡覺不做夢，就更好呀。」禿頭揚了揚濃眉說。幾天後，他就出院了。

林德旺坐在桌子邊的一隻籐椅上，他決定等一下出門時把擱在上鋪的那一串爛熟的、皮都黑透了的香蕉拿出去丟棄。他記起方才睡時做夢，滿鼻子都是酸掉的香蕉味。固定的夢，他想。被扯到一邊去的胸衣，把一對碩壯的乳房辛苦地擠在一邊。暗紅色的乳暈，看來像是一種皮膚的腫炎一樣，因著不知道是汗水或是老金的口涎，發著溼潤的亮光。然後這裸的、局促的乳像一面高塔一樣，向他倒塌下來。他恐慌地掙扎，而那乳房卻一直緩慢地倒壓下來。他的心因為恐懼而急速地悸動。他拚命地呼吸，卻被濃郁的香蕉的氣味所窒息……

這樣的夢，算不算「固定」呢？他想。他於是又想起這樣的夢：他忿怒地——也不知為了什麼，總之，他便是那麼樣地、異常生氣地在故鄉銅鑼的、乾涸的河床上奔跑。河床上的石頭堅硬、棘腳，被太陽晒得火燙。每次他的腳趾踢到石頭，都使他痛徹心肺。「啊噴喂我×你娘咧！」他夢中罵著。但他還是那麼生氣而執念地跑著，一心要跑出這荒蕪的、看似無邊的故鄉的河床。然而，整個河床卻只像輪盤一般，慢慢地轉動，使他耗盡力氣，就是怎麼也無法逃脫整個惡意而燠熱的、荒亂，而又令他羞恥的河床。

這樣的夢，在最近中，他是做了幾次。但於今他記起：在方才醒來的沉睡裡，兩個夢彷彿車輪一般一直反覆著。其實，他沉思著想，我的體質，從小，就是多夢的孩子。

「也沒有見過這麼多夢的孩子，」個子高大的養父，喝著溫過的酒，對那個他不知道要怎樣稱呼的女人，說，「每夜，咿咿哦哦呀，說個不息。」

他坐在桌邊，默默地只管一隻又一隻挾著醉紅的蝦子。

快升上小學三年級的那年，祖父和父母親到一個叫做松崗的山地去種夏蔬。就偏偏那年高山苦旱，而山下整年都沒有颱風、水澇，使得山下的菜蔬又多、又便宜。山上苦旱蟲多，投資的錢全虧損了還不夠，欠給山地人的地租和工資，都無法償還。祖父喝了農藥死在山澗的草叢中，被兩個山地人抬回來。父母和去時一樣，挑著農具和廚具下山，回到家，在幾個打街裡來的債主們的惡聲中，低聲下氣。

還沒滿十歲的當時的林德旺，便在那時成了一個債主的養子，抵了債務。

「好吧。到街上去住，吃的、用的，都比我們好喲。」母親說。

就這樣，幼年的林德旺，離開了家。

養父恰好也姓林。他身材魁偉。除了喝酒喝得酒酣的時候，他的聲音一貫洪亮、懾人。他是個單身漢。不一樣的女人，在養父家住過，又走了。他包娼、又包賭。家裡電視、冰箱、洋酒、洋菸，沒有一樣缺少。錢是隨時有的。不管在碗櫃的抽屜，或床頭的小盒子裡，又或者是養父滿屋子亂放的外衣褲口袋裡，全是綠色、紅色的鈔票。

在養家，吃的、用的，果然比生家好了極多。心情惡躁的時候，醉酒的時候，養父會用日本人用來打劍道的竹劍打他。打在身上，「喇！喇！」地響。與其是因為痛，不如說是那「喇！喇！」的聲音使他駭怕。但比較好的營養，一點也不顧他幼年的，自悲身世的憂悒，使他老實不客氣地胖了，長高了。

養父沒有女人的時候，就會叫幼年的林德旺去跟他睡。第二天早上，一身白色衛生衣褲的養父便笑著說——

「×你娘，囝仔人，厚眠夢。咿咿哦哦，一暝講到光。」

他躺在養父那張柔軟，寬敞的床上，靜靜地想著在家裡，從沒聽人說他每夜都說夢話啊……

林德旺在養家不斷地長大。他對於生家的想望，也一年濃似一年。養父的管教，素來是無原則的。喝了酒以後，或者在女人的面前，或者和他獨處的時候，有時教他做人要講忠、孝、節、義，要正直、老實……有時候，養父又理直氣壯地教他「馬無野草不肥，人無橫財豈富」；教他人生在世，讀死書，走直路，都是大傻子……但唯獨不准他回去生家，不准他和生家的人接觸的這一條，卻是始終一樣的嚴厲。

「你去了試試，嗯，試試，」養父陰鷙地沉下一副肅殺的臉來，說：「看我會不會把你殺了，一塊、一塊，掛在廚房裡。」

養父於是便呼呼、呼呼地笑了起來。

在養父不在家的時候，他常會在空曠的屋子裡，刻骨銘心地，想念著生家。早上上學的時候，看見從生家那邊開來的客運汽車，他會聚精會神地張望車裡的面孔。雖說幾年都不曾相見，他一直深信，哪怕只匆匆的一瞥，他也認得出生家的任何一個人。有時候，他會在教室的窗外，看到一輛公路車子，在藍色的天光中，蜿蜒地走在遠處通往生家的公路上，慎慎地出神。但是他卻從來不曾有一個瞬間，怨恨過把他送了人的生家。

到了他上國中的時候，他的養父，人稱「烏狗添」的，突然被人用三尺來長的掃刀，削去一個肩膀，倒地死了。

他於是終於又回到生家來。

他的父母，依舊是童年記憶中那樣，被太陽晒得老黑的臉。母親老了許多，看來冷淡而愁苦。他的父親依舊健壯，只是髮腳白去了一片。這團聚絕不像渴想中那樣熱烈，反倒有些僵硬，有些悲哀，有些失望和叫人寂寞。

「國中，就讓他讀完吧。」爸爸想了很久，低聲地說，便又默默地抽起菸來。

這以後不久，他才理解到，幾個他的哥哥，有的在國中半途退學，有的根本就沒上國中。貧窮啊。大哥是一個零工集團的副手，一年有半年多在外頭轉。二哥在油漆行裡。三哥在農藥行搞小外務。四哥到外地學修車。他們參差不齊地回到家來，又參差著走了。生家是貧窮的、冷漠的。只有姊姊素香一直在他的身邊，以並不是極熱切的眼看著他，不時地伸出手給他。

「不管怎樣，德旺回來，可是帶了一點錢咧，」姊姊素香，在院子裡對母親說。

「他的哥哥們，也沒讀那麼高啊。」母親說。

「如果是他們想讀，能讀，我們不給他們去讀，就不對了。」姊姊素香說。

母親沉默著。

「只要考得上，就讓他上高中。」姊姊素香說。

這樣地，他成了兄弟中唯一上縣高中的孩子。

就是縣高中二那年，他病倒了。偶爾到三界宮去上香學法的姊姊素香，正式閉了關學法，極力主張送他到台北的精神科去。

「即使這個阿姊，也不理解我。」林德旺低聲說，感到孤單而且悲傷。「其實，阿姊要我回去，那時候我就應該警覺到了。『我看，你還是回來的好。』她坐在那兒說，臉就是不朝著我這邊看。」

他覺得懊惱了。不是因為他自己發現自己竟一個人在空屋子裡說著話，而是因為他惱恨為什麼沒有及早發現老金和陳經理他們早去說動了姊姊素香，共同參加他們反對他的計謀。

「回去有什麼好咧？」他謹慎地抬高他的聲音，彷彿深怕吵醒一個在沉睡中的人，卻又不能不高聲說話那樣，向著空中詢問：「我回到親父母家，有什麼好呢？你們不是連國中都不想讓我去讀的嗎？」

他忽然站了起來，走近床邊，踮著腳尖，在上鋪找到一個紅色的塑膠面盆，放在地上。他急忙站好一個適當的位置，解開褲鈕扣，對著面盆小便起來。一醒來就覺得異常尿脹的林德旺，在解開褲鈕的一剎那，就弄溼了褲襠。他鬆了一口氣似地，讓尿水不斷地，久久地，順暢地流出體外，一直到膀胱的壓力顯著減輕的時候，他對自己說：

「方才，說到哪呢？」他對空洞的房間問道。

他把大半盆的尿，小心翼翼地端到牆角。他覺得開心了一些。現在，林德旺開始穿襪子。他坐在床沿上，把他那瘦削而發黃的腳丫子，穿進一雙銅色的棉襪裡。他應該出去吃一點飯，他想。雖然他一點也不覺得飢餓，他已經拿定了主意，去吃一點飯，再補一點藥片回來。他把穿好襪子的雙腳穿進一雙雖然皮質不好，卻時常上過油的黑色的皮鞋。他從床上拿起Rita寄來的信，從頭到尾讀過一次，又工整地摺回去，裝進信封。他不知道他讀了什麼。他看來一點也不在意信中的消息。

「回去？回去有個什麼好呢？你告訴我好了，有什麼好呢？」他愁苦地，懇願似地，望著灰色的窗外，一個人說：「阿姊你雖然對我好，其實，到頭來，你還是趕我走了……」他沉默了。他想起姊姊素香說：「你要留在台北，就不要再回家裡來」，感到錐心的苦痛，使他的眼眶盈溢著熱淚。「安怎你會這樣哩？」他用鼻塞、沙啞的聲音說，彷彿姊姊素香就在他的跟前站著一般。

他站了起來。他慢慢地走到窗口。他看見了前面樓房的後壁，在二樓和三樓酒家，有洋鐵皮做的中央系統空氣調節機送風的管子，錯落地盤在一起。穿著油汙的白衣的，瘦小的廚子，在樓下後門口殺洗一整個木箱的魚和烏賊。自來水嘩啦、嘩啦地流著。烏賊的內臟把下半截水流染成淡淡的墨色。

「其實呢，哼，」他對著窗外灰色的牆壁說，「其實呢，有誰知道，我是誰家生的嗎？不要再騙人啦，唉！」他說，並且無奈地搖著頭，「我當然不屬於鄉下那個落後，不識字的地方，哈。」他沉思了一會，說：「I am different!」他終於說了一句生硬的英語，「I am, I am...」他說。

他又去打開塑膠布衣櫥，把一件鐵灰色的西裝外衣穿起來。

——走吧。出去吃一點飯。再買幾顆藥回來。

他想。無論如何，要度過這一關。他漫漠地想起少年時的那一場大病。恐懼、忿怒、悲傷、羞恥、失敗、沮喪、自己恨自己……這些又多、又強烈的感覺，像猛然從崩塌的鬼門關洶湧而出的惡鬼，向他喧嘩著撲來。他天天同這惡毒、陰狠的黑暗，力竭聲嘶地掙扎。直到有一天，一切都倏然靜止了。彷彿什麼都在忽然間過去了。他覺得什麼都再也傷害不了他。他像風，像空氣一樣地生活。醒來之後，他才知道自己到台北住院，已經超過五個多月[8]。

林德旺推門出去，走了一截幽暗的走廊，格登、格登地快步走下樓梯。天色開始陰暗起來。一陣涼風猛烈地吹來。他模糊地感到寒冷，把三個西裝外衣的扣子全扣好了。他忽然想起，上國中當童子軍，一位年輕的童子軍老師教過：長途行軍，要一會兒急行、一會兒漫步、一會兒快跑、一會兒緩跑，既不易疲倦，總行程的速度又快。想著、想著，林德旺認真地沿著人行道急行起來。當他以童子軍教官的方法走過兩條街道，來到他經常買飯的地方，他已經在氣喘著了。他打開上衣鈕扣，手插在腰上，站在「再來自助餐」門口。

「來，吃什麼？」

老闆娘笑著問。

林德旺笑了笑，微喘著氣。他沒說話。他環顧著店內，看見在日光燈下，幾個寄居在這塵埃滿天、叫人孤單而又憂戚的都市裡的單身漢，熱心地喫著鋁盤中的菜。老闆娘和她的女兒站在菜櫃檯上，用一個大鋁杓子為一個身材高大的老人舀菜。老人遲疑著決定不下要什麼菜。

「來點兒豬頭皮。」

老人說。

林德旺看見那不斷地在發胖的、店老闆的女兒，俐落地舀了半杓子用硝醃過的、切成細長條兒的、發紅的頭皮肉，倒進老人的鋁盤上。但他定睛一看，頓時間整個人都嚇僵住了。他看見那些粉紅色的豬頭皮中，竟而摻雜著人的耳朵和指頭。林德旺並且逐漸看清楚了，凡是有肉的菜，例如獅子頭、炒雞丁、紅燒肉、咖哩牛肉、炸香腸……其中莫不躲藏著人的頭皮、指甲、脛骨、甚至於人的生殖器。

「來呀，少年，」老闆娘一邊為別人舀菜，一邊對著站在門口的林德旺說：「今天，喫點什麼？」

林德旺看見每一個人都裝著一點也不知情似地，把人的指頭和肚皮肉，送進嘴裡喫著。他的心快速地悸動起來了。他抬起頭來，看見老闆娘正筆直地望著他，猙獰地笑著。

「喫晚飯。」老闆娘說：「今天的湯，是冬瓜排骨。下了很多薑絲，你最喜歡的。」

他向她點點頭，然後轉身緩慢地走開。他聽見自己的心在胸口骨突、骨突地撞打著胸腔。

他的兩手發冷。走過店面，他突然拔腿奔跑起來，一口氣跑過半條街道，迅速地走進一條車水馬龍的大路上。現在他沿著櫛比五、六家皮鞋店的走廊，一邊喘著大氣，一邊恐懼、生氣、悲愁地走著。為了害怕那個老闆娘，害怕被她殺了做菜，每一個人，林德旺想著，每一個人，都互相欺詐，裝著若無其事的樣子，把人的筋、骨、肉、皮，當作豬肉、雞肉吃掉，他想著。只為了保全自己，就不惜欺詆著別人和自己——每一個人都明知自己在欺詆著別人和自己——而不去說破，吃著同類的肉，啃著同類的骨，喝著同類的血……卻沒有一個人敢起來舉發那人肉黑店的真情，打殺了那長著一身白得像用蠟去做成的白肉的，終日油膩膩的老闆娘。

「這懦弱的、說謊的……」他說，「這懦弱的，說謊的人……」

他把雙手在背後交握著，匆促地、氣忿地走著。現在天色已經暗下來了，故而使滿街的霓虹燈廣告和店裡的日光燈，益為輝煌了。這白天看起來疲倦、多灰塵，而且混亂無體的都市，如今在五顏六色的燈光下，像濃濃地化過了妝，倚在燈下門口的女人一般，日夜判若兩人。

「這懦弱、不敢說真話的人間，」他喃喃地說，忿怒難平：「這懦弱，不敢說出真話的世界！」

他終於在不知不覺間走過一個社區的小小的公園，看見一個倒掛著白色塑膠小水缸，裡頭點著電燈，水缸上用紅色的油漆歪歪斜斜地寫著：「素食」的小喫攤。他走了過去，心中有些高興了。他指定把豆芽、豆皮、香菇和龍鬚菜炒在一起，叫了一碗飯。

「湯呢？」

素食攤的老闆說。

「嗯，」他說，「青菜湯，什麼都行。」

他隨手打開桌上的一份報，感覺到報紙和桌面上都有一層稀薄的灰塵。他無意間在分類廣告版上，看到一個一寸四方的、鑲著黑邊的英文廣告：

MARKETING MANAGER

A world renowned, U. S. based multinational operation, engaging in manufuacturing of pharmaceutical products in Taiwan, is searching for a Marketing Manager to handle whole marketing functions of its expanding office in Taipei...

林德旺被黑體大號字的Manager所深深地吸引了。然後，因為「旁聽」過「香港」劉福金幾堂課，他立刻明白了Marketing Manager就是「行銷經理」。他滿懷著愉快、尊敬的心情，注視著粗黑的、橫排的英文字：Marketing Manager。他然後開始讀黑框子裡的廣告文。他專心、仔細、端莊地去認每一個他已經認得和不認得的英文字。他雖然來回讀著、研究著，然而由於英文程度，他自然是不了解這廣告的意義：徵企畫經理。某世界著名、設總公司於美國、在台灣從事西藥產品生產之多國籍公司，茲徵求行銷部經理，以掌理公司設在台北、正在不斷擴大的企畫部門……廣告上還說：應徵者英文要說、寫俱優，有工商管理碩士學位——由美國大學授與者尤佳，且在外商公司行銷部或相關部門工作四年以上，尤其對促銷性企畫作業及策略有專長者，優先考慮。待遇優渥，配車，並享有不時送赴國外參加管理科技訓練之機會……

對於林德旺，Manager像是一個神奇的咒語。自從他進入美商台灣莫飛穆國際公司不久，他先是崇拜Manager。只要是Manager要他辦的事，公事固無論矣，即使是私事——例如幫Manager到銀行領錢；打電話叫修車行的人來修Manager的車子；送錢給在西門町等著的Manager的太太……他都特別賣力，而在辦完以後，奇怪地感到特別的光榮。他崇拜中年以上的Manager，因為他們看來幹練，有威儀。他也崇拜年輕的Manager，因為他們看來英俊、聰明、瀟灑。他崇拜Manager們一口一手流利的英語。每次布契曼先生紆尊降貴地到一個Manager的房裡，同Manager咕嚕咕嚕地講「番話」，而他適巧又在門口經過，或者在門口辦事時，他總要有意無意地徘徊片刻，聽著那神奇的語言。經過了一年、兩年，林德旺不知不覺地把Manager當作了人生至高無上的光榮，並且進一步把努力工作，看準公司派系，爭取自己也有朝一日當上Manager，作為他畢生奮鬥的目標。他的姊姊素香留下一個紅包，把他趕出故鄉以後，林德旺更是含悲茹忿，發憤工作，緊跟陳家齊，深深地相信陳家齊把他升起來當業務部下一個Manager的日子，一定會來到。

現在，這個魔術一般的英文字——Manager；這個黃金、寶藏一般的觀念——「經理」；這個神奇的發音——「馬內夾」，在林德旺逐漸狂亂起來的心智中，發生了咒語似的效用。他感覺到他的心神迅速地穩定下來了。一切最近以來在他的心中激烈地激湧、出沒的令他痛苦、傷害、恥辱、仇恨和驚駭的情感和聲音，逐漸沉靜了下來。他感到舒暢而快樂。多麼美妙！他激動地想著，陳家齊、金老闆、Lolitta，那個嬌嬈的惡魔女。還有，那令他依戀、又令他氣恨的姊姊素香，都與我無關了啊！他想著。

「你們，呵呵，再也壓制不了我了，」他突然對著攤開的報紙說，「你們，再也不能反對我了……」

那上了年紀的、瘦削的素食攤子老闆，把一大盤炒好的蔬菜端在他的跟前，躊躇著不知道該把盤子放在被攤開的報紙占去三分之二的桌面的什麼地方。

「先生……」老闆說。

「沒有關係，」他抬起頭來，眼中充滿著希望的亮光。他霍地收起報紙，讓人把菜和一碗白飯擱在桌上。「沒有關係啦，這世間還有那麼多的Manager等待著有能力的人去做咧。」他喃喃地說，又把滿滿兩個全版的分類廣告攤開。他聚精會神地在廣告版上尋找著。一個電腦公司在徵業務經理。

「SALES MANAGER」，他謹慎地讀出聲音來，「這個位置也是我的。」

他然後又看到一個小小的英文廣告：LIASON MANAGER WANTED。一個美國採購公司要在台灣設一個位置，請人在台灣搞聯絡工作，並且驗貨出口。可惜的是林德旺看不懂LIASON這個字，但MANAGER這個字，他是十分有把握的。他把報紙細心地摺好，插在他的西裝外套的內口袋。他機械地端起白飯，胡亂喫著。

「一天就有三個地方要Manager，」他一邊挾菜，一邊說，「這，分明是帝君爺的指示……」

他被自己的最後一句話嚇了一跳。他把咀嚼著的嘴停止了片刻，捉摸著那句話的意思。他放下了筷子，掏出一張百元鈔付帳。

「找你四十五元。」老人說。

「好的。」

他說。他匆匆地又穿過那小小的公園。天色整個地暗下來了。一對情侶，在微寒的風中，坐在公園的石椅子上無言地依偎著。他踩著差不多是輕快的步子，往來過的路上走著。他走過一個短短的天橋，在一條於夜間尤其地顯得鬧熱的大衢上，他找到一個報攤子，買了兩份不同的報紙。而後他急忙找路走回他在天水路小巷裡那簡陋而破舊的單身公寓，顯然把買藥的事全都忘卻了。

5 小天使

兩個禮拜以後的一個星期日的近午時刻，善良的、虔誠的Rita劉，在信義路上的一個教堂裡做完了禮拜，和站在禮拜堂門口的身材壯碩，笑口常開的牧師寒暄了幾句話，然後在教堂的小院子發動她那鮮紅色的，牌名叫「小天使」的小機車。馬達「蹦蹦、蹦蹦」地響了。她從她那小本的、舊了的《聖經》裡，找到一張紙條。紙條上是她自己寫下來的，林德旺的地址。她坐上她的「小天使」，開出教堂的小院子。

「平安，陳執事……」

她笑著向路邊的中年紳士說。對方的臉龐，立時水中漣漪一般地漾開一朵善良、溫暖，誠心誠意的笑容。

「平安喔！」他說。

從昨天晚上開始，來了今年第一個寒流。整個天空都是鈍重的灰色。後來又陸續給林德旺寫了兩封信，卻一直沒有他的消息。到底發生了什麼事呢？她想著。離開林德旺的住處——在這個台灣首善的都市的另外一個區域，還很有一段路途。所好的，在假日裡，大部分的車子都離開了這城市，使路上的車子少去了很多。她想起約莫十年前吧，她和瓊一道騎著單車，在台中，那個當時又乾淨，又寧靜的都市的，夾著蒼翠而又吐著火紅的花信的鳳凰木的街道上，去探訪教會裡中學團契的契友。她相信了基督，就是瓊，她少女時代最貼心的朋友，帶領的。瓊的個子高挑，皮膚雖然黑些，但豐潤而細緻。然而黑了一些的瓊的皮膚，使她的大而明媚的眼睛，顯得格外地大而明媚；使她的沃腴的少女的嘴脣，顯得分外地腴沃。瓊的功課好，始終同她輪番拿班上第一名。那時候，瓊是多麼美麗、純潔，在她們相識的那個專租給女中學生的公寓裡，她們跪在深夜的床邊，親愛地、熱切地、同時向著那位在她們的心中留著葡萄顏色的髮鬚，英俊、憂愁而溫柔、親切的耶穌．基督，切切地傾訴著她們共同的嚮慕。「主啊，哦，我主，求祢讓我更愛祢，愛祢更深……」她聽見瓊殷切地說。那聲音是那樣地溫柔，那樣地婉轉，她不覺睜開眼睛，看見跪在隔壁的瓊，把相握著的自己的雙手，緊緊地靠在她那柔軟而飽滿的胸前。低著頭的瓊的臉，在寢室的日光燈下，微微地泛著幸福的、信賴的和順從的紅暈。她的長長的，向上約略地捲起的睫毛，深深地閉著。「主啊，求祢使我的心靈和身體，都像雪那麼聖潔，」瓊呢喃著說，「讓我以潔淨的身心，跟隨祢。」

——主啊。

Rita在回憶中嘆息了。那時的瓊，是怎樣地發散著連女性也難於不動心的那種魅力啊。這種魅力，又和她的熱切的、宗教的聖潔，揉合而成獨特的蠱惑。好幾次，Rita看見團契裡的男生或者女生，在前來探訪的瓊的面前，溫順地低下頭。「主喲，求祢堅固我們的信心，釋放我們，讓我們為團契心裡火熱。」瓊拉著那個幾個禮拜不曾來聚會了的女生的手，低垂著頭，輕柔地說。

即使到現在，Rita的祈禱中，不時地提起那美麗的、溫婉的瓊。「主啊，她在哪裡呢？」她會說：「祢說祢不讓一個靈魂失喪。主喲，只要祢肯，祢會使祢的女兒快快回頭。哦，主……」

她在中華路的平交道停下來，等待不知道是南來、還是北去的火車。過了這個平交道，就是林德旺居住的延平區。她又從口袋裡摸出那張小字條。公司裡那麼多人，就數林德旺最肯接她的福音單張。每次接過單子，林德旺總是說：

「謝謝。」

他的微微下斜的眉毛的笑臉，使他的表情看來有一種善意的無奈。

「帶回去，要看哦。」Rita說。

「看。看的。」他說。

「來做禮拜好嗎？」

「下一次吧，」他總是說，仰著頭笑。「下一次吧。」他說，「Rita，全公司，數你最好了，我看。」

她微笑著，把眼睛收回打字機上。她於是又「嘀嘀、答答」地打起字來。「全公司，數你最好了。」Rita的耳中殘留著林德旺無邪的聲音。但是她知道，所謂最好，是面貌和身材平庸，不施脂粉，不穿花俏、新潮的衣服。但是，感謝主，她想，上主給我這容貌，除了上主，我還討誰的喜愛呢？

「我只願意討耶穌．基督的喜愛。」

每一次，當她忍不住貪婪地看著同寢室的瓊的美麗、嬈柔的側臉，而不可自抑地誇讚瓊的美貌時，瓊總是這樣，或者類乎這樣地說。

一列火車轟降、轟隆地，通過她面前的平交道。她轉動了油門，隨著雜沓的公車和計程車，緩慢地通過平交道。大學放榜之後，她們被分發到同在這個城市的兩所不同的院校。然而，感謝主啊，她們畢竟還共同屬於一個大專團契。她和瓊，每個禮拜有好幾次相聚：唱詩、讀經、祈禱。她幾乎覺得，上帝是為了有一個人去衷心地欣賞瓊，而讓她生下來的。如果這就是她的角色，那時候她常這麼想，那麼，她真是最適宜扮演這角色的人。她一百個願意以她平庸的面貌，去襯托出瓊的美貌；以不相上下的心智，去理解和傾聽瓊的內心最幽隱的思想和情感；以在主耶穌．基督裡面的姊妹深情，讓瓊在需要愛人的時候，由她愛；在需要被關愛的時候，第一個去愛她。

然而，瓊啊，上了大學後不久，你就開始起變化了。她想著。她把車速放得更慢了，因為，雖然在台北一住就快十年，過了鐵路的台北的這個區域，她是極少來過的。她必須慢慢的騎，好一邊看門牌找路。怎麼也沒想到，竟有這樣的一天，在前一夜為了瓊流著眼淚祈禱，第二天出門前又祈禱之後，她騎了她的電單車，去探訪已經月餘不曾在教會和團契露面的瓊。

「啊，你！」

開了門，瓊的整個臉，就像一朵鮮美的花那麼樣地笑開了。「啊，你呀！」瓊歡笑著說。即使到晚上，她猶原記得瓊的眼中那樣地閃耀著的友情的快樂。上了大學以後，不知何以故，瓊的皮膚轉白了些，使她的肌膚變成一種粉粉的棕色，看起來像一片迷霧一般。那麼樣地迷人啊……

她走進門，看見瓊的桌子上，堆放著一大堆書本，大部分是英文的。她的眼淚，忽而說不清楚是為了什麼地，流下她的面頰。瓊默默地遞給她一條綠色的手帕，拍拍了她的肩。雖然沒有說話，彷彿瓊卻深深地了解那使她流淚的，她自己也說不清楚是為了什麼的原由。她看著瓊，帶著眼淚，無聲地笑了。

「坐吧。」

瓊終於說。

她們坐在瓊的桌旁。她隨手挑了一本中文書。《變動社會中的教會》，她在心中讀著那書名。這就是瓊了，她想。在女中的時候，讀教科書，考試，她們在伯仲之際。但她知道，讀課外書，她就不及瓊遠甚了。那麼忙的女中生活，瓊在領導繁忙的教會青年工作之餘，還有時間看《查拉圖斯特拉如是說》（即使只這書名，也花了她一點工夫才記得啊），《柏拉圖對話錄》……那些書。

「很忙，」她笨拙地說，「是不是？」

瓊用她那明亮的眼睛，深深地望著她。那明確的雙眼皮，鑲著比少女時代更為濃厚的睫毛，至今想來，都還栩栩地在她的眼前安靜地眨動著。

「一個禮拜一次的主日，來一下，比較好。」

她說著，眼淚順著她的鼻沿流下。她笑著，用瓊的綠色的手絹擦去淚痕。沉默了一會，她邀瓊一道祈禱。

「好的。」

瓊說。

她在祈禱中幾次泣不成聲。在那之前，在那之後，她一向並不是一個很容易落淚的那種女孩。她哭，如今想來，怕是向上主傾訴：教會裡，團契中，少去了瓊，是多麼的寂寞，多麼的空虛……

「不要為我擔心。」

瓊安詳地注視著她小心地把眼淚擦拭乾淨。上主一定不是要我們只做個什麼事都不懂，只會問他要棒棒糖的那種乖寶寶，瓊說，許多無神論者都視為滔天的罪行的，教會卻噤默不語……瓊悲戚地說：

「許多世上的苦難，是我們這兒的教會和信徒所完全不理解的。」

離開的時候，瓊陪著她走出那一條彎曲的小路。那是信義路五段罷。在城市的最邊境，整落青蔥的山，就彷彿在眼前陡起。上了大路，瓊站在那兒，看著她踩著單車走遠。這以後不久，就聽說了瓊輟了學，改宗天主教。又不久，人說她立志要當修女。她畢業以後，又聽說她開始了漫長的修女的修業行程，到羅馬去了。進入莫飛穆國際公司的那一年，她收到瓊從玻利維亞寄來的聖誕卡，從此全沒了音訊，只剩下那天離開瓊的住處時瓊送給了她，而她卻一直不曾讀過的一本書：《CHURCH AND ASIAN PEOPLE》。

她終於找到了林德旺的住處的門牌。她沿著於今已不多見的，破敗的木梯登上四樓。每一樓都住著好幾家人。從敞開的門裡，她看見有些婦女在用機器織毛線，有些人在做午餐。在那陰暗的天地裡，小孩子們仍然興高采烈地玩耍。在四樓的梯口，她看見一個小女孩坐在小凳上，趴在長條椅上寫功課。

「請問，」她說，「林德旺先生住哪？」

小女孩抬起頭，想了想。

「媽！」小女孩說，「媽，有人來。」

她把問題向一個乳著嬰兒的婦女重複了一次。

「你是，」女人說，「他的什麼人？」

「同事。」她說。

「他，不行了。」女人皺著眉說。

「什麼！」

她幾乎驚叫起來。

「不行了，」女人說，用食指指著自己的腦子。

「噢。」

「沒日沒夜，整天在房子裡跟自己說話，」女人說，一邊引她走著幽暗的走道，「起初，白天裡大聲講，夜裡，他還知道細聲講。到後來，夜裡說話的聲音，跟白天一樣大！」

女人在一個房門口停了下來。她輕輕地敲門。兩人屏息地聽著。

「也許不在。」女人換了一個手抱嬰兒。她看見了女人把整個裸露的乳房塞進衣服裡，又掏出另一隻，送進嬰兒的嘴中。女人把房門推開，向裡頭探望。

「沒人，」女人說，「滿間屋子，怎麼全是報紙……」

她走進林德旺的房中。她看見牆上，上下鋪的木頭柱子上，窗子上，貼滿了用紅筆畫過、圈過的剪報。她仔細地看了一下，才知道是中、英文報紙剪下來的徵人啟事。PLANT MANAGER WANTED……一張離她最近的剪報上要徵廠長。地上和椅子上、桌子上，都是開了剪口的報紙。她站在屋子裡，慢慢地發現在每一個MANAGER的字的下面，都畫著一道至三道殷紅的、血也似的粗線。她無法理解這些剪報的意義，但她從來不知道林德旺一直住在這樣一個破舊、陰暗、飄著腐味[9]的地方。「主啊！」她的內心憂愁、驚異地喊著。她說：

「他這樣子，多久了呢？」

「一個人說話嗎？」女人問。

「嗯。」

「久囉，」女人嘆息了。「後來幾天，他像是在講英語咧。咕嚕咕嚕，『馬內夾』；咕嚕咕嚕，『馬內夾』，」女人說：「沒有多久，反正就有一句『馬內夾』——誰知道他在說什麼。」

她也不能理解經過了那女人訛音以後的「馬內夾」，畢竟是什麼意義。她想起每次總是有禮地接過她的福音單張的林德旺的笑臉。

「主啊……」

她嘆息著說。

「你說什麼？」

女人說。這時嬰兒突然吐掉奶頭，哼了幾聲，接著就以裂帛一般的聲音哭了起來。那聲音雖然刺耳，卻叫人感覺到這貧窮人家的嬰兒是多麼的健朗。

「一定是個男孩子。」

她溫柔地注視著張大了嘴放聲哭叫的嬰兒，微笑著說。

女人大幅度地搖著嬰兒，對著嬰兒，唱歌也似地說：

「哦哦——，是男的啦——，有什麼用——，壞死了哦——」

女人抱著嬰兒，這樣吟哦著走開了，把她一個人留在林德旺的房間裡。她走到床鋪，把鋪在床上的一堆滿是剪口的新的和舊的報紙移開，猶豫了片刻，在床沿坐下。突然間，她看見三封她寄出來的信，整齊地擺在汙穢不堪的枕頭邊。她拿著這三封信，發覺除了第一封，其他的兩封，卻一直不曾打開過。她知道，其中有一封說，因為陳經理發覺他請長假不高興，希望林德旺快些銷假上班。最後一封信則是經過布契曼先生親自簽名的英文信：林德旺逾假不歸，應予撤職。為了怕林德旺不懂，陳經理還特地請她附上中文譯本，和一張半個多月薪水六千三百元的支票。她把那三封信重又擺了回去，一回頭，才在下鋪的頂上發現了一張畫像。

「帝君太子林德旺繪像。」

畫像的一邊，這樣地寫著一行敬謹的字。她認得那確實是林德旺的字。林德旺能畫一點畫。公司機械部員工福利會一些活動的布告，有幾張是央他畫的。要釣魚旅行，林德旺會畫一個人背著一條比人大兩、三倍的魚。要合唱練習，林德旺就畫四個人張著大嘴，音符飛得滿紙。要攝影比賽，林德旺就畫一個人在一頭拍照，另外一個被拍的人裝模作樣地站在樹下，卻不知道樹上的一隻小鳥屙了一泡鳥糞，正在半空中往下掉……她仔細地端詳著這畫像：一個年輕人正面坐在像是太師椅那種椅子上。西裝、領帶的服裝。那臉，除了微微向著兩邊的眉毛，是一點也沒有林德旺的模樣。頭部的後面，有一個圓的光圈。順著光圈的弧度，寫著幾個英文字母。再定睛看，赫然是MANAGER這個咒語一般的字。

她把極度仰視的頭垂下來。她的心中充滿著悲楚。她想祈禱。她於是坐直了身，低下了頭。「哦主，我的上主，哦，主喲……」她喃喃地說。她不知道要說什麼，因為她完全無法理解那只憑著感覺去發現到的，林德旺的整個悲苦的內涵。她的兩相緊握的、祈禱的手在發冷。她的胸口被悶熱的什麼堵著。「哦，主喲，」她呻吟著不住地重複，「我的上主，慈悲的天父……」她想哭，讓淚水洗淨她的悒悶和酸楚，但她只覺得眼熱，淚水卻怎麼也流不出來。「主啊，憐憫我們罷……」她哀求似地說。

她默默地坐在床沿。她聽見嬰兒在隔壁不知道為了什麼，忿恨地哭著。她知道這是她少有的，沒有交通，不蒙上主垂聽的祈禱。必定有什麼不對。她想，她忽然想起了瓊的話——

「許多世上的苦難，是我們這兒的教會和信徒所完全不理解的。」

她起身走出房間，把門輕輕地扣上。當她走向樓梯時，那趴在長條椅上寫功課的女孩子忽然說：

「阿姨再見！」

「噢！」她喫驚地說，「再見。」

這時候，她的眼淚忽然掛了下來了。

「瓊，你在哪裡？」她喃喃地說著。幾年來，她從不曾像現在這樣心痛地想念過瓊。

「瓊……你，在哪裡，呢？……」

她抽搐地想著，睜大模糊的淚眼，撿著陰暗的梯階，一步一步走了下去。

6 彼德・杜拉卡

台灣莫飛穆國際公司，在密集而周全的準備之後，終於在十二月十五日起，在一家台北著名的國際性K大飯店裡，開始了前後四天的會議。從大學一直到研究所的求學階段中，一向都是優等生的劉福金，配合幹練而長於組織和行動的陳家齊，挑起沉重而複雜的籌畫和執行的工作。劉福金的「優等生」根性，使他把這四天的會議，鉅細靡遺地，用英文寫下他的日誌和一些個人的心得。

以下是他的日誌的中文翻譯。

十二月十五日

上午十一點四十分左右，全部與會的人員，都完成了Check-in手續，住進飯店裡了。東京的莫飛穆遠東區總部人員和兩位客座講員，都住九樓的大套房；莫飛穆遠東區行銷部長Mr. F.

G. McMurry住九〇五，業務促銷部長，日本籍的宮澤幸夫（Mr. Miazawa, Sachio）住九〇七。客座講員，密契根大學商學院的Alpert教授和南加大學的行銷學教授Blackwell，原計畫分別住九〇九和九一一，但是臨時應宮澤先生的要求，向飯店交涉，改住九〇四和九〇六，以便他們可以對門而居，會後彼此協商，也方便些。

其他與會的莫飛穆遠東各國分支機構的代表，全部住八樓，每人一間小套房，一共占去了十七間房間。他們全是在莫飛穆亞洲大家庭活躍著的行銷、業務部門管理人員。日本來了四位，其中川田先生不久前曾經因公來過台灣，這次重逢，他開心地認出我來。「Hello, H. K., we meet again.」他說。其他三位都年輕，三十出頭，但英文沒有川田好。韓國來了三位，其中帶頭的文先生比較風趣、隨和，其餘兩位看起來年輕而拘謹。香港來了兩位，Eddie石先生，公司裡的人稱他為Stone，長得白皙、富泰，戴著金絲眼鏡，六十出頭了，英文和北平話都講得很道地，在業務上，管得布契曼先生和陳家齊，因為他是遠東區下來東南亞小區的Reginal Manager。早聽說此人像一隻外表斯文的老虎，有中國商人的圓滑，有外國高層管理者的鋒利和聰明。另外一個，一看就知道是個香港養大的年輕人；衣著整齊，頭髮長而不亂，看起來認真而有效率，只說英腔英語和廣東話。菲律賓來了兩個，臉色黑暗，但眼睛明亮。他們隨和、開心，英文流利，好奇心重，一副很擅長社交的樣子，幾聲Hai就跟大夥兒搞熟了。印尼來一個，中等身才，皮膚黑，但沒有菲律賓人那種美麗的雙眼皮。陳家齊說，菲律賓人在歷史上有西班牙人的血統。泰國的Mr. Sulabong先生，聽說和皇室有些遠親關係。他看來像台灣南部鄉下的年輕人，只是鼻子寬厚，個子比較矮小。

為了表現地主公司的謙讓，台灣莫飛穆的四人（老闆除外）住進沒有窗子的兩間，每間兩人。九樓的大套房面積比八樓大了約兩倍，除了寬敞的臥室，各有一個小會客室。沙發、茶几俱全。九樓的人，即使連宮澤也對每個房間裡的日本式插花讚不絕口。「沒有想像過，在台灣也能看見這麼好的floral arrangement（我從來不知道『插花』的英文是這麼說的），這不是很妙嗎？」Mr. McMurry連聲誇讚，「Isn't that fantastic?」Mr. McMurry一頭銀髮，瘦高個、鼻子跟前留的鬍髭卻是深咖啡色的，又密又鬈，令人懷疑是不是貼上去的假玩意。

八樓、九樓窗帘顏色不同。八樓是墨綠色，拉開來，可以看到淡黃色的、樹葉搖落淨盡的樹林的圖案。地毯是淺棕色。據房間部經理說，全是進口貨。九樓的窗帘更美：厚厚的呢絨，深咖啡色的底子，底邊是兩尺多高的蛋殼色蘆葦的影子，配合暗黃色的地毯，厚重的傢俱，和溫暖的鎢絲燈，整個房間充滿著現代、富裕和安適、高貴的情調。

我是農家出身。父親是個公務員。我從來沒有見識過這樣的場面。從今天開始，我要在這樣一個國際性的環境中，接連四天，生活和工作。

記得讀研究所的時候，曾讀到哈佛大學一位教授寫的文章。文章說，現代多國籍公司的高層管理者，很多是出身寒微，也不是著名的「長春藤」大學畢業生，或者美國東部世家出身的一族。那文章的主旨是在說明多國籍（公司的）管理（multinational management）的民主性格。當時讀來並沒有什麼實感。現在回味起來，自是不同。

十二點二十分在飯店內「香榭廳」午餐，飯店用美麗的屏風圍住了大半個香榭廳供我們使用。貴賓席的一排，感謝飯店方面的細心，等距地插著今天與會代表各國的小旗。依次是：美國、日本、大韓民國、中華民國、英國（香港）、菲律賓、泰國和印尼。在這一排座席上，從右起是布契曼先生、宮澤先生、McMurry先生、Alpert教授和Blackwell教授。和這排座席兩端垂直地排著各分公司代表的位置。我和陳家齊分別坐在兩邊的末位。

在歡欣的掌聲中，布契曼先生首先起來致歡迎詞。在東京來的兩位頂頭上司前面，布契曼先生看起來討好、隨和而謙虛。他說，這麼盛大的occation不止具有國際莫飛穆劃時代的意義——因為，作為國際性的政策，莫飛穆已從單純的貿易，向著行銷和促銷挺進——對於台灣莫飛穆，也是一項殊榮。布契曼先生舉杯歡迎全體與會人員之後，便指定陳家齊起來報告四天會期中的作息計畫。

陳家齊簡單的報告了作息結構：七點五十分起床，由我負責打電話到每一個房間叫醒大家。早餐從八點十分到八點四十分，四天中一律到「香榭廳」來用餐，因為每人一份，可以隨到隨用。九點鐘開始會議，在四樓的國際廳。十二點十分中餐，四天安排不同的地方。詳情如會議手冊。十二點四十分到一點四十分午睡，不午睡的同事可以在飯店附近遊覽參觀，有關飯店附近的街道和去處，有一張地圖，附在報到的資料袋中。下午兩點到六點開會。六點二十分dinner party。八點二十分以後「自由活動」。

「有什麼人有任何問題，找H．K，」陳家齊說，「他負責隨時為大家解決問題。」

我起立點頭示意，不料招來一陣掌聲。

接著，布契曼先生起來介紹貴賓。掌聲甫息，布契曼先生要我簡單介紹東亞分公司各與會代表。

午餐是海鮮全餐。每個人一隻龍蝦。此外有乳酪鱈魚、義大利焙蟹，炸鱒魚和一碟鮮美無比的魚子醬。酒是CHIVAS REGAL威士忌。

（以上中餐後所記。現在我在我的房間中準備整理下午的講義，以便開會時分發。房中有適宜的暖氣，如置身帝王家。）

一點鐘。我先到會場，一切令人滿意。講臺上用普利龍做成的大幅英文字：MARKETING COMMUNICATION IN MARKETING MANAGEMENT。深藍底板，雪白的立體印刷體字，又氣派，又高雅。講臺上一盆西式盆花，血紅的玫塊半球。每一張桌子一杯高雅的咖啡杯，一份下午開會用文件。

第一節是Blackwell教授擔任的「行銷工作的外在環境」(The External Environment for Marketing)。

行銷工作的外在環境因素，往往是行銷管理者在不同程度上難於掌握的。這些企業自身所難於掌握的因素包括：

一、消費者的需求；二、同行的競爭；三、商事法規；四、中盤和零售商的結構，以及五、廣告媒體。

行銷管理者應該有這個現實主義的認識：在某一個程度外，企業是怎麼也無法操縱需求的。購買的行為，和商品本身、包裝、價格、銷售手段，零售布局和服務等因素，有微妙的關係。Blackwell所論的重點，毋寧在於先認識到「需求」是「難於操縱」的因素，並在這個基本認識的基礎上，去管理消費者的「需求」吧。

競爭同業的策略等等，一方面是企業所無法控制，同時又絕不可忽略。因此，先要「知己知彼」，加以因應。

特別是在美國和日本，消費者保護的聲浪很高，相應的保護性立法繁複而苛刻。在這些地方，不考慮行銷上的法律限制，就會鑄成企業的慘劇。「其他東亞、東南亞國家要好得多。」Blackwell笑著說，「這就是為什麼我們特別喜歡（love）這些國家。」（笑聲）

中盤、零售體系是獨立商人，公司當然無法加以駕馭。先深入理解，然後慎重選擇，這些中盤和零售體系，使我們的產品能流暢地送到消費者手中。

廣告媒體也不屬於製造業者，無法加以操縱。理解、分析進而選擇最適當的媒體，成了行銷管理工作的一個重點。

第二節是宮澤的「促銷計畫的規畫與策略」。

宮澤的英文出奇地流暢，雖然發音有一點兒生硬，但是比起印象中的日本英語，好得太多了。事實上，由於他長年的國際管理生活之訓練，他的英文比今天與會的任何東亞代表流暢而優雅。他的敘述十分扼要而生動，主要是因為他準備了一套詳細、有綱有領的幻燈片，來做輔助說明，也是一大因素。

宮澤的「促銷計畫的形成」論，分成五大部分。即（市場）情境分析，包括對一個市場中文化、社會之與我產品有關者之研究與調查；消費者相關的需求、競爭品的研究與調查；相關法律的研究，以及公司內部條件的分析（財務、生產能、人員組成等）。情境分析，應該以清晰的語言，可以計量的數字，總結地指出為了使某產品上市，是否應該要提高消費者對該產品的認識，要不要重點試銷，要不要設計一套方法改造消費者的某些觀念等等問題，並做了深入的討論。

第二個階段是設定促銷的目標。這包括界定目標市場；搞清楚產品主要和次要的訴求對象；分析和研究這些對象心理、經濟收入、觀念、好惡等條件，配合產品特、優點，完成傳播訊息的內容，要之即廣告、促銷時我們要傳播的具體內容。

第三個階段是決定銷售活動所需的預算。（略）

第四個階段是銷售管理項目的釐訂。這包括一、廣告管理，即媒體資源的分析與研究；媒體的選擇；廣告傳播內容的決定等等。二、業務代表的訓練、激勵辦法和組織運用；三、零售商分析、獎勵、業績追蹤與調整。

第五個階段是全計畫的定期評估、調整。評估與追蹤應該分成每週、每月、每季、每年，隨時分析研究，以高度機動性調整全盤戰略，務求企業目標：利潤的達成。

評論：宮澤和Blackwell教授一樣，強調了行銷作業對操縱社會需求的有限性。但這有限性的認識，卻更加發展成為一套周密、強大行銷、促銷（Marketing-Promotion）的網罟，相對於消費者的分散、無意識，企業的智慧與力量，實莫之能禦！

四點半開始，還是宮澤主持的銷售計畫個案研究。

宮澤現身說法，把他自己約莫距今十年前在日本一家銷售公司的經驗，拿來當個案向大家講解。

當時負責銷售的宮澤，擔當了一項美國進口到日本專門餵貓用的營養貓食。產品名叫做CATIVITE。六〇年代末，是日本經濟繁榮成熟時代，日本人也和西歐人一樣，愛貓、愛狗的人口劇增，寵物食品在日本的市場不斷在增加。CATIVITE是由美國一家極有名的人用維他命劑製造公司生產的，特點是維他命含量和成分俱佳。因此，在做銷售目標研究時，宮澤決定強調它的營養性，理由之一，是該美國廠商出品的人用維他命，在日本市場中幾乎家喻戶曉。

在這政策下，廣告、海報，挨戶銷售計畫全做好了。執行結果，速度雖然慢了些，但是頗能達成預定的銷售目標。

「我家內人也愛貓，自然地也使用CATIVITE。不過，雖然是銷售經理，我還是規規矩矩一罐罐買回去，絕不是揩油的。」宮澤說，惹得大家笑了起來。

結果呢？宮澤發現不但貓長胖了，毛光澤了，而且每次看見貓在吃CATIVITE時，彷彿牠都非常「享受」。「內人也發現CATIVITE如果不放好，常常會被貓拖走，並且要千方百計抓破厚紙盒包裝，企圖自己倒出來吃。」宮澤說：「我恍然感悟，這東西好吃！」

第二天，他馬上叫公司安排了一項試驗，目的在比較貓對CATIVITE和其他坊間重要競爭品（含有維他命的貓食）的嗜好研究。

結果，兩個月下來，結論是貓對CATIVITE和其他產品嗜好比，是八比一！

整個銷售計畫立刻更改了。廣告傳播的內容，從側重營養，改為：「先讓Chibi（日本人最常用對家貓的暱稱）大快朵頤，喫下去的維他命才有用。」

接著宮澤放映了一分鐘的C. F.。誰也沒想到小貓竟是那麼富有表情的。經過條件反射訓練後的小貓，喫著CATIVITE的時候，那種嘴饞，那種大飽口福，那種貪，叫人絕倒。接下去的鏡頭，是貓對置之高閣的CATIVITE睜大眼睛看，咪咪地叫。那樣子真叫人又憐又愛。

「計畫調整後，一季下來，總銷售額一口氣增加了二十·四倍！」宮澤笑著說，「不但我們的競爭對手，連我們自己也傻住了！」（熱烈的掌聲）

宮澤說，與其說是對貓的研究使我們成功，更確實地說，是對於人的研究。愛貓者喜歡看見貓大快朵頤，才買CATIVITE。「不要忘了只有人才會消費啊，」宮澤風趣地說，「貓是不會有鈔票的。」（笑聲）

晚餐在飯店內龍鳳廳開。菜單是：

六拼冷盤、醉凍雞、樟茶烤鴨、玫瑰明蝦、無錫嫩排、京華黃魚、枸杞甲魚、四色魚翅羹、冬瓜盅、鳳爪清湯、干貝菜心、葷素蒸餃、水果。

酒是真正金門大麴。Alpert教授大加讚美，說它絕對勝過伏特加。席間，陳家齊和宮澤用英文交談。陳家齊提出「國際的行銷人」——global marketing man——的概念，來豐富「世界管理者」的觀念。他說，這個會議使他從傳統和家庭而來的民族國家信念中，逐漸得到解放。宮澤平靜地笑著首肯，並說，在富裕國家中，民族主義早已隨著大眾消費文化的登場而消失了。

（以上晚宴後回房所記，時夜間八時三十二分）

近十時，一個在這次黨外助選團工作的朋友小林自台南打長途電話來，說黨外助選團在南部一組，在台南搞得十分成功，萬人空巷。形勢比想像的還好很多。這樣搞下去，明天在高雄的活動，應該會不錯。（以上就寢前所記。）

十二月十六日

今天一早，向飯店交涉二事：（一）、會議中咖啡供應要加強；（二）、抽菸的人太多，通風與空調請改善。

今天整天的主題，是「消費者行為模式的研究」。為了克服企業對於消費者行為的不可支配性（uncontrollability），消費者行為模式的研究，日臻發達，並且配合了近代行為科學，而有了新的進展。

上午兩節，是由Mr. McMurry擔當。主題分別為：一、總論：消費者做決定過程的幾個階段；二、分論：問題檢出（problern recognition）和探求過程（Search process）。下午兩節，還是宮澤擔任，主題是一、資訊的獲取與「相形評估」（alternative evaluation）；二、環境因素及選擇結果。

關於內容方面，今天的講義全部由東京於一個月前寄達，共計有一二四頁打字紙，內容分章分節，十分完備，故在此不予重複。

有一插曲值得一記。

McMurry先生講授problem recognition時，關閉的會議室門轟然撞開，進來了一位蓬首垢面，奇裝異服之男子。他用台語尖聲叫喊——

「我是萬商帝君爺……」那男子振臂呼喊，「世界萬邦，凡商界、企業，攏是我管轄哦！」

McMurry先生呆住了。他看見這垢面男子直衝講臺，就本能地抓起外衣欲要走避。這時一大堆飯店服務生、經理也跟著衝進來，蜂擁將該男子按在地下。

「無禮！我萬商帝君爺，是來教你們大賺錢……」

不知哪裡來的神力，那男子奮力掙脫眾人，凶狠地站立著。他的雙眼，閃爍著某種憤怒、驚惶混合起來的清冷的目光。

「我萬商帝君爺有旨啊……」他說，掀開破舊的西裝，露出汙穢的黃襯衫。襯衫上寫著血紅的、斗大的英文字：MANAGER。「你們四海通商，不得壞人風俗，誑人財貨喂……」他唱歌也似地說。

「啊！林德旺！」

陳家齊的叫聲。

「德旺！」陳家齊怒聲喝叫，「不要胡來！」

說來神奇，聽到陳家齊的聲音，那男子頓時像綿羊似地，馴服地讓門警和飯店經理押走。

後來才記起誰是林德旺了。營業部那個客客氣氣的小伙子。變得全不認得了。又黑、又瘦、又蒼白，滿臉鬍子渣。聽說瘋掉了。為什麼呢？似乎沒人知道。

好在布契曼先生不在場。洋人問怎麼回事。陳家齊鎮定地聳聳肩，兩手一攤——

「Nothing. A nut, that's all.」他說，「沒啥，一個瘋子，就這麼回事兒。」

昨天的檢討意見是中午不要吃太豐富，影響下午開會的效果。所以今天中餐取消到外面吃的原議，改在龍鳳廳吃中式便餐。菜單：

紅燒牛腩[10]、墨魚炒芹、開陽白菜、豆苗蝦仁、油菜臘肉、辣椒牛筋、冬瓜火腿湯。

晚飯依計畫到中山北路的「八米」日木料理店吃。每人吃一份「梅」字定食。酒則是日本清酒。宮澤喝醉了，大唱日本歌。

（以上晚飯後回房所記。）

晚上八點多老簡打電話到房間來。他說小林下午四點回台北來。據小林說，黨外助選團在台南市體育館那一場，聽眾把整個體育場擠滿了不說，場外四周的街路，全被群眾塞住了。「小林已經被群眾場面搞昏了，」老簡說，「今天助選團下高雄，要在高雄縣、市好好幹一場。」他還告訴我C小姐競選活動近日中也日有起色，形勢越來越好。果不出所料，她和聯合搭檔競選的C先生，已經貌合神離。「你說的對，整個黨外私下都不贊成這個聯合。」老簡說。老簡在C小姐競選總部幫忙。他問我要不要乾脆公開決裂。我不贊成。自然的分開要好得多。「這兒開完會，我馬上過去幫忙，一定的！」我說。

可惜事情太忙，否則真想到他們總部去看看。

十點十分，布契曼先生來敲門。門打開，有陳家齊陪著。兩人不知另外去什麼地方都喝得面紅耳赤。

「H. K., You've done a very good job.」他說，「你表現不錯。」

「Thank you.」我說。

「哦，聽說有個瘋子……你知道嗎？」

陳家齊向我迅速地眨眼睛。我說，「天曉得，只不過是個瘋子罷了。」布契曼先生美國式地聳了聳肩膀，打著酒嗝走開了。

（以上睡前所記。）

十一點半，老簡打電話把我吵醒，他說有高雄來電。今天在高雄縣、高雄市黨外助選團戰果奇佳，所到的地方，萬人空巷。他說明天北、南兩團助選團在台北大會師，全省黨外助選員全部上臺，向省民推薦黨外候選人，「這是個高潮，選民已經起來了，」老簡說，「你明天能不能出來看？」

（以上再補記。）

十二月十七日

七點五〇分照例叫醒大家起床。自己先到餐廳去。整個餐廳的服務生都鬧哄哄的，若大禍之將至。

原來是發生了一件大事。怎麼可能？太突然了！

美國卡特總統宣布承認中共。明年元旦生效！

我趕忙到櫃檯去拿報紙。

我的媽！好大的標題：

「美背信毀約承認共匪．蔣總統提最嚴重抗議」
「蔣總統籲全國軍民／精誠團結同舟共濟／不分彼此堅定沉著排除萬難／提高警覺防範匪偽顛覆詭謀」

第二版有一條又叫我吃了一驚——

「康寧祥停止競選活動．昨呼籲國人保持冷靜態度．不分地域黨派共為生存奮鬥」

這我才知道問題嚴重了。老康要大家保持冷靜，要求政府「不要採取違背民主的魯莽行動」或「造成不安的緊張狀態」。老康也要求美國政府繼續供應必要的武器，確保台灣安全……下面這一段話，我抄起來了。老康說：「台灣一千七百萬人民的意識形態和政治經濟制度，與中共格格不容，強加合併，勢必引起可怕悲劇。」

怎麼就談到「強加合併」？問題有這麼嚴重啊？

奇怪！我第一個反應是：「強加合併」，台灣莫飛穆怎麼辦？

我應該是會這樣問：「那麼台灣人怎麼辦？」

為什麼那一霎我沒有問這個，至今我也搞不清楚。

我立刻到Lobby找公用電話，找老簡。那邊電話老久不通，線路似乎忙透了。

「喂，是我，福金，」終於接通了電話：「怎麼樣了？我是說……」

老簡很慌。他說美國大使館昨天深夜就通知了老康。「黨外只通知他一個。今天一大早，老康總部就貼大字報發表這個消息。過不久，老康打電話來，要我們『攏總收起來。』」老簡說：「選舉活動通通停止了！」

停止！我想起第二版的政府緊急處分令。明天國民黨要召開十一屆三中全會。好像戰爭或者什麼緊急狀況已經爆發了。

我回味老康的聲明。他真像個在野政治家。美國大使館竟也通知他！老康的國際分量，我以前完全沒有估計過。

我用飯店內電話打給陳家齊。「我知道了。家父六點多鐘就打電話來了，」他平靜地說，「我這邊剛看完華視晨間新聞。」

我環視整個 Lobby。它依然是個小型的國際走廊。高雅的外國男女，安靜地或坐、或立、喁喁談話。只有服務生、服務小姐、經理，有明顯的騷動。但為了職業責任，一切還是照舊進行得井井有條。

九點鐘，會議照常進行。布契曼先生沒有說話的節目，卻早已站在講臺上，等候大家落座。這是他感人肺腑的、簡短的講話——

「先生們：

「對於在台灣愉快而有意義地工作了將近四年的我，今天早上的消息，對我也將是一個難忘的震撼。

「我的政府已經宣布：生效於明年元旦，美國將和共黨中國建立正式的外交關係。

「作為美國公民，我深切地表示遺憾。

「但我同時提醒大家，今晨報紙上說，卡特總統曾特別以函電向貴國蔣經國總統保證：美國將繼續出售武器給予台灣。我的總統並強調重申：美國為了維持台灣——我應該說中華民國（R. O. C.）——居民之和平、繁榮及福祉，將著手進行一項全新的安排。

「從美國政府一向為保護其多國籍公司在世界各地之利益所做過的現實而堅定有效之努力的無數前例，我相信卡特總統的話。並且，也希望我在台灣的每一個同事與我共同分享這個信心[11]。

「最後，我要提醒：一個多國籍公司的重要管理者，在管理『世界購物中心』（World Shopping Center）的過程中，要發展出適當的國際忠誠（international loyality），以與原來各自對民族國家（nation state）的忠誠相補足——如果不是相拮抗的話。」

「謝謝大家。」

掌聲。哦！老天！真是大事臨頭。

今天會議的主題，是「社會對消費者需求的影響」。上午的主題最有興趣，即所謂「交叉文化」(cross-culture)對行銷調查的重要性。所謂cross-culture的研究，主要在於研究不同的文化型模對一個成功的行銷計畫之形成的影響。由文質彬彬的Blackwell教授擔任。

Blackwell教授指出。有些學者認為，人的消費行為，受到一些放諸四海而皆準的因素所決定，沒有文化和民族的分別。但是，有許多越來越多的事實和研究，證實了根據西方經驗和文化為基礎所建立的行銷計畫中的假設，在不同文化市場中，招來重大、甚至致命的行銷失敗。

在講義中有這一段實例：某亞洲國家有一家多國籍公司與土著資本合資的香菸公司，計畫在當地推廣帶有濾嘴的香菸。在這以前，從來沒有人在這個亞洲國家推廣過帶濾嘴的香菸。外籍總經理和土著經理(他們全是接受西方教育的土著精英，滿腦子十足的西方價值和觀念，他們自己每天抽著進口的美國帶濾嘴香菸)擬妥了一套行銷計畫。但執行的結果，不料竟全盤皆墨。

原來濾嘴香菸推廣的基礎，在於抽菸人怕得肺癌這個意識上，即抽菸人對於癌的知識和危險意識，使這種長腳菸大行其道。

但是，在這個亞洲國家，人民平均壽命才只有二十九歲，統計上甚至還不到醫學上列入肺癌威脅的年齡水平。此外，他們的衛生保健知識極端落後，識字率奇低，對肺癌根本毫無概念，即使寫文章在雜誌上搞宣傳，也很少有人看得懂。

「特別是作為多國籍企業，『交叉文化』對於企業管理計畫的重要性，尤為重要。」Blackwell教授指出：「不錯，通過多國籍企業行銷管理的努力，世界各市場的文化，在商品的同一性下趨於統一——即原文化的解體和國際消費文化的形成。但是在同時，在個別的地區，還存在著巨大的文化差異。聰明的行銷管理者，要善於根據客觀的文化研究——而不是根據自己的教育、階級和生活上的偏好——去制定計畫。」

出乎意外的是，Blackwell教授竟然提到台灣莫飛穆對Rolanto的行銷計畫來。他說，他從資料上發現，在台灣，有過市場文化分析的不同意見爭論。「有人主張台灣文化的特殊性——用你們的語言，即『鄉土性』(regionality)，另外一派的意見是『鄉土性』的不在，而以『國際性』和『城市性』(urbanism)來取代，」他說。

下面幾點Blackwell教授的評語，將使我畢生難忘：

一、「鄉土性」文化和「都市性」文化的分析，一定要以客觀的調查研究為基礎，而不可以個人的文化、傳統、信仰、政治意見為思考的基礎。

二、一個優秀的行銷計畫專家，應該以企業目標(利潤)作為一切調查、研究、計畫的指針。

三、最後，行銷管理者要以國際性人格為基礎，從多國籍公司全球性企業利潤的觀點，去正確評估各駐在地區，分支機構的文化、政治、民族、傳統等諸問題。

這真是個振聾啟聵的功課。

我必須從這個起點，從「台灣」步向「國際」的視野！

感謝 Blackwell 教授。看哪！那不是日本人、印尼人、韓國人、泰國人……嗎？

在多國籍公司的計畫下，他們只講一種共通的語言——英語；在同一水準下生活：奢華的觀光飯店、豐美的食物、同樣的咖啡……更重要的是，他們全為了一個目標——莫飛穆國際公司全球性的利益——而分析、研究、學習、工作。

我應該從台灣人而成為國際人。不，說得正確一點，我屬於一個新的、聰明的、精英的、創造世界更好、更豐盛之生活的民族和人種：Global Manager! Global Marketing Man!

這真是宗教性的時刻。

中午在福吉樓吃飯。福吉樓就在飯店後街。菜單：

四拼冷盤、黃魚雙吃、脆皮烤鴨、福壽豬蹄、蔥油肥雞、麻辣雞丁、香菇鳳爪清湯。

酒是紹興和竹葉青。

晚飯到楓園吃鐵板燒，占去三個檯子。

這是我第一次吃鐵板燒。簡直太妙了。宮澤說這是日本人發明的。「日本和西方文化的結晶。」宮澤笑問 Blackwell 教授，「這也是 cross-culture 的問題吧……」

飯後我又仔細讀了一次總統發布的緊急處分令，並把經濟部長張光世有關「不改變自由貿易政策，將依程序進行中美貿易談判」的消息重讀一次，另有消息說：美國將在台北設貿易文化中心。

下午以來，我冷靜多了。比較關心經濟消息。

晚間電視新聞有一節T文理學院學生當天下午在西門鬧區遊行的鏡頭。新聞又說美使館將更名為「亞美公司」(Asian-American Services Corporation)。

九點多，老簡、小林、鄭肥，來飯店找我，在我的套房內談話。他們對飯店的豪華，公司的出手之大，大為驚歎。他們問我對時局的意見，我指出就憑我們公司照常在這兒大談行銷計畫，就知道台灣很「安」，不必掛心。

「為什麼？」鄭肥問。

「唉，台灣有問題，他們幹嘛還在這兒搞訓練？」我說，「換了你我，不早早把公司撤走？」

「有理！」鄭肥開心地笑了，「美國人不會放棄我們的！」

大約我也講了一點台灣人要有「國際」心胸的，不很成熟的話，也說不定。

(以上睡前之所記)

十二月十八日

一大早就到櫃檯拿報紙看。

蔣主席將親自主持今天舉行的十一屆三中全會。蔣總統昨天主持了軍事會談，指示三軍沉著堅定、提高警覺。總統還指示行政院研採各候選人所發表政見。

全國各界展開救國獻金熱潮。學生沿街勸募，一日間募得一千多萬元。各地舉行自立自強大會。

美國加州州長雷根，要求卡特政府具體保證我政府的安全，並致函蔣總統表示「永遠支持」。美國使館將成為「亞美服務公司」。商約協定繼續有效。台灣仍享有美國優惠國待遇。

早餐出人意外的好。是中式早餐：豆漿、蒸餃。大家都吃得很高興。

九點鐘。McMurry先生在會議前起來講話。他手中拿著一份來自美國波士頓總公司的電報，向大會報告說：總公司總裁Mr. D. W. Davis先生特別來電，表示公司對中華民國境遇的同情，並向「台灣莫飛穆國際公司全體中國同人致意」。總公司將以實際行動——增加新年度台灣莫飛穆的營運預算百分之四十——來實際表示「美國民間對中華民國的支持」，並且「希望大家一本以往，安心工作」。

全場報以熱情的掌聲。

今早是「Marketing Communication Workshop」，各與會國要提出各自關於某產品的行銷推銷計畫(marketing-promotion program)，互相講評，以之具體運用三天來的講習。

評定結果，日本得第一，而台灣莫飛穆勝過香港，得了第二。布契曼先生笑開了嘴。陳家齊向我丟來愉快、知心的微笑。

上午十一點，Alpert教授做了結束會議的短講，內容極為精闢，茲簡要誌重點如下：

一、講題：「在變動中的亞洲之多國籍公司行銷體制」(Marketing System of MNC in the Changing Asian)。

二、亞洲在急劇變動中。由於亞洲各國(日本除外)急於現代化，而功效不著，致越來越多的聲音在批評多國籍公司，認為多國籍公司是亞洲貧困、文化解體、物質主義、政治不安、剝削之根源。

三、因此有人主張社會革命，以制止國際資本主義行銷體制所造成之物慾橫流、解體、貧困等在亞洲所造成之危機。

四、但歷史證明，人生而好爭、自私。這是人從動物演化而來時在蠻荒時代遺留下來的本質。(引用歷史學家A. Durant)

五、因此，人應善用此本質，以物質利益為誘因，創造更豐富的生活，而不是社會革命、中央集權和中央計畫及極權制度。後者的實驗——蘇聯已經失敗。今天的蘇聯必須藉物質誘因、市場經濟、貨幣和商品制這些「資本主義」辦法，來取得人民生活初步的滿足。

六、從某一觀點來看，今日世界上只有一種制度：資本制度；一種經濟：資本經濟。所謂「社會主義」，以其今日對西方資本體制、商品、資本及技術之高度依賴而言，早已名存實亡！

七、多國籍公司在事實上創造了和平、物質豐足的世界。現代資本主義絕對酷愛和平。因為和平是一切企業活動之基磐。靠堅船利砲遂行企業目的的時代早已過去。「世界管理者」正以堅定、有效率、強大的努力、調動一切人類技術、知識的資源，為世界和平與繁榮而努力。」

Alpert教授然後語重心長地說——

「這兩天來，我親身感受到台灣民眾對於美國與中共建交所感受的悲忿。但是，容許我提出一個新的看法：

「使中共和蘇聯不破壞我們『世界購物中心』，不威脅我們自由、富足生活的最好的方法，是把它們也拉到這個『世界購物中心』裡頭來。用『資本主義的皮帶』(belt of capitalism)把它們緊緊地綁起來。

「先生們，尤其是台灣的同事們，容許我做個預言：你們將不久就見證這個事實：在你們看來野蠻的中共，從美國與它締結外交關係之日起，不消多久，我們多國籍公司的萬能的管理者的巧思，將逐步把中共資本主義化。我們有這個把握！（掌聲）

「清教徒的中國大陸，必將迅速消失，好像烈日下的冰塊。柔軟的、追求人生樂趣、幸福、快樂的消費文化，將很快地在中國大陸滋長，正如我們看見許多貧困國家的人民大跳狄斯可，仰首猛灌可口可樂一樣。

「我來此知道台灣有一句話：『反攻大陸』。先生們：我認為這完全是可能的——不是用戰士的生命和昂貴的鎗砲，而是用我們多國籍企業高度的行銷技巧、多樣，迷人的商品！」

掌聲雷動啊！我甚至不知不覺地站起來鼓掌了。

上午十一時四十分。陳家齊要求大家回房，先把打點好的行李取出，以便在正午十二點以前Check-out，然後到台北市東區一家著名的法國餐廳吃中飯。

走出飯店，一陣冷風吹來。出了有暖氣的大飯店，這一陣冷風格外吹得人直打冷顫。我的車子剛好送修，正想找伴招一部計程車時，適巧陳家齊的車子從大飯店的停車場滑了出來。

「進來。」陳家齊搖下車窗，對我說，「還有一個空位。」

車子於是開向那家台北聞名的，歐洲風的西餐廳。在中山北路二段，我們看見一列學生在遊行，前頭一個巨幅的紅條，用白紙剪了幾個大字，貼在條幅上：

「中國一定強！」

「要是幾天前，這五個字，一定叫我流淚。」

陳家齊沉思地，低聲說。

學生們捧著獻金箱，高喊口號，揮舞著青天白日滿地紅旗。

我們的車子在行列邊不能不放慢了速度。

「Irrational nationalism!」陳家齊忽然獨語似地說：「盲目的民族主義！」

「Peter Drucker!」我脫口而出。

彼德．杜拉卡著名的一句話，就是「盲目的民族主義」！

「這一句呢？」陳家齊從後視鏡中笑著看我。他用清晰的英語說：「...We need to defang the nationalist monster!」

「Again, Peter Drucker!」我又一次脫口而出，覺得像猜到了好謎那麼高興。

又是管理學大師彼得．杜拉卡的名言：「……吾人應該將民族主義這個惡魔的毒牙拔除淨盡！」

真不料陳家齊對Peter Drucker那麼熟悉，我想：這傢伙，還真不錯！

我們在鏡中相視而笑了，留下一車子年輕而不懂管理學的同事滿頭的霧水。

也不知為了什麼，那個把自己扮成「萬商帝君」的青年的清癯、憂悒的臉，這時卻驀然閃過我的眼前，然後，消失在冬天的台北的灰暗的天空裡了。

（以上係會終返家，大睡一覺後之所記。）

後記：

做好這篇小說，重新潤修完竣時的十一月十五日，友人陳逑孔兄因腎病去世。神傷之餘，特別一記於此，以紀念一段患難的友情。

一九八二年十一月

初刊一九八二年十二月《現代文學》復刊第十九期
初收一九八三年二月遠景出版社《雲》
收入一九八八年四月人間出版社《陳映真作品集4・萬商帝君》，二〇〇一年十月洪範書店《陳映真小說集4・萬商帝君》

1 初刊版於篇題〈萬商帝君〉前有「華盛頓大樓——」欄目文字，收入遠景版後始改作附記「華盛頓大樓之四」。

2 初刊版及洪範版全篇「吃」字與「喫」字並用。

3 「大秘書」，初刊版為「女秘書」。

4 「豐田」，初刊版為「松田」。

5 「劉福金」，初刊版為「陳家齊」。

6 「陳家齊」，初刊版為「劉福金」。

7 洪範版的「菅芒」，初刊版皆作「蘆葦」。

8 「五個多月」，初刊版為「一個多月」。

9 初刊版無「、飄著腐味」。

10 洪範版為「牛脯」，應為誤排，此處據初刊版改作「牛腩」。

11 「信心」，初刊版為「信念」。

陳映真全集（卷五）

THE COMPLETE WRITINGS OF CHEN YINGZHEN (VOLUME 5)

作者　陳映真
全集策畫　亞際書院・亞太／文化研究室
策畫主持人　陳光興、林麗雲
執行主編　宋玉雯
執行編輯　陳筱茵
小說校訂　張立本
版型設計　黃瑪琍
內頁排版　顏麟驊
印刷　中原造像股份有限公司

初版一刷　二〇一七年十一月
定價　一萬二千元（全套不分售）
ISBN　978-986-95141-3-2

出版者　人間出版社
發行人　呂正惠
社長　陳麗娜
總編輯　林一明
地址　108台北市萬華區長泰街五十九巷七號
電話　886-2-2337-0566
傳真　886-2-2337-7447
郵政劃撥　11746473・人間出版社
電郵　renjianpublic@gmail.com

國家圖書館出版品預行編目（CIP）資料

陳映真全集／陳映真作. -- 初版. -- 臺北市：
人間, 2017.11
23冊；14.8 ×21 公分
ISBN 978-986-95141-3-2（全套：精裝）
848.6　　106017100